林繼富
劉秀美 主編
民俗與民間文學叢書

故事薪傳
——賴王色的民間文學傳講

賴奇郁 著

秀威資訊・台北

目次

壹、前言

民間文學又稱口傳文學，意指人民口頭敘事作品，以「人腦」為載體。因此研究民間文學除針對文本內容外，應著重於講述者、聽者及其講述語境之探討，以期瞭解對民間口頭傳播活動的影響。口傳文學活動中，講述者既為故事繼承者也是傳播者及創作者。講述者原為故事聽者，憑個人記憶將故事日積月累儲存於腦海中。因此講述者在故事傳承脈絡中，角色從最初作為聽眾，轉變成故事繼承者。爾後在適當環境及情況下會將記憶中的故事轉述給他人，這一行為使講述者從聽眾轉為傳播者的角色。

講述者所述故事內容業已經由講述者自身有意、無意的選擇及轉換後呈現於眾人面前。換句話說，不同講述者依其判斷、選擇，或配合講述情境皆可能造成故事內容的變異。這些「變化」往往不著痕跡地存在於歷經層層轉述傳播的故事中。因此，一則故事流播至某地時，故事中的某些情節可能部分被修改以適應當地生活環境。傳播過程中，講述者也可能為求聽者了解並達到吸引的目的，以及配合當下講述情境，在故事中添加個人特色，故事內容在有意或無意改動下產生變異。此種變動說明了講述者在傳播過程中成為口傳文學作品的創作者之一。

傳承人（Traditional Bearer）是民間文學具有能動性的主體，大抵上分為積極與消極二類。前者的主動傳播性，賦予民間文學傳承的生命力；後者則於接受故事後，較少主動傳播故事且不善講述，因而使得民間文學的傳承受到侷限。然而消極的傳承人也可能如前述所言，在日積月累下腦海中積存了豐富的民間故事，是值得開發的繼承者。這類

「隱性傳承人」經由採錄活動可能活化其原本潛藏的傳播能力，繼而迸發出無限的可能。本書作為討論對象的賴王色女士，正是如此充滿著民間故事傳承潛力的講述者。因此本書以賴王色講述故事活動為探討對象，深究講述者與故事文本（text）、講述語境（context）間的關聯性，及故事之於講述者的生命意義與文化內涵。

賴王色世居新北市瑞芳區，故事記憶量豐富，未經採錄活動前，少主動講述故事。其豐富的故事記憶庫來源究竟為何？根據其個人自述：「以前歌仔戲、唱片或廣播節目常上演這些故事。看戲與聽唱片是早年困苦生活中的休閒娛樂。雖然聽過或看過的戲文很多，但年紀愈來愈大，記憶力衰退，有些故事已經忘記了。」賴女士生於日據時期，年幼時經常聽聞鄰人講古，或在村裡觀賞廟會歌仔戲，觀賞野台戲是早年娛樂活動貧乏之時，最大的生活樂趣來源。婚後因從事漁業販售工作有機會往來鄰近村落，在興趣促使下，每有歌仔戲演出必前往觀賞。隨著時代演進，賴氏婚後逐漸接觸留聲機、廣播、電影及電視等大眾化娛樂媒體，從而豐富了她記憶中的故事量。

賴王色表示過去忙於生計問題，無暇講故事，也擔心講述這些故事會遭人取笑，因此從未向他人敘述記憶中的故事。筆者詢問其親友，皆表示不曾聽過賴氏講述故事，也驚訝於其對多年前所聽聞的故事記憶如此深刻。賴王色記憶庫中雖然潛藏著豐富的故事量，但過去因顧慮他人觀感，同時所處生活環境中亦缺乏表演舞台，因此未接受採錄前並不曾主動傳播故事，經研究者發掘後開始講述故事。此後每一次講述活動，賴氏皆分享個人生活經驗與心靈交流，在講述過程得到滿足感後，講述意願隨之提昇，甚而主動傳播故事。足見賴王色雖具有積極傳承人擅長講述故事的能力，但過去不曾扮演主動傳承故事的角色，因此成為本書稱之的「隱性傳承人」。

賴王色自幼即喜歡聽村中鄰人講古、觀賞歌仔戲，婚後常聽留聲機唱片所錄之歌仔戲曲。講古內容多為歷史事件或人物傳說等；此外，在大眾電子傳播媒介尚未興起前，歌仔戲班常到各地表演，特別是廟宇酬神戲團演出的扮仙戲，是農業社會極為興盛的重大娛樂活動，常吸引大批群眾前往觀賞，搬演內容多為民間傳說故事，賴王色即為常客。隨時代之進步，她喜好歌仔戲的興趣不變，只是媒介從野台戲轉成廣播、電視之歌仔戲，也熱愛觀賞閩南語電影等。

綜觀賴王色所述故事來源主要為：故事前講者[1]、留聲機唱片、野台戲、廣播劇、電視歌仔戲、電影等，因此同一類型故事往往具有數個來源途徑，其間的交錯影響是故事傳承活動中值得探討之處。因講述人年事已高，部分故事來源已無法清楚交待，其所述廣泛流播的同類型故事，很有可能承自不同傳播媒介，並經不同程度之刪改。後文將梳理賴王色所述故事與她出生至今之大眾傳播媒體中，有相關記錄者，以見民間故事如何透過大眾傳播媒體流播，是否對講述人記憶中的傳說故事留下痕跡及產生影響。再者，故事表演情境伴隨講述活動而生，講述者會依不同聽者、講述場景及所述故事情節變化，透過個人講述技巧與表演能力，創造出擁有個人風格的講故事表演舞台。本書就賴王色講述故事時的表演場域，及講述者面對不同聽者所產生的講述情境變化，探討民間文學口頭講述活動之真實樣貌。

賴王色教育程度不高，所識之字不多，其所述故事來源多以生活所見所聞為主，如聽人講古、看歌仔戲、聽留聲機唱片及大眾傳播媒體等，其故事來源渠道相對較為多元。本書以實地考察方式，依講述人生活背景見其所述故事之個人特色與意義，且賴氏所述故事來源已有現代化娛樂傳播媒介，亦試圖從此個案了解大眾傳播媒體如何作為民間文學之媒介、載體，並觀察講述情境對講述人傳播故事的影響。

藉由實地考察以取得第一手研究資料，可說是研究民間文學的初步工作。「實地考察」能使採錄者與講述者面對面交流，並觀察其社會文化環境。而採錄者與講述者之間除了調查研究目的外，亦是進行一場口傳文學講述表演活動。民間文學研究者於探究講述者所述故事內容外，亦應關注「講述情境（context）」與故事講述表演生成之關係。

民間故事講述人中有被稱為「故事家」的，意指善說故事、能講很多故事者，又所講故事結構必須完整，質與量均具一定水準。因此部分學者主張民間故事家應具備以下條件：

---

1 「前講者」指告訴講述者這個故事的人，或稱「前講述者」。陳勁榛：〈澎湖曾元步先生能久親王遇刺傳說講述現場敘事現象析例〉，收錄於中國口傳文學學會、南亞技術學院主編：《二〇〇二海峽兩岸民間文學學術研討會論文選》（台北縣：中國口傳文學學會，二〇〇二年十一月），頁一七六。

一、故事講述家都能講較多的故事，在這方面，一般以能講五十個故事為起碼的條件。

二、故事講述家講述的水平較高，所講的故事結構完整、生動有趣，具有一定個人的特點。

三、在群眾中有一定影響。[2]

陳益源進一步說明：

由於故事家本身生活經歷不同，有封閉型（很少離家）與開放型（不斷外出）之分，文化水平高低不一，又有「傳承型」與「傳承兼創作型」之別，因此，能在故事數量與品質上大體合乎上述要求者，都有資格躋身故事家的行列。[3]

其中「傳承型」意指在民間故事代代相傳的過程中所扮演的角色，對此又可分為「積極傳承人」與「消極傳承人」。積極傳承人是在社會中能講善唱的人，且是負責把神話、傳說、民間故事、歌謠及其所承載的傳統傳承下去。消極的傳承人則是一般聽講的大眾，或是會講一些但不善講的人。[4]賴王色似乎是無法以前述定義判定的故事家，然而經採錄者的引導後明確呈現「善講」特質，但未被發現前不曾扮演傳承角色，也從不主動述說故事。因此，前文以隱性傳承人稱之，希望藉此彰顯其作為特殊型態講述者的特質。

2 許鈺：〈民間故事講述家及其個性特徵〉，《北京師範大學學報》（社會科學版）一九九五年第二期，頁九。

3 陳益源：〈台灣民間故事家的發掘與研究—以宜蘭羅阿蜂、陳阿勉姐妹為例〉，收錄於陳益源著：《台灣民間文學採錄》（台北：里仁書局，一九九九年九月），頁一—二。

4 民間文學「積極傳承人」與「消極傳承人」的概念由瑞典學者Carl Wilhelm Von Sydow於一九四五年提出。參自林培雅：《台灣民間文學積極傳承人調查研究》（新竹：國立清華大學中國文學研究所博士論文，二〇〇七年七月），頁二四。

臺灣民間文學採錄自一九九〇年代起，開始對民間文學作品進行科學性地記錄，亦注意講述人對民間文學的重要性。如陳益源以《宜蘭縣口傳文學》採集計畫過程中被發現的羅阿蜂、陳阿勉二人作為故事家研究對象，發表〈臺灣民間故事家的發掘與研究—以宜蘭羅阿蜂、陳阿勉姐妹為例〉[5]一文，是臺灣最早以民間故事家為題的研究。二位故事家表示，所述內容為五、六十年前所聽聞，來源除家中長輩、鄰居，還有從事採茶工作時學唱而來的。喜歡看戲的陳阿勉，幼時走路到羅東去看大戲，也經常偷看當時著名的戲先生「瘋海仔」黃對海教導農村子弟戲班，或從鄰居喪禮看師公戲學得。因此她對當時的歌仔戲非常熟悉，也能哼唱整套戲文。這些源自看戲的口傳文學，都與一同生活作息的姐姐羅阿蜂分享。[6]所以二姐妹在講述故事時大多是同時在場，並能「你一言、我一語」的講述故事。基於她們能講述大量的口傳文學作品，又具有個人生活背景特色，宜蘭縣立文化中心於一九九八年出版《羅阿蜂、陳阿勉故事專輯》[7]一書。

臺灣民間文學採錄經各方學者努力，許多縣市已有所屬民間文學集之出版，或是以特定族群為採錄對象。[8]除上述陳益源對宜蘭羅阿蜂、陳阿勉故事家之研究外，由胡萬川主持「臺灣地區民間文學積極傳承人調查研究計畫」，[9]是一大規模以民間文學講述人為研究對象的調查。林培雅《臺灣民間文學積極傳承人調查研究》則是以此為基礎發展成博士論文。

5 陳益源：〈台灣民間故事家的發掘與研究—以宜蘭羅阿蜂、陳阿勉姐妹為例〉，收錄於陳益源：《台灣民間文學採錄》，頁一—二二。

6 羅阿蜂與陳阿勉二人從小到婚前幾乎生活在一起，時常在工作或休息時彼此交流故事，因此羅阿蜂從鄰居、親友口中聽到的故事也會講給陳阿勉聽。在這一互相交流的背景下，二姐妹故事家所講的故事幾乎一樣多，連細節也少有出入。陳益源：〈台灣民間故事家的發掘與研究—以宜蘭羅阿蜂、陳阿勉姐妹為例〉，收錄於陳益源：《台灣民間文學採錄》，頁一三—一五。

7 林聰明、胡萬川編輯：《羅阿蜂、陳阿勉故事專輯》（宜蘭：宜蘭縣立文化中心，一九九八年六月）。

8 台灣各縣市文化中心出版的閩南語故事集研究，見李嘉慧：《臺灣閩南語故事集研究》一文，（台北：台北市立師範學院應用語言文學研究所碩士論文，二〇〇二年出版）。林培雅：〈近四十年來臺灣民間文學的調查、研究狀況〉，《臺灣文學研究學報》，第三期（二〇〇六年十月），頁三三—五二。該文詳論台灣一九六〇年代以後至二〇〇六年間，各學術領域對於原住民及漢人族群的民間文學採錄成果。

9 由胡萬川主持：「台灣地區民間文學積極傳承人調查研究計畫」（Ⅰ、Ⅱ、Ⅲ），二〇〇二年八月至二〇〇五年七月，國科會計劃編號：NSC91-2411-H-007-013、NSC92-2411-H-007-035、NSC93-2411-H-007-021。

林培雅《臺灣民間文學積極傳承人調查研究》從十幾年間實地考察中篩選出三十三位福佬受訪者，試圖從積極傳承人中理解與建構臺灣民間文學理論。林氏由此得出臺灣民間文學傳承人在學習講唱後，有的一直持續在進行講唱行為，但大多數都會出現中止的情況。受社會生活型態變遷之影響，講述人因缺乏傳講的受眾，講述人自然對講唱的熱情與意願日漸消減，可見講唱情境之消失對口傳文學傳承之影響。

一九八四年中國發起編纂民間文學三套集成[10]時，透過全面普查與採錄，發掘出許多故事家。民間故事講述家的大量存在，引起學者的注意，故事家專輯及研究紛紛湧現，如：《滿族三老人故事集》、《四老人故事集》、《宋宗科故事集》、《魏顯德故事集》、《新笑府—民間故事家劉德培講述故事集》等。[11]林麗容《民間故事家譚振山及其講述作品之研究》[12]即以故事家譚振山為研究對象。該文依故事家本人手稿自傳與生活背景，對譚振山生平事蹟作一介紹，依此為基礎，將故事家、故事、講述情境作結合並深入探討。又將譚振山與其他同區域之故事講述家作比較，以見譚振山所述作品中的個人特色、文化意涵。[13]

民間文學研究能透過所蒐集文本分析當代性及歷史演變，然民間文學流播實是由故事家生命承載，只對民間文學文本作研究是缺乏生命力的，且每一故事家與所述故事之間又是密切相關。林繼富《民間敘事傳統與故事傳承：以湖北長陽都鎮灣土家族故事傳承人為例》，[14]以近十年實地考察長陽都鎮灣文化村落，對十五位重要故事傳承人之文化背景與

10 中國民間文學三大套集成為：《中國民間故事集成》、《中國歌謠集成》、《中國諺語集成》。

11 許鈺：〈民間故事講述家及其個性特徵〉，《北京師範大學學報（社會科學版）》，頁九。

12 林麗容：《民間故事家譚振山及其講述作品之研究》（嘉義：國立中正大學中國文學研究所碩士論文，二〇〇五年十一月）。

13 中國關於譚振山及其所述作品之研究眾多，如：《譚振山故事選》（瀋陽：中國民間文學集成遼寧卷瀋陽市卷編委會，一九八八年八月）。江帆：〈民間文化的優秀傳人—故事家譚振山簡論〉，《民間口承敘事論》（哈爾濱：黑龍江人民出版社，二〇〇三年五月），頁九三－一一〇。江帆：〈民間敘事的即時性與創造性—以故事家譚振山的敘事活動為對象〉，《民間文化論壇》，第四期（二〇〇四年八月），頁二六－三一。

14 林繼富：《民間敘事傳統與故事傳承：以湖北長陽都鎮灣土家族故事傳承人為例》（北京：中國社會科學出版社，二〇〇七年八月）。

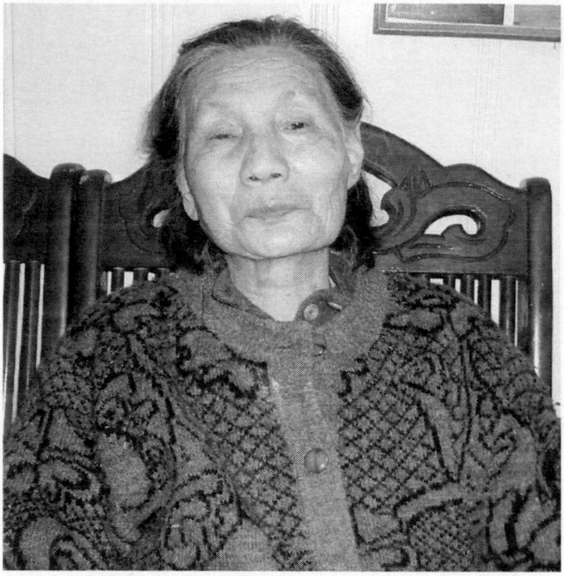

圖一　故事傳承人賴王色（拍攝日期：二〇〇七年十一月）

所述故事作結合，力圖證明民間故事傳承人的經歷、文化程度與民間敘事傳統的關係，以及民間故事傳承與演化的敘事規律，正是最好的實例。

綜上所述，研究民間文學講述人有限定於一區域、族群之範圍，也有針對一講述人作個別探討的。此個別探討價值不僅是一人講述行為之特色，更是民間文學千百年來活動縮影與文化表現。故事講述人對民間文學傳承之重大意義，及故事講述人自身生命歷程與所述文學作品之關聯，皆是民間文學研究重要課題之一環。民間文學流播過程中，「故事講述者是傳播主體，聽眾是傳播客體。但作為故事傳播過程中的人，傳播主客體的位置並非一成不變」：[15]以本書研究對象賴王色為例，她早年觀賞戲曲時，僅是記下內容的「聽者」。多年後，她講述記憶中的故事，成為「傳播者」。所以在故事傳播過程上，她扮演了「傳承者」角色。除了傳承故事外，她也部分「創作」故事，此部分主要表現於講述故事時，為達到讓聽者了解故事內容的目的，針對故事某部分加以說明，因此增生了原不屬於故事所有的部分。透過口傳文學講述者賴王色個人生活背景、講述內容及傳承講述過程等面向的討論，得見口傳文學的傳承與變化情形，特別是講述者與講述情境之間的微妙關聯，是如何影響著口傳文學活動。而這些從她口中說出的故事，在其生命歷程中又扮演著何種角色與價值。

15 林繼富：《民間敘事傳統與故事傳承：以湖北長陽都鎮灣土家族故事傳承人為例》，頁三三。

貳、講述者及其所述故事傳承背景

民間文學活躍於人民口頭，人們以語言代代傳承，穿越地域界線自甲地傳至乙地，使其為人所知、所聞。「人」是民間文學講述、傳播活動主體，其生命力亦來自於此。人們講述時不免受個人用語習慣、生活背景、文化涵養所影響，它往往帶有個人特色及地方色彩，因此民間文學會因不同講述者而呈現不同樣貌。欲探究民間文學講述主體，則不能忽視講述者「個人特徵」。人的個性形成原因來自多方面，有先天之生成，亦受後天生活環境影響。藉由主體之自我陳述、他人描述，或由成長歷程、生平事跡等其他面向可加以探討影響個性之成因。因此對講述者背景資料之了解，實有助於理解民間文學如何被創造出具個人特色及樣貌並流播於群眾之間。

後文以講述者賴王色家庭、生平大事，及其生活環境與文化背景等，從不同角度探討講述人與民間文學傳播活動之關係。如講述者何時開始參與民間文學講述活動？此活動包含講述者曾經為講述人及聽眾之經驗。是在何種機緣下參與？參與講述活動對講述人有何意義？由講述人對過往講述活動參與的回憶及描述，得見證民間文學「活態性」，[1] 並

1 民間文學「活態性」意指：民間文學與雅文學、俗文學等書面文學相比，民間文學生命存在的獨特形態。又民間文學存在於民眾使用和流通之中，不是定型、固定化，而是「活態」的。因此民間文學每一次表演、講述，是沒有固定的書面文本、每一次有特定心境、參與者能作出現場反應、講述場景有所變化、內容因時因地會有不同變化、不同時代有不同面貌。參自賀學君：〈從書面到口頭：關於民間文學研究的反思〉一文，收錄於周星主編：《民俗學的歷史、理論與方法》（北京：商務印書館，二〇〇六年三月），頁八九。

一窺當時民間文學傳播氛圍。除探討講述者之參與民間文學講述活動，亦更進一步考察講述者與所述故事間之關聯。即講述者於講述活動中得到什麼？又故事來源為何？等議題。

一、家世生平

賴王色生於一九二二年十月十八日，時值日本據台時期。賴氏為新北市瑞芳區鼻頭里人，其父母生有七女，因日據時期生活困頓，孩子多送予他人養育，排行最小的賴王色出生兩、三年後，也被送給僅生有一子的伯父領養。八歲就讀小學一年級，與七歲的堂妹就讀同班。當時日本教育除教授日文外，亦教漢文，因生於清朝末年的叔叔讀過九年書，能夠閱讀藥書、古書、命相書等，總在晚飯後教堂妹念書。叔叔教的進度比學校老師快，好學的賴王色晚間有空便到叔叔家旁聽。她擔心自己讀出聲會吵到他們教學，只好默唸在心中，如此數次就能記下課文。因她生性記憶力好，在學期間不論是背書或算數在班上皆名列前茅，第一學年結束時，學校頒給一本封面印有紅「賞」字漢文書以茲獎勵。獲頒此書的賴王色自然非常高興，極為珍惜這本學校獎勵的漢文書，因擔心把書本弄髒，還用報紙仔細地包裹書本，每次讀書時總是小心翼翼打開報紙取出書來，讀完後再將書本包好。

一年級時為了幫忙家務，暑假便跟著養父處理漁獲，二年級第一學期結束後，養父以家中缺乏人手為由向學校提出休學申請。當時班級導師向伯父表示，賴王色學習成果不錯，不應休學，然養父仍堅持要她休學。一心想上學讀書的賴王色為此難過不已，卻無法改變養父的決定，她的學校教育就此中斷，開始跟著養父工作並幫忙做家事。十四歲時，因哥哥娶妻生子，除做家事外還要幫忙照顧姪子，直到十七歲結婚才離開出生地鼻頭里。

一九三九年十二月二日賴王色經媒妁之言嫁至隔壁村南雅里。因當時仍處日本統治時代，日本官方控管百姓一切生

圖二　十三層製煉廠

活，賴王色與丈夫為求謀生多賺點錢，便前往今瑞芳區濂新里水湳洞十三層製煉廠[2]從事洗石工作，但二人工作一個月所得仍不到一百圓[3]。加上公公喜食米飯，有感於日人配給糧食不足只能吃稀飯度日，遂開始在村中闢地耕種。賴王色一面處理家務，一面耕作、挑柴、看養牲口，每日生活總是非常忙碌。在做家事時，偶爾會播放留聲機唱片[4]聽一聽，以減輕忙碌生活中的疲憊。耕作二、三年後，賴王色聽聞鄰人私下賣魚獲利較高，擅長算數的她開始挑擔子到較熱鬧的聚落九份、金瓜石[5]一帶賣魚。當時日本政府禁止民眾私自販售魚獲，凡是被抓到者，都將遭到嚴厲懲罰。賴王色因擔心遭日警發現，只好走山中小徑往返於各村落間，往往一趟路程就走上一、二個小時。所幸私自從事賣魚工作不久後臺灣即光復，人民開始能自由販售魚獲。當時已育有一子的賴王色，因兒子生於臺灣光復年間營養不良常生病，即使

2 一九三三年日本礦業株式會社收買了金瓜石礦山，興建水湳洞十三層製煉廠，並增加數十倍資金，擴充設備，使產量大增。鍾溫清主編：《瑞芳鎮誌・礦業篇》（台北縣：台北縣瑞芳鎮公所，二〇〇二年一月），附錄頁七。

3 此處「圓」指稱日本據台時期貨幣計算單位。

4 賴王色婆家留聲機為公公所購入，因他喜歡看戲、注重娛樂活動，於是購買一台手搖式留聲機，並時常添購當時流行的閩南語唱片。台灣留聲機及唱片是一九一〇年代初由日本傳入，一九三〇年代為蓬勃發展時期，當時唱片出版數量極為豐富。詳見徐麗紗、林良哲著：《從日治時期唱片看臺灣歌仔戲（上冊）》（宜蘭縣：國立傳統藝術中心，二〇〇七年六月），頁七九－九〇。

5 「㛪仔寮」，清代的街庄名為「九份庄」、日據時期大字名為「九份」，而今九份實際上是㛪仔寮的一部分。㛪仔寮包括基山、永慶、崇文、福住、頌德及海濱里。金瓜石泛指今新山、銅山、石山及瓜山里。鍾溫清主編：《瑞芳鎮誌・建置開拓史篇》（台北縣：台北縣瑞芳鎮公所，二〇〇二年一月），頁五〇、五七。

就醫後仍非常虛弱，聽聞鄰人介紹前往金瓜石尋找一位「先生媽」[6]醫病，「先生媽」表示這孩子的病需服用中藥調養身體，而適合的中藥粉是非常昂貴，於是更加努力賣魚賺錢為兒子治療。

一九六五年公公過世後，賴王色認為農耕工作太過辛苦，每到收割季節總要請多位工人前來幫忙，如此種田的工作便成了賠本生意，於是勸丈夫改行與同村之人從事捕漁業，自己則繼續挑魚販售。直到五十五歲後因身體狀況大不如前，漸漸地無法從事粗重的漁業工作，二人轉往台北幫傭、看顧工地等工作二年多後，又回到南雅里禮樂煉銅廠工作一段時間。一九八九年後退休與丈夫在南雅家中養老。因二人識字不多，平日多是看電視、聽廣播以獲知社會新聞及休閒娛樂。一九九七年後因受眼疾所苦，視覺能力日漸模糊、退化，仍然每日按時收聽閩南語廣播電台。與人聊天時也常提起過去的生活，若是談及熟識的人，即道出這人何年何時出生？生肖為何？並算出這人今年幾歲？或與誰相差幾歲？等等，亦能背頌當年在學時的漢文課文。

圖三　禮樂煉銅廠

賴王色每回憶起早年生活總認為過得很辛苦，尤其對不能繼續升學唸書一事感到遺憾。面對日據時代高壓極權統治方式常感到害怕，因每日食物按照配給，餐餐無法飽食，卻仍要做粗重工作，為求謀生必須四處奔波。日後，家中自行耕作才獲得較多食物來源，加上賣魚賺錢，得以稍稍改善經濟狀況。然二戰期間，丈夫為日軍調派往今新北市三芝區一帶當工兵，守在家中的賴王色只能祈求上天庇佑丈夫平安歸來。其一生橫跨日本據台與臺灣光

6 閩南語稱醫生為「先生」，音sian-se^{n}；「先生媽」指用中藥或特殊療法、秘方為人醫病的婦人，音sian-se^{n}-má。

復二大政治轉變期，她的生命史訴說著在大時代下的百姓，因政治無情的對待、社會普遍窮困情形下，各有其辛苦生活的一面。所幸在辛苦生活之餘，尚有些許娛樂活動相陪伴。

表一　賴王色生平大事年表

西元	年齡	紀要
一九二二年	○	出生
一九二四～一九二五年	二～三	為伯父領養
一九三〇年	八歲	小學一年級
一九三一年	九歲	休學、幫忙工作
一九三六年	十四歲	照顧姪子
一九三九年十二月二日	十七歲	結婚
一九四〇年	十八歲	至十三層製煉廠洗石
一九四一～一九四二年	十九～二〇歲	種田
約一九四四年時	約二十二歲	開始販魚
一九四五年	二十三歲	臺灣光復
一九四六年	二十四歲	兒子出生
一九六三年	四十一歲	村中電器化
一九六五年	四十三歲	公公過世
一九六七年	四十五歲	結束種田
一九七七年	五十五歲	到台北幫傭
一九七八年	五十六歲	北部濱海公路開通
約一九七九年	五十七歲	禮樂煉銅廠工作
一九八九年	六十七歲	退休養老

二、生活環境與文化背景

文化泛指人生活一切，以民族學角度而言，是包含全部的知識、信仰、藝術、道德、法律、風俗以及作為社會成員的人所掌握和接受的任何才能、習慣之複合體。[7]這一複合體和人有著緊密而無法分割的關係，亦影響社會成員之人格特質生成。民俗文化為人民生活一部分，民間文學則是反應內心世界的文學活動。本節探討講述者賴王色個人生活環境與文化背景中有何利於民間文學講述活動的進行，且在其多年來不曾主動、積極傳播故事於他人的狀況下，除去個人記憶力之因素外，是否在其周圍環境中擁有利於故事保存的條件？促使她多年來牢記這些故事而不忘。

以賴王色結婚時間點為界線，她婚前以出生地鼻頭里為主要活動範圍，婚後定居於南雅里，又因販售漁獲關係，經常往來於金瓜石、九份一帶。除此四聚落外，其行動範圍尚有親人居住的基隆市，及因工作關係擴及台北市，然至台北市以工作為主，時間亦不長，休息時間則返回南雅里或基隆市，賴氏講述過程中對於這段生活歷程著墨不多。以下依時間先後及其主要活動區域為主，探析可能影響賴氏故事講述的相關文化活動。

（一）鼻頭里

賴王色生於新北市瑞芳區鼻頭里，婚前的生活不出這一臨海小漁村。鼻頭里「地處於濱海地區，有一岬角突出入大

[7] 英國人類學家愛德華・泰勒（Edward Tylor, 1832-1917）認為文化是「一團複合物」（complex whole）。愛德華・泰勒著；連樹聲譯：《原始文化：神話、哲學、宗教、語言、藝術和習俗發展之研究》（桂林：廣西師範大學出版社，二〇〇五年一月），頁一。

海，形狀很像人的鼻頭」[8]而得名。

早期臺灣社會娛樂活動不如今日之蓬勃發展，較大的娛樂項目之一是廟會慶典，廟方或是當地村民會請歌仔戲班來演出，如連橫《臺灣通史》所載：

> 臺灣演劇多以賽神，坊里之間醵資合奏，村橋野店日夜喧闐。男女聚觀，履舄交錯，頗有驩虞之象。[9]

鼻頭里新興宮主祀神為媽祖，建於清朝嘉慶己未年間（一七九九年），[10]每年農曆三月二十三日廟方為慶祝媽祖壽誕會請戲班演歌仔戲酬神。愛看歌仔戲的賴王色回憶過往看戲情形，總是要等戲班散場，才搬著椅子回家。另外，漁村經常在捕漁閒暇時間上演故事講述活動，每當夜裡或冬季漁獲量不多時，地方耆老總會聚在一起聊天、講故事打發時間，往往吸引村中大小駐足聆聽，凡此都是賴王色婚前在鼻頭里所喜愛的活動。

圖四　新北市瑞芳區鼻頭里新興宮

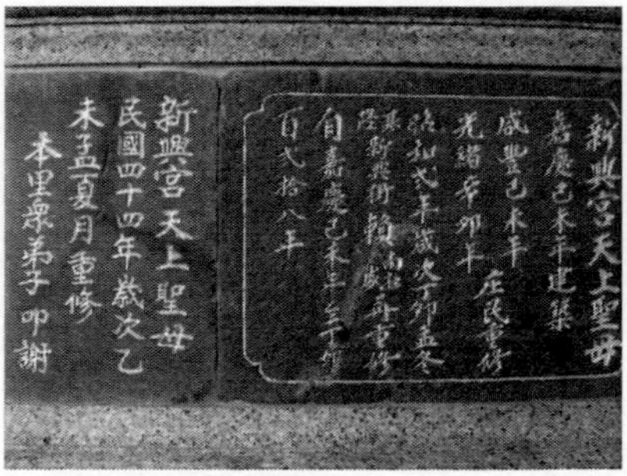

圖五　新興宮建廟沿革

8 鍾溫清主編：《瑞芳鎮誌・建置開拓史篇》，頁五六。
9 連橫：《臺灣通史（卷二十三）》〈風俗志・演劇〉（南投市：臺灣省文獻委員會，一九九二年），頁六一三。
10 資料來源：新北市瑞芳區鼻頭里新興宮內牆上石碑所載。

（二）南雅里

賴王色婚後嫁至離家約五公里遠的南雅里，「南雅里」臨東海，舊地名「南子吝」、「哩咾」，據傳是平埔族人的名字，[11]後改稱南雅里。南雅里居民過去多從事捕魚、礦工、農耕等產業活動。

南雅里與鼻頭里同為小漁村，生活型態相當接近；冬季漁獲量不多時，村民也聚在一起聊天、講故事。在廟會活動方面，每年農曆六月十四日為南雅里南新宮主神[12]遶境活動，當日家家戶戶會備辦供品祭拜，廟方亦請來戲班演出歌仔戲，為該村一年一度之盛事。此外，據賴王色回憶，早年南雅里漁業活動盛行之時，若漁民該年收獲良好，也會集資於農曆十月十五日[13]請戲班演戲酬謝神明一年的庇佑，稱為「謝平安」祭，並祈求來年豐收。

圖六　新北市瑞芳區南雅里南新宮

11 洪敏麟：《臺灣舊地名之沿革（第一冊）》（台中：台灣省文獻委員會，一九八〇年四月），頁三四三－三四四。

12 南新宮主奉林傳溫三府王爺，於光緒十年間由基隆市社寮島（即今和平島）傳入。資料來源：南新宮內牆上所記建廟緣由。

13 台灣俗稱「三官大帝」為「三界公」，即「上元賜福天官一品紫微大帝」、「中元赦罪地官二品清虛大帝」、「下元解厄水官三品洞陰大帝」之總稱。民間俗信農曆十月十五日為「謝平安」日，即感謝「三官大帝」中之「下元解厄水官三品洞陰大帝」之庇護。鍾華操：《臺灣地區神明的由來》（臺中：臺灣省文獻委員會，一九七九年六月），頁四九。

南雅里居民雖以漁業為生，然冬季因受東北季風影響，不易出海捕魚，大部分的居民多於海岸礁石處摘採野生紫菜販售，夏季才是漁村最為繁忙時節。夏季漁獲多時，賴王色每天早晨七、八點即挑著近三十公斤的魚，經由崎嶇山路往金瓜石、九份，一直到午後一點多結束買賣。返家後簡單用過餐即開始做家事、餵養牲口。或到田裡幫忙及挑柴回家，並為全家準備晚餐。這樣忙碌而辛苦的生活以致五十歲時身體不堪負荷，生了一場大病。因南雅里當地無診所或醫院，必須到基隆市就醫，為免往返於南雅、基隆二地間，即暫住基隆親戚家以利就近照顧。除因病暫住親戚家這一段時間外，也曾在兒子婚後一同居住於基隆市，但沒多久就與丈夫前往台北工作，約兩年多的時間裡偶爾會回到南雅里居住。後因南雅里「禮樂煉銅廠」有職缺，一九七九年又回到當地工作。

「禮樂」舊稱「哩咾」，位於今日南雅里西北方，禮樂煉銅廠於一九七九年開工，以煉銅為主，也煉金、銀等副產品。一九九〇年六月，禮樂煉銅廠因經營不善、環保問題而關廠結束營業。[14] 賴王色在禮樂煉銅廠工作一段時間後，因丈夫身體不適以及自己年歲漸大，即退休養老。

由賴王色的生活環境觀之，無論是出生地或是夫家所在地，皆是人口不多的小漁村。她自幼即開始幫忙家中處理漁獲，十七歲嫁至南雅里，婚後二、三年開始農耕生活。二十二歲時往來於臨近村落間賣魚貼補家用，四十五歲時因丈夫改行捕魚，遂隨之以販魚為生直到五十五歲，其一生中有將近五十年的時間都與漁業活動緊密牽連。五十年的漁村娛樂形態自然成為其生活中的一部分，對於賴氏而言這也是辛苦中的喜悅期待，日後方能於回憶中一再重現當年的感受。

[14] 鍾溫清主編：《瑞芳鎮誌・礦業篇》，頁七五。

（三）金瓜石與九份

賴王色約二十二歲時開始前往金瓜石與九份販魚，兩地位於南雅里西南方約三至五公里處。日據時代，金瓜石[15]、九份[16]因盛產金、煤、銅等礦產，為瑞芳區熱鬧聚落。金瓜石、九份乃沿山開發建築的小鎮，不若鼻頭、南雅里漁村之近海便於取得漁獲，又因兩地商業活動盛行，賴王色遂前往販魚。北部濱海公路開通前，南雅里往來於金瓜石、九份間需行走山間小路，單趟路程約莫一至兩個小時。賴王色每日沿山路步行至金瓜石、九份一帶販魚，若未賣完，即再轉往九份西北方七番坑[17]販售。

當時金瓜石一帶礦業興盛，礦場建有娛樂所，播放價格低廉的影片給礦工觀賞並慰勞他們。[18]部分礦工因不愛看或電影券未用完者，常以五百錢[19]向往來人們兜售電影券。賴王色若聽聞今日播放的影片好看，賣魚後有空閒時間就向礦

---

15 「金瓜石」之名據當地耆老表示：因本山露頭的形狀，很像大南瓜，而閩南語稱南瓜為金瓜，取其黃金色表皮之意，所以稱為大金瓜石或金瓜石。周宗賢、李乾朗撰述：《續修臺北縣志（卷二）》「土地志，第七篇、勝蹟」（臺北縣：臺北縣政府，二〇〇五年十一月），頁四五。

16 「九份」地名由來是此地原有九戶人家居住，物資補給從庚仔寮上岸時都要分成「九份」，故演變成地名。臺灣地區地名查詢系統http://placesearch.moi.gov.tw/index.php。對於九份地名由來普遍說法以此較為人所知，亦有一說源自於九份庄名之演變。

17 「番」是日據時期對礦坑的稱呼，當時依順序排號。七番坑開鑿於昭和七年（一九三二年）六月，然而現在坑口已經封閉，只留下當年用來運送礦土的鐵索軌道。鍾溫清主編：《瑞芳鎮誌．勝蹟篇》，頁四一。

18 中山堂是日據時代由台金公司建造而成。民國四三年（一九五四年）改建為水泥建築，並在民國四〇、五〇年間開放使用，是當時台金公司員工集會的場所、娛樂中心及電影放映室。中山堂是一棟兩層樓的建築，前方有一個大舞台，可供各式的會議及典禮的舉行，同時也播放價格低廉的電影，如果遇到重要節慶甚至還可以欣賞免費的電影。現在，中山堂已經拆除，只能在遺址想像舊日的情況。鍾溫清主編：《瑞芳鎮誌．勝蹟篇》，頁五七。

19 日本據台時期「一百錢」為「一圓」，賴王色表示當時五百錢僅能購買一碗白麵。一九三七年爆發七七事變，隨戰事日漸激烈，日本官方嚴格控管台灣電影片內容及播放情形。一九四二年四月成立「映畫演劇統制會社」，是統制台灣電影演劇之意。當時台灣戲院分甲、乙、丙三級，甲級

工買票進院觀賞電影，看完電影再沿山路趕回家。

她憶起一回颱風即將來襲，但因想看下午場的電影，觀察當時天象認為颱風應不會立即產生影響，於是留下來看電影。不料散場時氣候惡劣，一路上行走困難，人被風吹倒、魚簍子飛上天，由此可見賴氏對電影的喜愛。

九份昔日為金礦重要產區，基山街與豎崎路一帶商店林立。昇平戲院為日據時期臺灣北部第一家也是最大的戲院，約建於一九二七年，九份大量產金時，戲院總是人潮洶湧。據江兩旺先生表示：

> （昇平戲院）演出的戲劇種類很多，如日本新劇、歌仔戲、默片、日本片及台語、國語電影等等，演出的場次為下午一場，晚上一場。通常去看下午場的多為婦女，而且很多人都會在演出前叫小孩去佔較好的位置，以手巾、背巾、扇子等東西放在位子上，尤其將背巾拉長，一次可佔好幾個位子。[20]

圖七　九份昇平戲院

[20] 為首輪戲院，票價為六百錢至八百錢之間（台北市）。呂訴上：《台灣電影戲劇史》（台北：銀華出版社，一九六一年），頁二四－二五。口述資料：北縣台陽公司諮議江兩旺先生口述。鍾溫清主編：《瑞芳鎮誌・勝蹟篇》，頁二九。

賴王色兒子表示，小時候母親曾帶他到昇平戲院看戲。觀賞電影是賴氏三十三年販魚工作中的主要休閒活動之一，除因她個人工作有所收入得以從事娛樂活動外，亦是金瓜石、九份一帶商業化活動的表現。

綜觀賴王色一生以漁村為主要居住地，是造成她從事漁業工作的主要原因，又因從事漁獲買賣有機會往來於臨近村落間。日據時代及臺灣光復年間，金瓜石與九份一帶因開採礦業而商業活動頻繁，當時九份即有「小香港」之稱，得以想見其作為商業城鎮的重要性與繁榮景象。賴王色雖是居住於漁村，卻因做生意買賣與商業化村落有所接觸，因而能迅速獲知外界新鮮事物與消息。又因臺灣東北部地區冬季受東北季風影響，漁業活動不如夏季頻繁，屬漁撈業淡季，她即擁有較多時間從事工作以外的活動。其參與各區域之主要民俗及娛樂活動的原因為：

一、個人興趣與地方風俗之結合

不論是鼻頭里或南雅里，每年的廟會活動都是村裡的重大盛事，為村民人際交流融合宗教信仰的互動場合。賴王色因個人興趣喜好看歌仔戲，驅使她融入社群及當地民

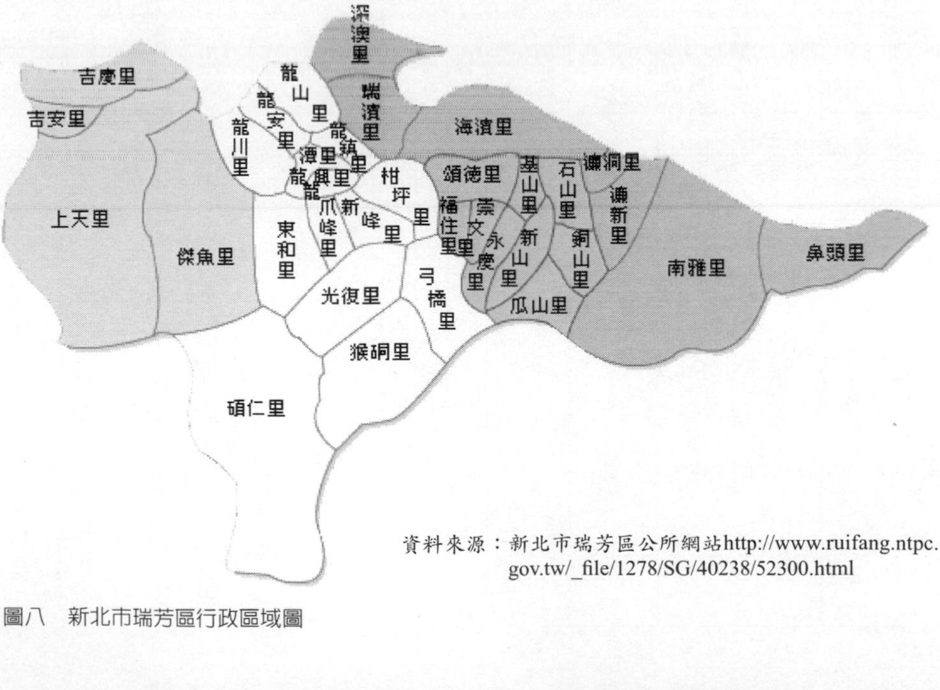

資料來源：新北市瑞芳區公所網站http://www.ruifang.ntpc.gov.tw/_file/1278/SG/40238/52300.html

圖八　新北市瑞芳區行政區域圖

俗活動中。

二、個人宗教信仰與民間信仰相配合。

臺灣民間宗教信仰以儒、釋、道三教為主，三者多有相互混雜之情形，信眾堅信心誠則靈，普遍出現多神信仰的現象，賴王色的宗教信仰觀亦如是。不論是鼻頭里新興宮或南雅里南新宮，凡是廟中所供奉神祇她都相信其具有神性而祭拜之。

表二　賴王色生平主要活動區域地名沿革

清代末年		日據時代（大正九年）			光復後		
					一九五〇年		一九七〇－一九九八年
街庄名	土地名	街庄名	大字	小字	鄉鎮區名	村里名	增減里
鼻頭庄	鼻頭	瑞芳庄〈街〉	鼻頭	與清代末年土地名所載資料相同	瑞芳鎮	鼻頭里	
草山庄的南仔吝庄	草山、石梯坑、苦苓嶺、南仔吝、哩咾	瑞芳庄〈街〉	南仔吝	與清代末年土地名所載資料相同	瑞芳鎮	南雅里	
金瓜石庄	金瓜石	瑞芳庄〈街〉	金瓜石	與清代末年土地名所載資料相同	瑞芳鎮	新山里 銅山里 瓜山里 金山里 三安里 石山里	金山里裁撤併入瓜山里 三安里裁撤併入石山里
焿仔寮庄	焿仔寮	瑞芳庄〈街〉	焿仔寮	與清代末年土地名所載資料相同	瑞芳鎮	基山里 永慶里 長樂里 永德里 崇文里	永德里裁撤併入永慶里 長樂里裁撤併入崇文里

						集賢里 慶平里 福住里 頌德里 海濱里	集賢里裁撤 併入福住里 慶平里裁撤 併入頌德里

資料來源：洪敏麟等編，《臺灣堡圖集》（臺北：臺灣省文獻委員會，一九六九年六月發行），頁三五、四一-四二。

三、所述故事傳承背景

民間文學傳承背景有血緣、地緣或業緣傳承之不同，血緣傳承指家族內部傳承，一般不易對外流播，地緣傳承與業緣傳承屬社會傳承，前者以鄰近區域為傳播範圍，後者則與行業活動密切聯繫。[21]自大眾傳播媒體興起後，民間文學的傳承方式趨向多元化。賴王色所述故事來源即呈現多元化現象，以社會傳承管道為主，除聽他人講述外，另亦得自觀賞野台戲及其他大眾傳播媒體。

（一）故事前講者的啟發

民間文學最初是以口耳相傳為傳播方式，因講述故事具有娛樂效果，易於拉近人我之間距離，使群眾達到交際互動，是人民生活中的一部分。賴王色喜好參與村人群聚聊天場合，聽人講述生活趣事或傳說故事，彷彿能一解平日的疲憊，為勞動生活帶來更多樂趣。

[21] 經由對個體傳承人之間的共同特性研究可知，民間文學有固定的傳承來源，傳承淵源表現於：血緣、地緣、業緣傳承等三種。劉守華、陳建憲主編：《民間文學教程》（武漢：華中師範大學出版社，二〇〇九年六月第二版），頁二九－三〇。

賴王色九歲輟學後開始幫忙養父處理漁獲，因教育程度不高，在尚未接觸大眾傳播媒體之前，其接收知識、資訊皆源自於日常生活口語交流中；如冬季漁獲業閒暇人們群聚聊天講述故事，就成為賴王色汲取故事的泉源。童年時期的耳濡目染，賴氏潛意識中對於故事聽講活動的喜愛，是為日後沉醉於講述故事的基礎。

除童年經常參與講故事活動，賴王色婚後隔壁鄰居有一位「坤同仔」，也是賴王色所述故事的重要前講者之一。「坤同仔」是一位年約二十歲的男性，他經常把書上看到的故事講給大家聽。賴王色還清楚記得〈孟麗君脫靴〉的故事就是有一年冬天坤同仔來到家中所講；她的兒子則記得他曾說過〈三國演義〉，但因當時年紀小，對於這類篇幅較長的故事不感興趣，並未將故事聽完。此外，賴氏婚後五年開始販魚，時常往返於金瓜石、九份一帶，有機會與往來人們頻繁交流下，其間或談論時事、聽講故事等，更增加聽故事的機會。

就賴氏記憶所及，至今還記得聽人說過〈愛吃雞的老師〉、〈白賊七〉[22]、〈白蛇傳〉、〈魏徵斬龍王〉等故事。只是年歲已高，對於當年的講述者已不復記憶。但由此可知其生活環境中，的確存在一些善於講述故事者，而「坤同仔」應是經常來到賴氏家中的故事講述人。

（二）傳統戲曲的搬演

野台歌仔戲是早年臺灣社會極為盛行的戲曲活動之一，是由歌仔小戲「歌仔陣」等民俗表演轉變為「老歌仔戲」後，又逐漸蛻變而成。[23]最早的劇本是由民間故事〈荔鏡傳〉改編成〈陳三五娘〉，第二部是〈梁山伯與祝英台〉，

22 賴王色對〈白賊七〉故事內容之記憶，僅止於白賊七騙駝背者去綁在樹上，以治駝背。因不具故事完整發展脈絡，故不納入本書附錄「賴王色所述故事文本」中。

23 閩南「錦歌」隨移民者進入台灣，於宜蘭地區落地生根；當時台灣也流行自閩南傳入的「車鼓戲」，於是模仿車鼓戲的陣頭形式，取其調弄舞蹈

是歌仔戲形成以來最成功之作，可稱為歌仔戲的聖經。歌仔戲最初和打拳賣膏藥的商人一樣在馬路旁演出，因受民眾歡迎，於是有戲團組織出現，到處巡迴演出。[24]

賴王色觀看的野台戲主要來自：鼻頭里新興宮每年農曆三月二十三日為慶祝媽祖壽誕會請來歌仔戲班演戲酬神，是她幼年至婚前看歌仔戲的場合。婚後定居南雅里，當地南新宮以林傅溫三府王爺為主神，每年農曆六月十四日為主神遶境活動、十月十五日為「謝平安」祭，更增加看戲班演出酬神戲的機會。「謝平安戲」是臺灣地方祭典祀神活動之一，一八九八年《臺灣日日新報》載：

> 舊歷（按：應作曆）十月十五。俗稱下元。島民共祝三官大帝。惟漳人為盛。按此日乃水害（按：應作官）壽辰。其神疑為夏禹。禹治九河。水土平而後可得稼穡。所以百穀告成。必奉牲薦黍。仰荅神庥。是即。古人祭方社田祖之遺意。今聞擺接各庄。每逢是期。亦必濱（按：應作演）戲慶祝。名曰謝平安。[25]

鼻頭里新興宮及南雅里南新宮，皆於廟會時請外地歌仔戲班蒞臨演出。南新宮尚未興建水泥戲台前，是由當年輪值爐主出資搭建戲台，村人多自備坐椅至台前佔位子看戲，待野台戲結束後拆除舞台，眾人才散去。每逢廟會熱鬧時，賴王色亦至廟口看戲，每每看到戲班散場才搬著椅子回家。有時戲班在鼻頭里與南雅里兩地間輪流演出，時常上演相同劇碼，熱愛歌仔戲的賴王色多次一再重複觀賞，至今尚記得看過〈孟麗君脫靴〉、〈狸貓換太子〉、〈狄青〉、〈白蛇傳〉、〈山伯英台〉等戲碼。

的身段而歌以「本地歌仔」。曾永義：《台灣歌仔戲的發展與變遷》（台北：聯經出版事業公司，二〇〇一年十一月），頁一〇九－一一〇。

24 呂訴上：《台灣電影戲劇史》，頁二三五。

25 《台灣日日新報》一八九八年十二月三日「漢文報」，日刊第三版第一七六號〈下元紀俗〉。

（三）現代傳媒興起與流行

賴王色身處日本據台與光復後社會、經濟日漸轉型下，現代傳播媒體事業亦逐步興起走入民眾生活並造成流行，娛樂傳播管道的多元化，使得部分賴氏所述傳說、故事源自傳播媒體。

臺灣唱片業第一波國際公司進駐風潮始於日治時期。自一九二七年起，世界各牌唱片公司紛紛在日本設廠投資，因錄音技術、唱片品質、生產量較過去進步，留聲機走向規格化，價格亦大幅降低，唱片娛樂日漸大眾化。[26]連帶影響臺灣留聲機及唱片業的發展。

一九三九年賴王色結婚時，夫家為慶祝婚事，曾一連播放好幾片當時流行的唱片予眾人聆聽欣賞。當時臺灣留聲機極為流行時，人們會在結婚場合中播放留聲機以娛樂、慶祝一番。[27]自此賴王色開始接觸留聲機唱片娛樂活動，時值唱片公司大量發行歌仔戲唱片時期，故賴氏除在廟會看野台戲演出外，也喜歡聽留聲機的歌仔戲唱片。

賴王色的公公休閒娛樂時喜愛聽留聲機唱片，皆是購自水湳洞留聲機專賣店。當時店家為銷售唱片，多以播放唱片讓來往人們試聽，顧客若是喜愛就會購買唱片。賴王色的公公經常購買閩南語唱片，待空閒時全家聚在一起聆聽。日後賴王色所述諸多故事皆源自公公所購買的唱片，如〈孝子姚大舜〉、〈藍芳草探監〉、〈薛仁貴舉大杉〉、〈吳漢殺妻〉、〈臭頭娶貓某〉、〈二四工廠〉、〈山伯英台〉、〈臭頭洪武君〉[28]、〈麵線冤〉、〈狸貓換太子〉等，都是當

---

26 李坤城：〈不插電聽唱片的時代—日治時期台灣唱片文化發展漫談〉，收錄於磺溪文化學會執行製作：《聽到台灣歷史的聲音：一九一〇—一九四五台灣戲曲唱片原音重現》（台北：國立傳統藝術中心籌備處，二〇〇〇年十二月），頁七。

27 資料來源：筆者向唱片收集者李坤城先生請益。

28 賴王色今日對〈臭頭娶貓某〉、〈二四工廠〉、〈臭頭洪武君〉三則故事的記憶，僅存故事中人物彼此的簡短對話或部分不完整的情節，因不具故事完整發展脈絡，故不納入本書附錄「賴王色所述故事文本」中。

時她最喜歡聽的唱片。

日據時期，日人除引進留聲機外，亦開始發展電影娛樂事業。電影對於一般民眾而言不若廣播及電視方便，尤其在電影娛樂尚未普及化的年代，賴王色卻因個人興趣接觸電影。除前節所述賴王色於販魚之閒前往金瓜石礦場娛樂所觀賞電影外，還曾為看電影，專程從南雅里前往九份昇平戲院。約三、四十歲時，因與嫁至基隆市的小姑興趣相同，二人經常結伴至當地電影院觀賞閩南語影片。「一九六〇年代，基隆市戲院共有：大華、龍宮、中央、國際、大世界、基隆、高砂、新樂、中正堂等九間戲院」。[29]賴王色記憶中曾到基隆市大世界、基隆、新樂等戲院看過電影，且特別記得在基隆戲院看的就是歌仔戲電影。

計賴王色觀賞電影的管道有金瓜石礦工娛樂所、九份昇平戲院、基隆電影院等，尚保留於記憶中看過的影片有〈基隆七號房慘案〉[30]、〈孟姜女〉、〈殺子報〉、〈趙子龍救阿斗〉、〈白面書生〉等。

此外，賴王色所接觸的大眾傳播媒介還有廣播和電視機。臺灣廣播電台起於日據時期：

> 臺灣的廣播電臺創於民國十四年六月十七日，即當時臺灣總督府統治臺灣三十週年紀念，舉設播音室於總督府舊廳舍內，為期十日間，至民國十七年十一月一日（昭和三年十一月一日）才正式開始播送，當時電臺均用日語播送並屬官營。[31]

臺灣光復後廣播電台越顯發展，「廣播歌仔戲」開始於一九五四、五五年間，而以一九六二年成立的「正聲天馬歌

29 呂訴上：《台灣電影戲劇史》，頁一五二。
30 賴王色稱該故事為〈十三號房〉，詳見後文賴氏所述故事來源所論。
31 呂訴上：《台灣電影戲劇史》，頁一五七。

劇團」達到巔峰；此後受電視歌仔戲影響而走下坡。[32]

一九六一年賴王色的兒子開始工作，家中經濟狀況不若過去沉重，於是她購買一台收音機以為娛樂，主要用來聽閩南語廣播電台節目；當時歌仔戲廣播節目正如日中天，喜愛歌仔戲曲的她會與鄰人一同收聽。賴氏聽廣播節目的習慣持續至晚年，每日按時收聽閩南語廣播節目。

臺灣電視業自一九四〇年代末開始發展，一九六〇年初期成立第一家商業電視台—「臺灣電視公司」，一九六九年十月「中國電視公司」開播，一九七一年「中華電視公司」開播。[33]自此臺灣電視節目隨工業化時代、電視機的普及，逐漸成為人民日常生活接收資訊、娛樂來源。

賴王色接觸電視傳播媒體約始於一九七三年，與兒子婚後同住的日子。時值三家電視台激烈競爭階段，莫不在節目形態上較勁，好贏得高收視率，收視戶亦因此而日漸大增。之後賴氏前往台北市工作時，雇主家中雖有電視機，但因受雇工作的關係，不若自家觀賞電視自由。一九七九年於禮樂煉銅廠工作時，工廠提供電視機讓員工自行觀賞，每當休息時她即觀看電視以為娛樂，是為賴氏早年生活中能大量觀賞電視的機會。日後家中亦添購電視機，雖也欣賞電視歌仔戲，但總覺得電視節目不若留聲機唱片或野台戲精彩。日後又因受限於語言隔閡及視力退化等因素，已較少觀賞電視節目。

由賴王色所述故事傳承來源，可見出部分故事在不同時間點、不同來源有一再重複出現的情形，包括透過前講者的講述、野台戲演出、廣播及電視節目的播出等，凡此有利於故事傳播的背景，在她的生活中不斷重現，是加深她對故事的熟悉與記憶，促成日後對故事內容熟稔的主要原因。

32 參自曾永義：《台灣歌仔戲的發展與變遷》，頁七六。
33 朱心儀：《台視一九六二～一九六九節目內容的演變》（花蓮：國立花蓮師範學院鄉土文化研究所碩士論文，二〇〇五年六月），頁三、八七。

參、講述作品來源與傳播

民間故事長時間受民眾喜愛，流傳過程中因受各種語境影響往往具有多樣化面貌。故事家個人生活環境與人生際遇之不同，造成故事的接受有其特定傳承路線及來源背景，所接受的故事類別即有差異。故事無法單獨存活於時空中，須進入故事家的生活中才具有生命力，因此民間故事與故事家個人生活背景實乃息息相關。探究故事來源與傳播管道，足見故事如何活躍於故事家生命裡，亦為故事傳承史之探討。

民間故事從口頭、書面等傳播，發展至以大眾媒體為媒介。大眾傳媒作為文化語言傳遞載體，隨其科技進步，民間故事可以通過影音錄製等型式進行，打破過去面對面講唱的單一局面，是快速、廣泛傳播時代的來臨。[1]

賴王色幼年時喜好聽鄰里間耆老講述故事，逐漸培養出聽故事的興趣，進而發展成愛看演出民間故事戲碼的野台戲。隨著生活形態轉變，留聲機、電視、電影等傳媒也成為她吸收故事的管道。賴氏所述故事來源可分為三方面：一、口頭傳播，二、野台戲，三、大眾傳播媒體。

以上三種民間文學傳播方式，有僅以聲音傳遞的表演，亦有真人演出或結合視、聽覺的傳播模式。後文依序分析賴王色所述傳說、故事來源背景，進而探討傳播模式對民間文學傳承之影響。其所述傳說故事在此三種傳播模式下，有何

1 葉春生：〈現代口承文藝的超時空傳播〉，《民間文學論壇》，一九九八年第四期（一九九八年十一月），頁三一。

特殊性？以見此三種傳播模式對民間文學傳承之影響。

一、口頭傳播的傳承

「口傳文學」又稱「民間口承敘事」，是民眾的藝術敘事，是大眾集體創作、口頭傳承的一種語言藝術，是運用口語的型式敘述故事，反映人類社會生活以及民眾理想的口頭文學作品。[2]為人民精神文化之一，主要傳承方式為口頭語言傳播，表現於能因時因地即興演出，而傳播者最少有一人，凡是講述現場之參與者都能被視為接收者，當接收者繼承後又以口語方式再度傳播故事。

口語傳播的講述活動，主要依靠語言傳遞、間或配合肢體語言動作，對受教程度不高、無法閱讀大量書籍的人而言，透過視、聽覺的接受，無異是最為便利又富趣味性。口傳文學活動即是在人民日常生活談話、交流之下產生，是語言結合行為模式的動態文化產物。

（一）傳承來源

賴王色所述源自前講者口頭傳播的故事，多為鄉里間鄰人或生意來往所接觸者，屬社會活動之傳承路線。何以賴氏所述故事來源自口頭傳播者為社會傳承，而非家族或血緣間傳承？

2 江帆：《民間口承敘事論》，頁三。

賴王色父母生有七女皆送養他人，三歲即離開親生父母的她，除與排行第六的姐姐偶有聯絡外，婚前生活與養父一家較為密切。自九歲跟隨養父處理漁獲、幫忙家務，家人工作繁忙少有娛樂活動。因此鄉里間耆老談天說笑、講述故事成為重要的娛樂來源，也引起她相當大的興趣。婚後為生計外出工作，增加了與人談天、說笑，聽人講述故事的機會，且生活周遭有像「坤同仔」會講故事的人，豐富了賴氏聽講故事的環境。

（二）傳承者

「傳承」是一切知識、文化和經驗，包含跨時代的歷史記憶之延展，口傳文學傳承過程中聽講者與講述者都是重要的傳承體，特別是講述者，即「口傳文學傳承人」。其中能講、善唱，且負責把口傳文學及其所承載的傳統，傳承下去者可稱為「積極傳承人」。大抵民間文學口頭傳承的基本脈絡為：

> 創說（或是最初的文化記憶）→講述，傳播→建立記憶（或重新記憶）→自覺或不自覺的再創說（遺忘或增添）→再講述，再傳播→被記錄為書寫文本（記憶的另一形態）或保留於語境階段（再記憶，再講述，再傳播，以下類推）[3]

因此，口傳文學透過講述現場講述者與聽講者面對面，以口語方式傳遞、接收，聽講者接收了敘述故事，將語言符號轉換成記憶符號後加以保存，繼而可能成為下一次傳播活動的講述者，其身分、功能也從「接收者」轉變為「傳播

[3] 鍾宗憲：《民間文學與民間文化采風》（台北：里仁書局，二〇〇六年二月），頁二三。

者」。賴王色所述故事之前講述者，由他處吸收故事時是「接收者」，將故事講述於他人時，從「接收者」轉為「傳播者」。而賴氏聽講故事與日後講述故事，其傳承者身分及功能亦作如是轉換，完成口傳文學傳承活動。

故賴王色的口傳文學傳承脈絡為：鄰里耆老所聽聞，或鄰居「坤同仔」轉述書本所載。前講者「講述」故事為耆老及坤同仔「建立記憶（或重新記憶）」後，以「自覺或不自覺的再創說（遺忘或增添）」進入「再講述，再傳播」活動，而故事為講述現場參與者之一的賴王色所接收，記錄於腦海中等待再度傳播。

口傳文學在人們口耳相傳的講述活動中，為人記憶、講述、傳播，並等待再記憶、再講述、再傳播，如此一再反覆作用下方得以代代相傳；傳播者的角色及功能亦隨故事流傳作轉換。

（三）傳承內容

故事以口語化散文敘述方式傳播，或夾雜於閒話家常中，對接收者而言，主要聽講目的在於故事的趣味，因此無法一字不漏完整地記憶情節；口傳文學接收者從聽講到記憶的轉換過程，不免受接收者個人記憶力減損或講述時不自覺的增添行為，造成所述故事與前講者有所差異。即使是同一講述者講述同一故事，每一次敘述亦有所不同，但故事的基本結構與發展大抵上不會產生改變。

米爾曼．帕里（Milman Parry, 1902-1935）及阿爾伯特．貝茨．洛德（Albert B. Lord, 1912-1991）由口頭史詩演唱者研究中提出「口頭程式理論」：

> 每一次表演都是單獨的歌，每一次表演都是獨一無二的，每一次表演都帶有歌手的標記；而故事歌手的每一次表

演都是一次再創造。[4]

因此，由群眾集體參與及創作下的結果，故事的一再重複被講述就是異文生成的原因。以賴王色幼時聽鄰人耆老所述「愛吃雞的老師」的故事為例，故事情節大要為：

有個老師到鄉下教學，因好食雞肉，一直前往同一學生家中吃雞三次，最後被學生家長惡整。

故事中關於學生家長假裝在廚房烹煮食物的情節，講述者每講一次就出現不同描述：

第一次講述：

他老母就假影在灶腳煮飯，鼎仔燃予熱熱，用水淋落去，「chi chi chhā chhā」的聲。（他母親就假裝在廚房裡煮菜，把鍋子燒得熱熱的，用水淋下去，「chi chi chhā chhā」的聲音。）

第二次講述：

老師枵鬼到按呢，彼老母厲害，假影在煮飯，「li li la la」、「chi chi chhā chhā」。（老師很貪吃，那母親很厲害，假裝在煮飯，「li li la la」、「chi chi chhā chhā」。）

---

4 〔美〕阿爾伯特・貝茨・洛德（Albert Bates Lord，1912-1991）著；尹虎彬譯：《故事的歌手》，頁五。

第三次講述：

阿毋都假鬼叫伊來食咧煮菜，刁工共伊拖喔，拖到過晝、過晝，猶閣佇遐咧khi-khi-khiak-khiak、khi-khi-khiak-khiak。（她故意拖延超過中午吃飯時間，發出「khi-khi-khiak-khiak、khi-khi-khiak-khiak」的聲音。）

講述者三次形容熱鍋與水接觸，或鍋中翻炒的聲響，所使用的狀聲詞及形容皆不相同。然無論是何種狀聲敘述，都為達到讓聽者了解及想像故事中的烹煮行動，並為講述故事增添聽覺效果。

故事家講述來源於任何管道的傳說、故事，不受固定文本及敘述方式所限，得以自由的增添、刪減故事細節；即使是同一人敘述同一故事，每一次的講述在細節上都會有變化，但不至影響故事所要傳達的意念。因此，每一次講述活動是一次獨立表演，且同時因增生、減損而衍生出更多異文。

二、民間戲曲的傳承中介

今日臺灣廟會常見「歌仔戲」登台表演，表演者以說、唱方式配合曲調及身段演出，是民間戲曲劇種之一。最初表演模式僅為說唱，起源於早年大陸移民入台時期，隨之傳入閩南的「錦歌」。「錦歌」於宜蘭地區逐漸發展，為善歌者加以琢磨，使之更適合用來說唱故事，被稱為「本地歌仔」。後又吸收其他流行劇種，如「車鼓戲」、「四平戲」、「亂彈戲」，及歌仔戲表演者的改良下，蛻變為「野台歌仔戲」，一九二五年進入內台演出，成為「內台歌仔戲」。[5]

歌仔戲的轉變，實與臺灣社會形態及經濟發展有深厚關係：一九二〇年代，臺灣社會與經濟開始朝向現代化發展。在此之前，歌仔戲主要依附於農業社會的民間節慶活動，為農暇之餘的娛樂休閒。一九二〇年代前後，歌仔戲發展為「野台歌仔戲」，成為大戲形式，並流行於各鄉鎮。在整個社會環境朝都市化與現代化發展下，歌仔戲亦走向商業化，劇團演員結構轉為職業劇團。此時歌仔戲開始走入室內劇場做商業性演出。[6]歌仔戲自地方小戲轉為大戲，進而出現職業劇團的組合，曾是臺灣極為興盛的民間戲曲表演。賴王色自幼生處農、漁業生活形態下，其個人娛樂活動與野台歌仔戲實緊密相連，民間戲曲自然成為日後賴氏所述傳說、故事來源之一。

（一）傳播場域

臺灣農業社會崇拜天地萬物的觀念，表現於人民敬天地鬼神，及各地廟宇林立。廟宇宗教祭典儀式往往是地方上重大活動，又因具有凝聚地方民心作用，成為個人心靈與集體信仰的交流場所。傳統信仰活動經常伴隨戲劇表演，是信眾藉表演以表達意願，因此在傳統社會中，民間戲曲非常蓬勃，其內在意義是藉表演行為以譬喻人生，藉行動表達其文化理想及內心意願。[7]臺灣歌仔戲曲多以民間傳說、故事為演出題材，正符合民眾的心理期待。

賴王色所述故事來源於地方民間戲曲者，為鼻頭里、南雅里二廟祭典時，外地戲班所演出的戲碼。廟前戲台上的免

5 曾永義：《台灣歌仔戲的發展與變遷》，頁一〇九－一一〇。
6 楊馥菱：《臺灣歌仔戲史》（台中：晨星出版社，二〇〇二年十二月），頁二五。
7 中國人的生活中，不論是宗教的或非宗教的，神聖或世俗的，隨時隨地都要舉行儀式，藉儀式行為以表達對人際關係的肯定，所以對儀式的正確性與否甚至比實際行為還要講究。李亦園：《田野圖像：我的人類學生涯》（台北縣：立緒文化，一九九九年十月），頁四一六。

費演出屬開放空間的活動，觀眾得以自由參與，戲班的演出並無限制觀眾機制，又為吸引人潮駐足觀看，多演出群眾期待的劇目，以博得好評，多傾向大團圓的美好結局。如賴王色記憶中看過〈孟麗君脫靴〉、〈狸貓換太子〉、〈狄青〉、〈白蛇傳〉、〈山伯英台〉等劇目，皆是膾炙人口的故事。

此外，野台歌仔戲開放空間的演出，台下觀眾與舞台表演者之間，較之口耳相傳講述活動，是另一種形式的面對面交流。觀眾在欣賞表演之餘，也相互討論劇情、對台上表演者提出批評或以熱烈鼓掌等行為作回饋。因此，野台歌仔戲為得觀眾喜愛，多針對當地居民投其所好，以利取得下次演出機會。

以賴王色看酬神戲的新興宮及南新宮為例，鼻頭里為出生地，新興宮是她自幼熟悉看戲的場所，南新宮則是婚後頻繁接觸的廟宇。二廟所在地皆為漁村，居民生活形態相近，彼此間亦有所往來。若歌仔戲劇團於其中一地的表演博得好評，大多會轉往另一地演出相同劇碼，愛看戲者就隨劇團演出往來兩地間，賴王色即一再擁有觀賞歌仔戲的機會，加深她對故事的熟悉與記憶。

（二）演出內容

早年臺灣農業社會生活物資較為匱乏，娛樂活動不若今日頻繁，一旦有野台歌仔戲演出總能吸引大批民眾前往觀賞。因野台戲多半在民間節慶場合演出，是一種節令性的表演，而生活環繞在廟宇、神明信仰的人們，每隔一段時間，就會到廟前參與宗教活動、並欣賞鼓樂及戲曲表演。演出是給廟裡的神明看，也是給生活環繞在宗教節慶、廟宇慶典儀式周圍的人們看。[8]是人們宗教行為的一部分，亦是當地居民及參與者的娛樂活動。野台戲伴隨廟會活動，成為娛樂活

8 生活在農曆中的人們，雖然沒有週休假日，但仍然每過一段時間，他們的例行日常生活會出現一個停擺或起伏。何翠萍：〈野台戲在民間節慶演出的意義〉，收錄於陳主顯等著：《民間信仰與社會研討會》（出版地不詳，一九八二年），頁五六。

動，除與民眾信仰有不可分離之關係外，其娛樂性亦具有深層意涵。

臺灣歌仔戲演出內容多為民間故事，故事來源自口耳相傳或書籍資料，是源於日常生活，卻不同於日常生活，作為生活的一種抽離、解析，一種想像及重組，是觀眾和戲中角色互通、共享故事間的文化訊息。[9]戲劇內容演出是人們生活一個切面，多以二元對立之表現模式，善與惡、忠與奸、好與壞等人物形象製造衝突，以此為主線展開一段劇情高潮起伏的民間故事。

賴王色所述故事來源自歌仔戲者有〈孟麗君脫靴〉、〈狸貓換太子〉、〈狄青〉、〈白蛇傳〉、〈山伯英台〉等劇碼，每一齣戲文皆有正反對立之角色。〈孟麗君脫靴〉故事中皇甫少華與劉圭璧爭婚，劉圭璧比武射箭不認輸，意圖謀害皇甫少華，並強娶孟麗君。〈狸貓換太子〉中劉妃、郭槐誣陷東宮李宸妃產下妖怪，李宸妃流浪宮外，獲忠誠、公正的包公為她洗刷冤情。〈白蛇傳〉故事中，法海禪師深恐前來報恩的白蛇傷人，硬是拆散白蛇與許漢文的婚姻。〈山伯英台〉故事因馬文才奪婚，梁山伯與祝英台二人雙雙殉情。

歌仔戲文中無不傳達出人情世故與道德倫理觀，即便早年台下群眾普遍受教育程度不高，卻能從說唱表演中體會故事內容，是從事娛樂活動的同時，亦耳濡目染社會文化道德及倫理綱常，使得觀賞廟會歌仔戲不僅是一種民俗、宗教活動，其娛樂性亦具備教化人心作用。

（三）戲曲與口傳文學

野台歌仔戲演出少有劇本，是因於戲班人員在上台前，大多曾聽過將要搬演的故事，一旦上台，不需劇本即能有所

9 何翠萍：〈人類學研究民間戲曲的意義〉，收錄於教育部社會教育司、國立臺灣大學人類學系編：《中國民間傳統技藝與藝能演講彙編》（台北：教育部社會教育司／國立臺灣大學人類學系，一九八三年十二月），頁五五。

發揮，而演出前如同導演的「講戲」者，[10]亦是一種口頭講述故事表現。歌仔戲劇團內部口頭傳承故事行為，是進一步將口頭傳承的故事與戲曲相結合。

對臺灣傳統農村社會中成長的人而言，野台歌仔戲是早年生活中的一部分，有人曾受戲班教導、私自學戲等，其餘多為觀看歌仔戲演出者。賴王色所述部分故事與宜蘭故事家陳阿勉女士所述〈陳三五娘〉、〈三伯英台〉、〈雪梅教子〉等，皆源於觀看野台戲表演劇目，[11]他們觀賞表演後以口語講述戲曲內容，戲曲表演情節於是轉換為口頭而傳播。再者，賴王色所述來源自歌仔戲的故事中，〈孟麗君脫靴〉故事曾聽鄰人「坤同仔」講述，小時候也常聽耆老講述〈白蛇傳〉故事等。民間故事以歌仔戲演出為觀眾觀賞、接收後，以口頭語言敘述形式傳播，或口傳故事為歌仔戲所吸收，經戲曲演出後所形成的再傳播現象，使得傳統社會的戲曲表演成為口頭文學傳播的重要中介角色。

歌仔戲發展過程中，曾是觀眾喜愛的傳統戲劇表演，然日據時期受日本統治當局壓迫，尤以一九三七年蘆溝橋事變後「皇民化運動」的積極推行，臺灣歌仔戲沉寂了一段時間。臺灣光復後，歌仔戲如雨後春筍般再度興起，直到一九五六年閩南語電影興起前，歌仔戲的盛況可謂與日俱進。[12]今日歌仔戲除少數專業大劇團有較大規模演出外，其餘已日漸凋零，除歌仔戲內部發展因素外，社會生活、教育形態及休閒娛樂轉變之影響，登台演出的歌仔戲轉形為廣播、電視或電影歌仔戲等電子化娛樂節目。

---

10 野臺歌仔戲，嚴格的說是沒有所謂真正的編劇導演的。因為在傳統之中成長的人，一輩子受傳統意理的濡化（enculturation），多少對傳統歷史故事有某種程度的熟悉；因此，只要決定演出什麼，大半可在當時即知道自己應該有那些詞、那些動作應該表演。……於是，戲前的「講戲」與分派角色乃成為首要之事，而此講戲者，即是今日的導演、編劇。王嵩山、江宜展：〈臺灣地方戲曲的形成與意義—傳統的轉型與現代發展的思考〉，收錄於尹建中：《中國民間傳統技藝與藝能調查研究第三年報告書》「第三章」，（台北：教育部社會教育司／臺灣大學人類學系，一九八三年十二月），頁二八。

11 陳益源：〈台灣民間故事家的發掘與研究—以宜蘭羅阿蜂、陳阿勉姐妹為例〉，收錄於陳益源：《台灣民間文學採錄》，頁一四。

12 曾永義：《台灣歌仔戲的發展與變遷》，頁一〇九－一一〇。

三、大眾傳播媒體的角色扮演

臺灣大眾傳播媒體於日據時期逐步萌芽，除日方為行統治目的發行報章雜誌外，也為發展娛樂事業而引進電影（一九〇一年）、留聲機（一九一〇年）等。臺灣總督府統治臺灣三十週年（一九二五年）紀念時，更開辦廣播電台試播，並於一九二八年正式播送。[13]大眾傳播媒體在官方有效利用及民間經濟作用下，逐步進入臺灣社會並成為人民接收訊息及娛樂來源。

大眾傳媒以影像、聲音傳遞的娛樂方式，除打破過去口耳相傳及民間戲曲表演所受的時空限制外，對教育尚未普及時代的群眾而言，電子傳媒不似閱讀報章雜誌有識字條件的限制，因此以一種新興娛樂獲得社會普遍青睞。

大眾傳媒來台發展初期為順利開拓市場，意識到需搭配臺灣本土文化，方得以成功銷售商品，達到行銷目的及經濟效益。一九一〇年代掀起的「留聲機熱」，主要以進口日語歌謠或西洋歌劇的唱片為主，對臺灣民眾吸引不大。據日人山口龜之助《レコード文化發達史》所載，一九一四年臺灣「日本蓄音器商會」台北支店負責人岡本樫太郎率臺灣藝人，一行十五人前往東京錄音，共錄製二十一面唱片原盤，之後再製成唱片回台銷售。[14]據傳赴日錄音者皆為客籍人士，錄音內容為客家曲調、山歌或鬧廳等音樂。[15]試圖以此擴展臺灣唱片銷售市場。然此時期因留聲機尚未普及，唱片價格亦昂貴，一直到一九二〇年以後，伴隨歌仔戲在民間逐漸成形，唱片工業及留聲機的製造逐步發展，「日本蓄音器商會」又再度錄製歌仔戲唱片。[16]此後，因人民經濟生活改善，電視普及化時代到來，影音快速的傳播方式，在家中觀

---

13 呂訴上：《台灣電影戲劇史》，頁一五七。
14 徐麗紗、林良哲：《從日治時期唱片看臺灣歌仔戲（上冊）》，頁六八—六九。
15 呂訴上：〈臺灣流行歌的發祥地〉，《臺北文物—「城內及附郊特輯」》，第二卷第四期（一九五四年一月），頁九三。
16 參自林良哲：〈日治時期歌仔戲的商業活動—以唱片發展過程為例〉，收錄於蔡欣欣主編：《百年歌仔：二〇〇一年海峽兩岸歌仔戲發展交流研

看電視遂逐漸取代過去出門看戲的休閒活動。

賴王色與現代傳播媒體的接觸始於一九三九年，是年結婚當日，夫家播放留聲機唱片以慶祝婚事。對電影的接觸起因於往來金瓜石、九份一帶販魚，曾向金瓜石礦工購買電影票券，進入礦工娛樂所觀賞電影；至一九五四年金瓜石礦工娛樂所開放使用，得以自行買票入所觀賞。一九五六年後臺灣電影公司大量推出閩南語片，更增賴氏觀賞電影的機會，於是多次前往九份昇平戲院看電影。一九六一年購置一台收音機，從此養成收聽閩南語廣播電台的習慣。一九七三年生活中加入了電視娛樂，至一九七九年後因工作的禮樂煉銅廠員工宿舍內提供電視機，為賴氏大量觀賞電視節目之始。

賴王色所述傳說、故事來源自大眾傳媒者，計有：留聲機、電影、廣播、電視。以下依賴氏接觸先後論述來源於大眾傳媒故事之傳承。

（一）多元化傳播媒體

賴王色所接觸大眾傳播媒體中，就傳播形式與便利性而言，留聲機與廣播以聲音傳遞，尤其留聲機唱片之播放權在於收聽者，聽者可依個人喜好播放唱片，完全不受時空限制。廣播則受限於廣播電台的製播，無法依個人喜好隨意播放，不如留聲機唱片之擁有自主權。電影與電視為結合聲音、影像的傳播，自早期的黑白片到彩色片，以及影像愈加貼近現實生活所見，遂成為常民生活中的重大娛樂傳播媒體。

討會論文集》（宜蘭縣：國立傳統藝術中心，二〇〇三年九月），頁四三九－四四一。

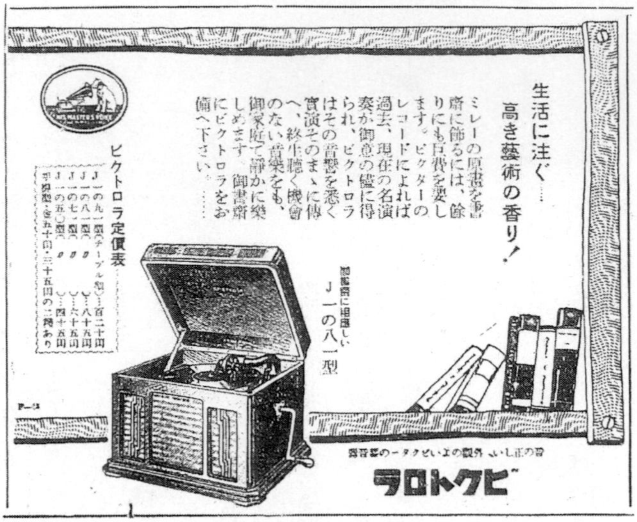

資料來源：《台灣日日新報》1935年2月1日，第12530號。

圖九　台灣日據時期留聲機報紙廣告

留聲機

一九一〇年代留聲機自日本傳入臺灣，起初因唱機和唱片價格高昂，[17]及唱片內容多為西洋音樂或日語歌謠，並未受到臺灣民眾青睞。一九二六年，日本「特許レコード製作所」（特許唱片）注意到臺灣市場，在台成立「臨時吹送所」（臨時錄音室），邀請多位臺灣藝人前往錄製臺灣音樂，共錄製超過一百面的音樂。所推出的八吋小唱片售價為六十錢，[18]與當時十吋唱片售價為七十至一百二十錢之間，又需加上進口關稅，是較為便宜。因特許唱片公司發行低價位唱片，遂引發各唱片公司彼此間的削價競爭，導致十吋唱片隨之降為每片八十錢，因此留聲機及唱片價格也大為降低，[19]臺灣因而掀起一陣「留聲機熱」。自此唱片公司紛紛設立，臺灣唱片出版業日漸興盛，直至一九四〇年

17　當時台灣全島只有台北、台中、台南等大都市才有留聲機及唱片販賣店，當時留聲機仍屬「奢侈品」。以「日本蓄音器商會」在一九一〇年發售的留聲機最便宜者，要價二十五元。唱片則依各家唱片公司訂價不一，最少要價一元。以一九一八年在台中糖廠任搬運工的男性勞動者為例，其每日工資約為六十五錢，如要購買一台最便宜的留聲機，則要花費近四十天的薪水，唱片則需兩天的工資。顯見當年留聲機及唱片無法普及的原因。徐麗紗、林良哲：《從日治時期唱片看臺灣歌仔戲（上冊）》，頁七一。

18　另一說金鳥印唱片發行七吋唱片，賣三十錢。李坤城：〈不插電聽唱片的時代—日治時期台灣唱片文化發展漫談〉，收錄於磺溪文化學會執行製作：《聽到台灣歷史的聲音：一九一〇—一九四五台灣戲曲唱片原音重現》，頁六。

19　徐麗紗、林良哲：《從日治時期唱片看臺灣歌仔戲（上冊）》，頁七二—七三。

代太平洋戰爭後才戛然而止。[20]

一九一〇年代初期至一九四〇年間，先後在台成立的唱片公司有：特許唱片（金鳥印）、日蓄唱片（飛鷹Eagle、東洋Orient、帝蓄Hikoki）、古倫美亞唱片（古倫美亞Columbia、利家Regal，分紅、黑二標）、朝日唱片（鶴標Tsuru）、羊標唱片、泰平唱片（Taihe，分泰平、麒麟二標）、文聲唱片、新高唱片（Nihitaka）、奧稽唱片（Oken）、高塔唱片、月虎唱片、聲朗唱片、博有樂唱片（Popular）、勝利唱片（Victor）、思明唱片（Shimei）、三榮唱片（Sammen）、日東唱片（Nitto）、東亞唱片（Tungya）、金城唱片（Condenser）和台華唱片（TCK）等等。[21]

賴王色所述源自留聲機唱片的故事包括：〈孝子姚大舜〉、〈藍芳草探監〉、〈臭頭娶貓某〉、〈麵線冤〉、〈狸貓換太子〉、〈山伯英台〉、〈吳漢殺妻〉、〈薛仁貴舉大杉〉、〈二四工廠〉等，以下為各故事所出之唱片（依唱片出版年限排序）：

一、帝蓄文聲曲盤公司一九三二年成立後，出版**〈山伯遊西湖〉**共四集，第四集分為八個部分，（唱片編號：1089-1092），每片雙面灌錄。[22]

二、奧稽唱片公司一九三二至一九三五年間出版**〈吳漢殺妻〉**，頭本為兩集兩片（唱片編號：F3127-28），二本三集兩片（唱片編號：F3129-30）。[23]

---

20 徐麗紗、林良哲：《從日治時期唱片看臺灣歌仔戲（上冊）》，頁七九。

21 徐麗紗、林良哲：《從日治時期唱片看臺灣歌仔戲（上冊）》，頁七九。

22 〈梁祝〉傳說故事一直以來為人所喜愛，日據時期唱片公司亦大量以此為題材編錄唱片。筆者在此特別指出〈山伯遊西湖〉，乃是據賴王色所唱山伯作詩一段之七句歌仔；實不排除賴氏亦曾聆聽其他〈梁祝〉唱片的可能。〈山伯遊西湖〉發行資料見磺溪文化學會執行製作：《聽到台灣歷史的聲音：一九一〇—一九四五台灣戲曲唱片原音重現》，頁一二。

23 徐麗紗、林良哲著：《從日治時期唱片看臺灣歌仔戲（下冊）》，頁四一八。

三、古倫美亞唱片公司一九三四年十二月出版〈**李宸妃困窯**〉一套四片（唱片編號：80302-05）。本劇為〈**貍貓換太子**〉故事前段，接續利家紅標唱片一九三六年六月及九月發行的〈**審郭槐**〉前、後集（唱片編號：前集T1076-1081、後集T1084-1088）總共十一片，[24]即為一套完整的故事。

四、古倫美亞公司副牌利家唱片黑標一九三四年出版〈**臭頭取貓某**〉，上、下集共一片（唱片編號：T255A、B面）。[25]

五、日東唱片公司一九三七—一九三八年間出版〈**孝子姚大舜**〉一套十二片前、後集（唱片編號：N2016-21、N2028-33）。〈**藍芳草探監**〉一套十二片前、後集（唱片編號：N2085-90、N2057-62）。[26]

六、古倫美亞公司副牌利家唱片黑標一九三五年出版〈**麵線冤**〉三套，一本為一套，一本五片（唱片編號：T250-54）、二本兩片（唱片編號：T256-57）、三本三片。[27]

其中，據唱片收集者李坤城表示，〈藍芳草探監〉、〈孝子姚大舜〉為當時日東公司熱賣的唱片。這二套唱片出版前，日東公司因剛成立不久，所發行唱片尚處於摸索時期，不久即開始嘗試將民間故事題材新編改錄為歌仔戲，因此這類唱片圓標上皆記有編者及「新歌仔戲」的字樣。因為受到廣大民眾的喜愛，唱片因而暢銷，日東公司此後便大量推出多套新歌仔戲唱片。[28]

據唱片收集者林太崴表示〈孝子姚大舜〉、〈藍芳草探監〉唱片內容甚至於戰後，以日東或東立／大一公司名稱再

24 資料來源：李坤城提供古倫美亞唱片出片手稿，此手稿為當年古倫美亞唱片倉庫管理者日人坂田先生所記。
25 磺溪文化學會執行製作：《聽到台灣歷史的聲音：一九一〇—一九四五台灣戲曲唱片原音重現》，頁一八。
26 資料提供：李坤城所收集此二套唱片上圖標所載之發行資訊。
27 徐麗紗、林良哲著：《從日治時期唱片看臺灣歌仔戲（下冊）》，頁一一五。
28 資料提供：李坤城先生。

度發行，[29]由此得想見其受民眾歡迎的程度。

其他如薛仁貴傳說亦為當時唱片公司灌錄、出版的熱門題材。有古倫美亞唱片公司於一九二九至一九三四年間出版北管〈薛仁貴回家〉上、下集（唱片編號：80063A、B），[30]後又出版福州歌〈仁貴別窯〉（唱片編號：80384）。[31]以及泰平唱片公司發行歌仔戲曲〈薛仁貴回家〉（唱片編號T269）[32]等。而〈二四工廠〉的故事，為日東唱片公司出版、汪思明編唱的一系列〈世間了解新歌〉勸世唱片之

資料提供：林太歲

圖十　日據時期〈孝子姚大舜〉唱片

資料提供：唱片收集者徐登芳

圖十一　戰後發行日據時期〈孝子姚大舜〉唱片

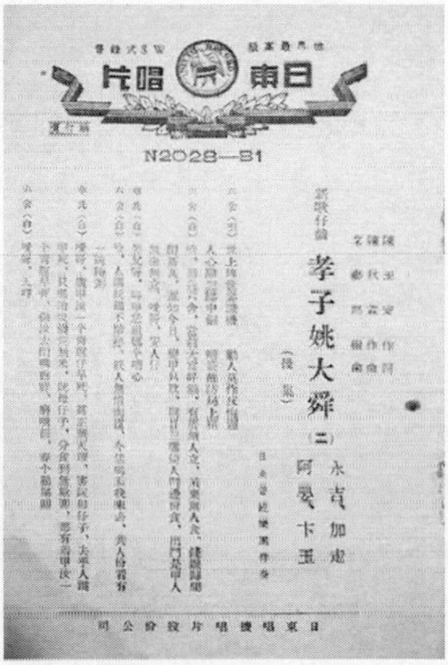

資料提供：林太歲

圖十二　孝子姚大舜歌單

資料提供：徐登芳

圖十三　戰後〈藍芳草探監〉唱片

29 筆者向林太歲先生請益。

30 磺溪文化學會執行製作：《聽到台灣歷史的聲音：一九一〇—一九四五台灣戲曲唱片原音重現》，頁一五三。

31 磺溪文化學會執行製作：《聽到台灣歷史的聲音：一九一〇—一九四五台灣戲曲唱片原音重現》，頁一五七。

32 徐麗紗、林良哲：《從日治時期唱片看臺灣歌仔戲（下冊）》，頁四一五。

第三集，內容主要描述犯罪者入監服勞役之苦，以勸世人不可作壞。[33]

電影

一九〇一年十一月日人高松豐次郎攜一台放映機、英杜（波爾）戰爭片及其他影片十數種來台，在西門町廣場上架一小木屋放映，是為臺灣最早公開放映電影紀錄。一九三七年日人導演安藤太郎以台北藝旦為故事背景拍攝電影〈望春風〉，該劇以當時最流行的閩南語唱片歌謠〈望春風〉歌詞改編而成；然因時值「皇民化運動」，日本政府禁止閩南語或中文影片放映，即以日語對白播出。至臺灣光復後，一九五五年始有閩南語電影〈六才子西廂記〉[34]上映，同年因〈薛平貴與王寶釧〉第一集極為賣座，[35]引起片商大量投資開拍閩南語電影。[36]

賴王色所述〈十三號房〉、〈孟姜女哭倒萬里長城〉、〈殺子報〉、〈白面書生〉等故事皆源自於觀賞電影。講述者所述〈十三號房〉故事是為閩南語電影〈基隆七號房慘案〉，[37]為一九五七年由社會事件改編成黑白電影，南洋公司發行，片長九十八分鐘，導演：莊國鈞，編劇：洪信德，主要演員包括：康明、吳萍、張麗娜、矮仔財等人，該片為當年十

33　資料提供：李坤城先生。

34　〈六才子西廂記〉由都馬歌仔戲劇團葉福盛投資，留日導演邵羅輝導演，於一九五四年三月拍成。因此部十六釐米閩南語片不適合放映三十五釐米影片的戲院設備，放映效果終告失敗，卻刺激了台灣電影人才加速拍攝閩南語電影。葉龍彥：〈正宗台語片滄桑〉，《歷史月刊》第一三八期（一九九九年七月），頁七八。

35　一九五六年一月四日，〈薛平貴與王寶釧〉在台北萬華大觀戲院和大稻埕中央戲院首映，並配合歌仔戲演員搭三輪車踩街宣傳，結果大為轟動，大觀戲院的窗戶甚至被擠破了。葉龍彥：〈正宗台語片滄桑〉，《歷史月刊》第一三八期，頁七九。

36　呂訴上：《台灣電影戲劇史》，頁一一五六。

37　筆者按：賴王色講述〈十三號房〉故事來源自電影觀賞，而片中車伕一角由「矮仔財」飾演，考其所述故事內容及演員，應為電影片〈基隆七號房慘案〉。參自黃仁：《悲情台語片》（台北：萬象圖書股份有限公司，一九九四年六月），頁一七二－一七三。

大賣座閩南語片冠軍。[38] 一九五九年晃東公司發行以〈孟姜女〉為名的閩南語電影，導演：莊國鈞，編劇：洪信德，主要演員包括：洪明雪、洪明秀等人。[39] 一九六〇年三元公司發行黑白電影〈殺子報〉，[40] 片長九十分鐘，導演：袁叢美，製片：夷光，演員：夷光、周曼華等人。〈殺子報〉本是國語片，因當時閩南語片觀眾佔多數，遂加配閩南語版發行。[41]

廣播劇

臺灣閩南語廣播劇製播紀錄為一九四二年十月，由呂訴上編導，以「太平洋戰爭」為題材的「宣戰佈告」，當時電台播音劇節目負責人為日人中山侑。光復後開放民營電台設立，至一九五四年北部共有六家，中、南部各有三家，東部則有二家民營電台。隨廣播事業發達，電台間的彼此競爭，業者無不在節目上增加新變化吸引聽眾，廣播劇因而大增。[42]

賴王色於一九六一年購買收音機後，常聽的廣播節目多是播放流行歌、歌仔戲曲或講古，其中她最喜好聽廣播歌仔戲。歌仔戲曲於一九五四至五五年間引起廣播業者注意，此與當時收音機日漸普遍、閩南語古裝電影興起，以及內台歌仔戲漸漸失去戲院演出機會有關。廣播電台開始作內台戲的現場錄音，再由電台播放。[43] 然因播放音效不佳，改由電台自行成立廣播歌仔戲團，直接在錄音室邊唱邊錄。[44] 一九六〇年廣播歌仔戲已相當興盛，台北民生電台的「金龍歌

38 黃仁：《悲情台語片》，頁一七二－一七三。
39 呂訴上：《台灣電影戲劇史》，頁九二。
40 〈殺子報〉國語版片名為〈魔窟殺子報〉，為一九五九年九月三元公司發行。見呂訴上：《台灣電影戲劇史》，頁六九。黃仁的《悲情台語片》一書中，頁二八一記載〈殺子報〉為一九五八年發行。然該書頁四九六，記〈魔窟殺子報〉為一九六〇年發行。〈殺子報〉乃依國語版〈魔窟殺子報〉配製閩南語發行，則〈殺子報〉發行時間應較〈魔窟殺子報〉晚。黃氏一書中載〈殺子報〉為一九五八年發行，應為誤植。
41 黃仁：《悲情台語片》，頁二八一－二八二。
42 呂訴上：〈台灣播音劇（RADIO）簡史〉，收錄於呂訴上：《台灣電影戲劇史》，頁一五七－一六〇。
43 曾永義：《台灣歌仔戲的發展與變遷》，頁七六－七七。楊馥菱：《臺灣歌仔戲史》一一八－一一九。
44 王拓：〈歌仔戲仍是尚未定型的地方戲－訪問陳聰明導演〉，收錄於《臺視周刊》，第七四二期。

劇團」、民本的「九龍歌劇團」以及正聲的「天馬歌劇團」，皆是當時受歡迎的劇團。其中又以一九六二年成立的正聲「天馬歌劇團」，將廣播歌仔戲推向巔峰。[45]

廣播歌仔戲的戲碼與內外台差不多，大多演唱過去熱門的戲碼，如〈陳三五娘〉、〈山伯英台〉、〈呂蒙正〉、〈什細記〉、〈大舜耕田〉等戲。[46]因廣播劇受到熱烈歡迎，播出時間相對延長許多，在曲調不敷使用情況下，即從流行歌曲中吸收曲式。這股廣播歌仔戲熱一直持續到電視歌仔戲興起才走下坡，終至絕跡。[47]

電視

臺灣一九四〇年代起即有意發展電視傳播事業，然因國共內戰、國府遷台等事件影響，遲至一九六〇年代初期才成立第一家商業電視台──「臺灣電視公司」（簡稱：「台視」）。台視開播初期，除製播電視節目外，業務方面負責銷售電視機與廣告託播亦為收入來源，但因電視機尚未普及，加上各界廣告主對電視傳播的陌生，廣告來源並不順暢，使得電視機銷售成為台視開播前期主要收入來源之一。因此台視設有電視裝配廠並成立銷售組負責銷售電視。[48]一九六二年台視公司配製廠開始製造黑白電視機，為臺灣自製電視機之始，當年產量僅有四千四百台。一九六四年各民營工廠相繼加入生產，產量增至三萬一千零五十五台。一九六九年配合彩色電視節目開播，國內開始自製彩色電視機。[49]一九六九

45 曾永義：《台灣歌仔戲的發展與變遷》，頁七六—七七。楊馥菱：《臺灣歌仔戲史》，頁一一八—一一九。

46 以上劇目為曾任廣播歌仔戲團表演者廖瓊枝所憶。參紀慧玲：《廖瓊枝：凍水牡丹》（台北：時報出版社，一九九九年九月出版），頁一五八。

47 楊馥菱：《臺灣歌仔戲史》，頁一二〇—一二一。

48 朱心儀：《台視一九六二～一九六九節目內容的演變》，頁二七、三九。

49 一九六七年美國各大電子公司陸續來台設廠，台灣電視機於是年開始外銷，因之產量劇增至十一萬一千七百二十二台。而彩色電視機於一九七四年產量增至一萬八千四百五十三台，是自一九六九年來歷年高峰，產量增加約一四倍。中華民國電視學會：《中華民國電視年鑑（民國六五—民國六六年）》（台北：中華民國電視學會，一九七八年五月出版），頁九九。

年十月「中國電視公司」（簡稱：「中視」）開播，二年後「中華電視公司」（簡稱：「華視」）開播，三家電視台（以下簡稱三台）間遂群起競爭。[50]

中視開播之前，台視節目類型主要有：紀錄片、卡通影片、戲劇、新聞、歌唱娛樂等，其中以電視歌仔戲的播出特別受大眾歡迎，帶來龐大廣告收益，因此一九六九年中視開播時也將歌仔戲視為重點節目，一九七一年華視開播亦跟進。[51]因三台相繼播出歌仔戲且成立所屬電視歌仔戲團，一時歌仔戲團林立、競爭激烈，導致電視台廣告收入受影響，又逢黃俊雄布袋戲大放光芒，電視歌仔戲乃漸趨式微，收視率落居下風。[52]

一九七三至一九七九年間賴王色逐漸接觸電視，喜好歌仔戲的她熱中觀賞電視歌仔戲，時值電視歌仔戲潮從逐漸消退中又再興起階段。一九七三年後電視歌仔戲所播與賴王色所述傳說、故事相關者包括：

台視：〈萬花樓〉（一九七三年）、〈孟麗君〉（一九七四年）、〈梁山伯與祝英台〉（一九八四年）、〈貍貓換太子〉（一九八四年）、〈千古奇緣〉（一九八九年）、〈新狄青〉（一九九〇年）。

中視：〈雷峰塔〉（一九七七年）、〈包公傳奇〉（一九八七年）。

華視：〈七俠五義〉（一九七七年）、〈五虎平西〉（一九七七年）、〈孟麗君〉（一九八四年）等劇作。[53]

---

50 朱心儀：《台視一九六二～一九六九節目內容的演變》，頁三。

51 朱心儀：《台視一九六二～一九六九節目內容的演變》，頁八七。

52 林瑋儀：〈電視歌仔戲研究〉，收錄於林鋒雄：《宜蘭縣立文化中心臺灣戲劇中心研究規劃報告》（台北：文化建設委員會，一九八八年四月），頁四六七。

53 節目資料來源：中華民國電視學會：《中華民國電視年鑑（民國六五－六六年）》、《中華民國電視年鑑（民國七三－七四年）》、《中華民國電視年鑑（第五、六、七輯）》（台北：中華民國電視學會，一九七八年五月－一九九二年六月出版）。林茂賢：〈台灣的電視歌仔戲〉，《靜宜人文學報》第八期（一九九六年七月），頁三三－四一。林瑋儀：〈電視歌仔戲研究〉，收錄於林鋒雄：《宜蘭縣立文化中心臺灣戲劇中心研究規劃報告》，頁四六五－四九一。

賴王色最初接觸電視的六年間，僅存台視「聯合歌仔戲劇團」節目播出歌仔戲劇作，又因受經濟效益及政府政策影響下，一九七七年歌仔戲節目銷聲匿跡。待一九七九年後電視台打著「電視改良歌仔戲」的招牌，致力提昇歌仔戲水準，才又造成一股風潮，陸續推出不少電視歌仔戲。

（二）現代傳播媒體與口頭傳播

二十世紀初隨大眾傳媒進入臺灣，以聲音或影音結合傳遞訊息的傳播媒體，其普遍性與大量製播，聽唱片、看電影、收聽廣播、觀看電視取代過去人們需步出家門才得以參與的大眾娛樂表演活動，及口耳相傳互通訊息的行為，改變了人民接受資訊與休閒娛樂形態。

當表演者紛紛轉向大眾傳播界發展，將整體表演或講述現場移植至大眾傳媒時，媒體頓時成為傳播者，與接收者之間由以往面對面的交流，轉變為通過大眾傳媒影音器材傳送。只需操作留聲機、收音機就能聽取結合傳說、故事的演出，伴隨著新鮮感與便利性，逐步取代傳統的口頭講述及戲曲表演等娛樂活動；再者，影音結合的電影、電視演出，配合聲光特效製作，接收者在視、聽覺感官雙重刺激及便利性體驗下，慢慢熱中於大眾傳媒所帶來的娛樂性。

一九六一年賴王色購買收音機前，眾人的群聚是為了聽耆老或識字者講故事、打發時間，講述內容來源於口耳相傳、戲曲表演或書面記載等。當賴王色擁有收音機後，鄰里間都為這台機器所吸引，每當喜愛的廣播節目播出就群聚於賴氏住所，鄉里間的口頭講述活動便不再是重要的休閒娛樂，甚而逐漸沒落。

留聲機、電影、電視等傳媒對口頭講述活動的影響亦如是，賴王色透過唱片就能聽到自己喜好的故事，或是與同樣擁有留聲機者交換唱片替代口頭講述。若是聽聞某部電影或節目動人的故事情節，在與其聽人講述不如親自聆聽、觀賞的心態驅使下，閒暇之餘就前往戲院或收看電視。隨工商社會到來，生活步調較農、漁業社會快速的情形下，眾人閒聊聚會的機會自然較少。至此，大眾傳媒儼然已成為民間文學的主要「講述者」。

臺灣民間故事積極傳承人調查中，傳承人鄭施玉錦及洪玉麟皆會講述所聽到的廣播電台節目故事。前者喜歡聽歌仔戲節目，尤以聽到忠孝節義的故事後，會記下並講給他人聽；後者則是幾十年來一直有聽廣播電台說書節目習慣，並從中學習講述技巧，及傳播有趣的故事。[54]

綜上所述，大眾傳媒實已扮演起傳播民間文學講述者的角色，甚至有取代口耳相傳的現象。然民間文學傳播活動並非因此而消亡，只是形式的轉換。就賴王色所述源自大眾傳媒的故事，以及鄭施玉錦、洪玉麟等講述聽自廣播節目內容的經驗；大眾傳媒挾快速、便利等傳遞特性，扮演著民間文學另一種傳播及保存管道，有效地將易於隨耆老凋零與講述活動消失的口傳文學加以保存。

（三）大眾傳媒與民間戲曲

歌仔戲是過去普遍流行於臺灣各處的民間戲曲表演，發展初期為不具固定表演形式的地方小戲，最終發展至登台演出，甚且遠赴海外宣傳表演。然今日除部分大型歌仔戲劇團，如明華園等劇團擁有一定市場外，其餘多為業餘小劇團，表演場合則以廟會酬神戲為主，顯現出臺灣歌仔戲之漸趨沒落。

臺灣歌仔戲昔日演出盛況與今日之沒落實成強烈對比，究其原因與劇團內部發展、社會經濟結構、娛樂形態、外來文化、政府政策之轉變有關。以民間戲曲於大眾傳媒播演情形即能窺知一二。

日治時期臺灣社會在資本化、現代化的新時代趨勢發展下，歌仔戲的易懂及具親和力、富於變化的條件，正符合當

54 林培雅：《台灣民間文學積極傳承人調查研究》，頁一一九。

時民眾偏愛新文化的傾向，投資者莫不看好歌仔戲市場有利可圖，紛紛投資發展歌仔戲及其相關行業。此時新興的唱片工業正好搭上這波熱潮，大量出版歌仔戲唱片，並在市場競爭激烈的情況下，業者力求歌仔戲內涵更加豐富與優質化，使歌仔戲在臺灣民間更受歡迎而廣為流傳。[55]

一九五五年，臺灣閩南語電影興起，第一部上映的是歌仔戲電影〈薛平貴與王寶釧〉，而台語片沒落的最後一部也是歌仔戲電影〈陳三五娘〉，[56]可見歌仔戲電影在閩南語電影片中的影響。[57]因歌仔戲電影〈薛平貴與王寶釧〉在鄉鎮放映造成轟動，因此歌仔戲團索性轉而拍起歌仔戲電影。兩小時的歌仔戲電影，畫面逼真、外景自然、動作故事化，都較需費時兩星期的舞台歌仔戲受歡迎。[58]受歌仔戲電影市場熱絡影響，電影公司相繼推出各類型、主題的電影，如改編自社會事件的寫實劇、喜劇片等。

臺灣電視傳播事業開始前，因收音機的普遍，及無需付費的收聽方式，使得廣播電台曾是大受民眾歡迎的傳播媒體。一九五四—一九五五年間，眾多電台開始製播歌仔戲節目，甚或成立專屬歌仔戲團；許多電視歌仔戲演員—楊麗花、廖瓊枝、王金櫻、翠娥等，都是唱電台廣播歌仔戲起家。[59]

電視歌仔戲則是三家電視台開播初期主要節目，因屢創收視佳績，是繼廣播歌仔戲後，在台掀起的另一股歌仔戲熱。電視歌仔戲從台視開播至一九七一年熱潮漸退之際，隔年台視再度推出「聯合歌仔戲劇團」，由楊麗花擔任團長，又創收視高峰。然至一九七七年因受新聞局規定方言節目每日播出不得超過一小時，播出集數、時段亦受限的情況下，

---

55 徐麗紗、林良哲：《從日治時期唱片看臺灣歌仔戲（上冊）》，頁一〇九。

56 閩南語電影片到一九七五年實際上已經停產，但到了一九七六年又上映了幾部，最後在一九八一年上映最後一部歌仔戲電影〈陳三五娘〉後，從此就再也沒有歌仔戲電影。葉龍彥：〈正宗台語片滄桑〉，《歷史月刊》，第一三八期，頁七八。

57 黃仁：《悲情台語片》，頁一七二—一七三。

58 曾永義：《台灣歌仔戲的發展與變遷》，頁一〇九—一一〇。

59 楊馥菱：《臺灣歌仔戲史》，頁一二〇。

「聯合歌仔戲劇團」因而解散，電視歌仔戲自此在螢光幕上消失達兩年之久。至一九七九年後三台又相繼播出歌仔戲，電視歌仔戲節目方再度復出。[60]

然相較於野台戲之演出，電視歌仔戲刪除唱腔、簡化身段，歌仔戲淪為與古裝話劇無異。加上電子科技的運用、寫實布景的華麗，雖增加視覺美感，卻犧牲了傳統戲劇的優美身段，使歌仔戲變成古代科幻片。[61]除播出時段受限外，對接收者而言，電視歌仔戲簡化故事內容的演出，與一套長篇歌仔戲唱片重內容、唱腔的表現相較下，是略去了許多故事細節；電視節目中所穿插的廣告，也造成故事接收的中斷。以賴王色為例，她明顯的喜愛聽歌仔戲唱片甚於愛看電視歌仔戲。

民間故事經由口頭傳播、民間戲曲搬演又為大眾傳媒廣泛吸收，傳播管道的演變使得故事日漸突破時空侷限。就民間戲曲受到廣大歡迎與電子傳媒大眾化的程度，理應有更多人能講述戲曲所搬演的故事。如根據林培雅的調查，臺灣九位故事積極傳承人中，就有五位會去觀看或收聽戲劇節目，然後從中吸收許多故事，再講述給周遭的人聽。但是故事積極傳承人從戲劇當中學習得來的故事，在他們所講述的故事中所佔的比例很少，此乃因於：

> 對故事積極傳承人而言，要將戲劇中的故事內容講述出來並不容易，一來因為戲劇的演出形式大多比較複雜，是由劇中角色的對話、動作，還有種種背景安排組合而成（戲曲則再加上歌曲的演唱），講述者觀賞之後必須將其轉換成語言敘述的方式，不是一件容易的事，再再考驗著講述者的功力。……二來戲劇以真人演出，往往比一人單純的講述精采許多，而且一般人對其中的故事情節多少有些印象，若非講述者技巧高明，不會輕易班門弄斧。在這樣的情況之下，積極傳承人雖然會從戲劇中學習，卻不見得會將其講述出來。[62]

60 林茂賢：〈台灣的電視歌仔戲〉，《靜宜人文學報》，第八期（一九九六年七月），頁三五。
61 林茂賢：〈台灣的電視歌仔戲〉，《靜宜人文學報》，第八期，頁四〇。
62 林培雅：《台灣民間文學積極傳承人調查研究》，頁一一九－一二〇。

由此可知搭配肢體動作的戲劇表演，觀眾須依靠視、聽覺接收表演內容，非單純以聲音為傳播管道。林氏亦提及記憶來自戲曲表演的故事是「需再轉化成講述者自己的語言講述出來，難度提高很多」[63]。因此若不是極為專注或經常接觸、熟知戲曲表演形式者，要以口語講述戲劇故事完整演出內容實具有一定的困難。

透過對賴王色個人與傳播媒介接觸的觀察，可知當大眾化傳播媒體走入民眾生活後，對於一個擅長說故事的講述者而言，她的故事來源除來自傳統的口耳相傳方式外，大眾傳播媒介的廣泛流播，一再透過不同管道重複相同的故事，是講述者所以能在歷經漫長歲月後，卻能詳述年輕甚至童年時期所聽過故事原因之一，也是民間文學傳播方式於社會變遷下所產生的另一值得注意的現象。

63 林培雅：《台灣民間文學積極傳承人調查研究》，頁一一九。

肆、講述作品分析

民間文學作品在不同語境中流傳，擁有許許多多的異文，不如作家文學擁有固定的文本，是一具有「立體特性」文學作品。段寶林以為民間文學的「每一異文只是構成作品的一個側面，所有側面的總和，形成一個立體。」[1]因此民間文學講述活動、文本是外顯於立體時空中，其故事內容本身亦是一立體空間架構概念。無論是口耳相傳或是其他傳遞管道，如戲曲表演、大眾傳播等資訊媒介的演出，所反映的人生百態作品，其內、外本質上皆是民間文學立體性的表現。民間文學隨時代流轉，故事內容與現實環境交相結合下，承載著社會脈絡及生命氣息。每一則異文無不體現出人類歷經不同時空的生存意義與價值。因此搜羅各地流傳的同一主題的故事異文，實有助於全面性地理解民間文學真實面貌。

民間文學在一定區域、族群範圍內流播，不同講述人所述故事可能出現大同小異。「大同就是集體記憶所代表的部分，就是傳統的共性。小異則是講述者個人可以臨場發揮，甚至是創造的部分，也就是個人特殊的風格。」[2]講述者每一次講述，都是一次獨立的創造，是個體記憶故事後轉換為語言符號的再傳播。因此，講述者所述作品具有承上啟下的傳承意義，亦將個人深層意識隱含於所述故事中。且故事家繼承故事隨個人興趣、喜好之不同，有其一定文化選擇傾向，所述故事經人為內在篩選（或記憶之遺忘）後，再度表現於口頭形式，成為具有個人特色的口傳文學作品。

---

1 段寶林：〈論民間文學的立體性特徵〉，收錄於段寶林：《立體文學論》（臺北：文津出版社有限公司，一九九七年四月），頁一—一六。

2 胡萬川：《民間文學的理論與實際》（新竹：國立清華大學出版社，二〇〇四年一月），頁四五。

立體性的民間文學足以涵蓋一切社會文化心理，故事家所述作品是大環境文化心態的記錄，亦為故事傳承人之意識表現。本章以賴王色所述故事探討民間文學立體存在特性，如何成為跨時空領域之大眾集體記憶結果？而故事家是否將自身思想、情感投射於講述作品中？使其所述傳說、故事帶有個人色彩。

一、故事類型之探析

「故事類型」研究是對民間故事的整個內容和結構加以分析，「把基本內容和主要結構相同而細節卻有異的故事歸集在一起，取同捨異，就成為一個故事類型。」[3]因此「類型」是「一則故事的基本核心模式。一則故事的多種說法，如果不是同一個模式，那麼它就是另外一則故事或另外一型的故事。」[4]

十九世紀民間文學為研究者廣泛搜集採錄的結果，各地故事文本大量湧現於眾人面前，看似相同的故事又各顯其貌，為整理龐雜的故事文本，芬蘭學者阿爾奈（Antti Aaren, 1867-1925）比對大量故事後加以分類，於一九一〇年發表《民間故事類型索引》（*Verzeichnis der Märchentypen*）一書。一九二八年美國學者斯蒂・湯普森（Stith Thompson, 1885-1976）將此書譯成英文，在類別上又增設「程式故事」和「難以分類的故事」二大類，並加入許多新的材料。[5]一九三五年在瑞典隆德（Lund）召開的民俗學會（*Congress for the Study of Folklore*）上，學者一致公認此書之分類法並主張進行修訂，故湯普森教授以五年時間再度修訂此書，於一九六一年重新出版《民間故事類型》（*The type of the*

3 金榮華：《中國民間故事與故事分類》（台北縣：中國口傳文學學會，二〇〇三年三月），頁九。
4 金榮華：《中國民間故事與故事分類》，頁六九。
5 金榮華：《中國民間故事與故事分類》，頁一〇。

Folklore）[6]一書。此分類法取阿爾奈（Aaren）、湯普森（Thompson）二人姓氏的第一個字母，簡稱AT分類法。

美籍學者丁乃通（1915-1989）有鑑於AT分類法之世界性，自一九六八年開始蒐集資料至一九七六年冬完成，將中國境內所搜集到的民間故事依AT《民間故事類型》第二版中的類型編碼，撰寫成《中國民間故事類型索引》一書，是一部將中國民間故事與世界接軌之作。

二〇〇七年臺灣學者金榮華以《民間故事類型》與《中國民間故事類型索引》為基礎，加以改編並修訂成《民間故事類型索引》一書，選用中國二十世紀後半採錄成書者、外國故事譯成漢文出版者為材料，並對各故事類型之提要重新撰寫，[7]以符合中西方同類型故事之風俗民情。

「故事類型」是有系統並科學性地大量分析故事文本，見故事流傳生命史。本書藉以歸納賴王色所述傳說故事以何種類型故事居多？其原因為何？並探討與故事傳承人特性及故事來源之關聯性。

（一）幻想故事類

AT民間故事類型共分為五大類：「動物故事」、「一般民間故事」、「笑話」、「程式故事」、「難以分類的故事」。其中以「一般民間故事」類為數最多，「一般民間故事」類包括「神奇故事」、「宗教故事」、「傳奇故事」、「笨魔的故事」四類。金榮華有鑑於AT分類法之部分類目於歸納中國故事時易產生混淆，即針對部分類目名稱加以修訂。原「動物故事」中因包含有植物、物品和自然天體的故事，故改作「動植物及物品故事」。中國神仙故事與AT「宗教故事」是同一性質，但「宗教故事」類目名稱不易與神仙故事聯結，故改稱「宗教神仙故事」。丁乃通把一部分

6 丁乃通：〈民間故事類型第二次修訂版的介紹與評價〉，《清華學報》，第七卷第二期（一九六九年八月），頁二三三—二三八。

7 金榮華：《民間故事類型索引（上冊）》，凡例。

中國長工鬥地主的故事歸入「笨魔的故事」，故金氏將此類擴充為「惡地主與笨魔的故事」。後文依金榮華《民間故事類型索引》一書之分類：

一、動植物及物品故事
二、一般民間故事
甲、幻想故事
乙、宗教神仙故事
丙、生活故事
丁、惡地主與笨魔的故事
三、笑話、趣事
四、程式故事
五、難以分類的故事

賴王色所述傳說、故事，除「愛吃雞的老師」屬「笑話、趣事」大類中的「男人的笑話和趣事」外，其餘者皆屬「一般民間故事」大類，又分屬「幻想故事」、「生活故事」等二類。「神奇故事」又稱「幻想故事」，是指含有現實世界不可能發生之幻想情節故事。賴王色所述〈白蛇傳〉、〈貍貓換太子〉、〈梁山伯與祝英台〉皆屬「幻想故事」類。

四一一型——蛇女

「蛇女」類型故事流傳在中國浙江、福建、山西、江蘇、西藏及臺灣等地，[8]是中國四大民間傳說之一。賴王色所述〈白蛇傳〉故事大要如下：

許漢文祖先救一白蛇，白蛇修行後化成人，為報恩嫁予許漢文傳宗接代。許氏開藥鋪，青蛇在水源處放毒，白蛇醫病救人賺錢。法海禪師擔心白蛇害人，要許漢文在端午節時，讓白蛇喝下雄黃酒。白蛇喝下後現出原形，嚇死許漢文，白蛇去取仙草救丈夫。法海要許漢文住在金山寺、避免遇害，白蛇因此生氣引水淹金山寺，後被法海關在塔底。這時白蛇生子許夢蛟，交給許漢文姐姐養育。許夢蛟日後考上狀元，前來拜塔。上天以白蛇受罪期滿，釋放白蛇。

中國「蛇女」故事，最早見於唐代谷神子《博異志》中的〈李黃〉。宋朝《夷堅志》中記載四篇蛇賢妻故事。明代馮夢龍整理的話本〈白娘子永鎮雷峰塔〉則是為往後〈白蛇傳〉故事承襲的早期文本。清朝方成培於民間戲曲基礎上寫定戲本《雷峰塔》傳奇，為民眾普遍接受，自此「白蛇傳」故事得到較固定的形式。[9]〈白蛇傳〉在廣大時空背景中流傳許久，是廣為人知的故事，除口頭流傳有眾多異文外，亦為民間戲曲時常搬演的戲碼；如明華園歌仔戲團一連推出〈白蛇傳〉劇碼，二〇〇一年演出白蛇傳之〈遊湖借傘〉（折子戲），二〇〇三年演

8 金榮華：《民間故事類型索引（上冊）》，頁一四七－一四八。
9 劉守華主編：《中國民間故事類型研究》（武漢：華中師範大學出版社，二〇〇二年十月），頁三七五－三七七。

出白蛇傳全本，二〇〇七年配合新北市端午藝術節，推出超炫白蛇傳之〈水漫金山〉，受到廣大好評。[10]

日據時期留聲機唱片亦採用此故事題材，「古倫美亞」公司曾發行〈白蛇借傘〉、〈白蛇求親〉[11]等唱片。之後〈白蛇傳〉題材又為大眾傳媒所播演：一九五七年中影公司發行〈白蛇傳〉電影。[12]一九七七年中視播出閩南語連續劇〈雷峰塔〉，即改編自〈白蛇報恩〉，並取材平劇〈雷峰塔〉與〈水漫金山寺〉的精華。[13]一九八九年台視播出閩南語劇〈千古奇緣〉，亦取材自白蛇傳故事。[14]足見「蛇女」類型故事在台流傳之廣。

七〇七型——貍貓換太子

〈貍貓換太子〉又稱「三個金兒子」型故事，流傳於中國、臺灣、印度、菲律賓、緬甸、伊朗、俄國、羅馬尼亞、德國、義大利、埃及等國，[15]是一世界型民間故事。賴王色所述〈貍貓換太子〉故事，大要如下：

皇帝與東、西宮二妃約定，先生出男孩者即為皇后。東宮李宸妃生出太子時，西宮劉妃與太監郭槐擔心失去地位，命宮女寇珠將太子丟入金水池內，還以剝皮貍貓裝作李宸妃生出的妖物，害她被皇帝打入冷宮。寇珠與太監陳琳知道不能害太子，就將太子藏在為祝賀八王爺生日的花籃中，送到八王爺家中養育。事後劉妃與郭槐懷疑二人，要陳琳拷打寇珠，盡忠的寇珠到死也不說出實情。

10 資料來源：明華園官方網站。http://www.twopera.com/index.htm
11 徐麗紗、林良哲：《從日治時期唱片看臺灣歌仔戲（下冊）》，頁四〇六。
12 黃仁：《悲情台語片》，頁四八九。
13 中華民國電視學會：《中華民國電視年鑑（民國六五—民國六六年）》，頁四八。
14 中華民國電視學會：《中華民國電視年鑑（第六輯）》（台北：中華民國電視學會，一九九〇年六月出版），頁六五。
15 金榮華：《民間故事類型索引（上冊）》，頁二四七。

太子長大後在不知情的情況下，陳琳安排他跟快被害死的母親見面。之後劉妃與郭槐命令放火燒冷宮、燒死李宸妃。神仙把李宸妃救到宮外、弄瞎雙眼，被賣菜的范仲華救回家養。一陣怪風把包公的帽子吹到范仲華的菜籃裡，范氏被抓至公堂問罪。回家後告訴李宸妃這件事，李宸妃要范仲華叫包公來，說有冤情要控告。包公聽完後，上奏皇帝不孝，講出整件事情，之後皇帝迎回李宸妃。包公審郭槐時，因郭槐不認罪，就假裝地獄審案、宮女寇珠鬼魂，才讓郭槐認罪。

賴王色講述此故事時，稱前三段為〈狸貓換太子〉，後半為〈包公審郭槐〉。應是受唱片曲目套名影響，即古倫美亞唱片公司出版〈李宸妃困窯〉唱片，及利家紅標〈審郭槐〉唱片。

〈狸貓換太子〉故事主要講述北宋包公斷仁宗母親李娘娘的故事。李宸妃、劉太后、包公等在中國歷史上乃真有其人，但未有其事。然自元《抱妝盒》雜劇首次搬演這個故事開始，民間就流傳有各種關於仁宗生母故事的異文。明朝《金丸記》戲文、汪元亨《仁宗認母》雜劇（已佚）、成化刊本《仁宗認母傳》說唱詞話，以及小說《百家公案》、《龍圖公案》，清朝《三俠五義》系統之小說、《萬花樓演義》、石子斐《正昭陽》傳奇，都是描寫這一故事。[16]

包公為北宋盧州（今安徽省合肥縣）人，生前即流傳有相關傳說，身後名聲愈高，逐漸成為中國歷史上著名的清官代表。[17]其清廉剛正、智慧的形象，使得民間附會許多奇案於其身上，正因包公不屈服於權力與奸邪，故能斷皇室之冤案。〈狸貓換太子〉故事曲折的劇情乃成為戲劇界最愛，甚至成為各劇種經典戲碼，臺灣歌仔戲界亦不例外。[18]

16 梁惠敏：〈也談「狸貓換太子」故事的源流及發展〉，《輔大中研所學刊》，第一三期（二〇〇三年九月出版），頁二七七。

17 孔繁敏：〈包公傳說研究〉，收錄於苑利主編：《二十世紀中國民俗學經典‧傳說故事卷》（北京：社會科學文獻出版社，二〇〇二年三月），頁三四四—三五六。

18 徐麗紗、林良哲：《從日治時期唱片看臺灣歌仔戲（下冊）》，頁八八。

包公審案故事是臺灣電影、電視媒體廣為翻拍的題材：一九六〇年利昌電影公司發行〈狸貓換太子〉一片。[19]一九七七年華視播出閩南語連續劇〈七俠五義〉，敘述宋朝仁宗年間，南俠展昭與松江五義協助開封府尹包拯，平復襄陽王謀反之大案件。[20]一九八四年台視楊麗花歌仔戲團演出〈狸貓換太子〉。[21]一九八七年中視拍攝閩南語連續劇〈包公奇案〉。[22]

七四九A型——生雖不能聚，死後不分離

賴王色所述〈山伯英台〉故事，屬「生雖不能聚、死後不分離」型故事，此類型故事廣泛流播於中國各地與臺灣，亦見於印度、菲律賓等國。[23]賴氏所述故事大要為：

英台女扮男裝去讀書，半路上遇到也要去讀書的山伯。二人一起上路還結拜為兄弟。一起讀書三年後，山伯知道英台是女的，要去她家提親。英台要山伯「三七四六來」，就是十天後來提親，山伯猜成一個月。因為山伯太晚去，英台的爸爸已經答應把英台嫁給馬文才，山伯求親不成病相思而死去，英台出嫁時，花轎經過山伯墳墓，她下轎拜墓，墓就打開來，英台鑽進去後，有二隻蝴蝶飛出來。馬文才叫人去挖墳，只挖到一塊板子上寫「山伯英台」。

19 黃仁：《悲情台語片》，頁四九六。
20 中華民國電視學會：《中華民國電視年鑑（民國六五—民國六六年）》，頁五二。
21 中華民國電視學會：《中華民國電視年鑑（民國七三—民國七四年）》（台北：中華民國電視學會，一九八六年六月），頁六二。
22 中華民國電視學會：《中華民國電視年鑑（第五輯）》（台北：中華民國電視學會，一九八八年六月），頁六〇。
23 金榮華：《民間故事類型索引（上冊）》，頁二六八。

〈山伯英台〉為中國四大傳說之一，最早文字記載見於唐初梁載言《十道四番志》，[24]記有「義婦祝英台與梁山伯同冢」。晚唐張讀《宣室志》則記載了故事基本情節，名為〈義婦冢〉。自唐以後輾轉相傳的結果，演變成以愛情為主的傳說，增加了「化蝶」的理想化結局。[25]「化蝶」情節出現於宋代，[26]明代馮夢龍編《古今小說（卷二八）》〈李秀卿義結黃貞女〉的入話中，亦記有此說。中國江蘇、浙江、山東、安徽、河南、河北等地，尚存有梁祝墓，可見〈山伯英台〉傳說影響民間之深。[27]

〈山伯英台〉傳說受到群眾喜愛、廣泛流傳的情形，自然引起民間戲曲及大眾傳播媒體大量吸收、採用。歌仔戲形成前的「錦歌」，即視〈山伯英台〉為演唱曲目「四大柱」之一；歌仔戲形成後，該劇亦佔有一席之地。[28]據一九二三年《臺灣日日新報》所載，民間戲曲編劇者為迎合觀眾心理，即編製〈山伯英台〉戲碼。進而引起知識份子主張該劇鼓勵自由戀愛風氣、有害地方民心，應加予禁演。[29]一九二六年另一則報導中：

基隆新聲館，開演中之同聲樂班，自去十三日起，所演者三伯英台，變題為杭州記。觀者女人比男人較多，擬繼

---

24 賀學君：《中國四大傳說》（浙江：浙江教育出版社，一九九五年三月第二版），頁三九。

25 張紫晨：《中國古代傳說》（吉林：吉林文史出版社，一九八六年七月），頁三六。

26 南宋史能之《咸淳毘陵志》所謂「俗傳英台本女子，幼與梁山伯共學，後化為蝶」，是化蝶的最早紀錄。許端容：〈梁祝故事之結構與變異〉，中國口傳文學學會、南亞技術學院主編：《二〇〇二海峽兩岸民間文學學術研討會論文選》（台北縣：中國口傳文學學會，二〇〇二年十二月），頁七四。

27 譚達先：《中國四大傳說新論》（臺北：貫雅文化事業有限公司，一九九三年六月），頁七八。

28 林鶴宜：〈從劇種的歷史進程看日劇時期歌仔戲唱片的價值〉，收錄於磺溪文化學會執行製作：《聽到台灣歷史的聲音：一九一〇—一九四五台灣戲曲唱片原音重現》，頁二〇。

29 「……如月前某某兩大人，為父母作壽，先後聘演，頗耀誇一時。觀其所演劇目，屬於正途者，觀客寥寥，易生厲惡；因是編劇者，為迎合觀眾心理，乃競編淫穢之劇，如山伯英臺也、荔鏡傳也。是等劇目，無非獎勵自由戀愛，鑽穴踰牆。」《台灣日日新報》一九二三年十二月十七日，〇四版〈風化攸關—有心人多請禁歌戲〉。

> 續演至十七日全本。……市人皆謂，際此自由戀愛流行之時，此種歌仔戲，當事者宜自遠慮，方免貽害地方也云。[30]

由上可知〈山伯英台〉戲碼當年在台受到廣大歡迎的情形，觀眾又以女性佔多數，進而引起知識份子「禁絕」之說，可見此傳說在社會上造成的影響力。

日據時期最早錄製的唱片之一即為〈山伯英台〉，約於一九一四年由「日本蓄音器商會」製作。[31]一九三〇年代掀起留聲機唱片熱時，幾乎每一唱片公司皆發行、出版〈山伯英台〉相關故事內容唱片。[32]一九五九年大勝電影公司發行〈梁山伯與祝英台〉戲曲電影、美都電影公司發行〈英台拜墓〉，一九六三年華明電影公司發行〈三伯英臺〉彩色影片。[33]又據廣播歌仔戲演員廖瓊枝所憶，〈山伯英台〉傳說是當時廣播歌仔戲熱時，熱門劇碼之一。

（二）生活故事類

「傳奇故事」又稱「生活故事」，是內容、情節曲折，帶有虛構成份，足以引人注意的故事；其所述種種皆合乎現實世界人情事理。[34]賴王色所述〈孟姜女哭倒萬里長城〉屬「生活故事」類。

30 《台灣日日新報》一九二六年八月十八日，夕刊四版第九四四四號〈基隆同聲樂班被官說諭〉。

31 徐麗紗、林良哲：《從日治時期唱片看臺灣歌仔戲（下冊）》，頁四。

32 參徐麗紗、林良哲：《從日治時期唱片看臺灣歌仔戲（下冊）》，「日治時期歌仔戲唱片出版目錄」，頁四〇一－四二三。

33 參黃仁：《悲情台語片》，「台語片片目（一九五五－一九八二）」，頁四八七－五二九。

34 金榮華：《中國民間故事與故事分類》，頁七六。

八八八C——貞節婦為夫復仇（孟姜女）

〈孟姜女〉的故事在中國流傳很廣：浙江、陝西、遼寧、福建、河南、江蘇、廣西、山西，亦見於越南。[35]賴王色所述〈孟姜女哭倒萬里長城〉故事大要為：

秦始皇在花園裡看到二朵花，把開得比較漂亮的花給妻子，含苞比較醜的給母親。妻子隨著花謝而變醜，母親則隨花開變得年輕、漂亮。秦始皇要母親當妻子，母親提出讓天下人見不到太陽為條件，所以秦王下令調男丁築長城。

萬杞梁是獨子，怕被抓去當軍伕，躲到山裡面、孟姜女家後花園的樹上，剛好看到孟姜女在洗澡，孟姜女要他一起去見父親，孟姜女父親要怪罪萬杞梁，孟姜女提出讓萬杞梁入贅。孟姜女表哥見自己愛的表妹要嫁人，就去報官抓萬杞梁。

萬杞梁被抓後，孟姜女做寒衣要送去長城給丈夫穿，一直趕路到長城看到很多骨頭，就把長城哭倒了，土地公教她滴血認骨。找到萬杞梁的骨頭後，孟姜女把骨頭捧在胸前要回家，沿路一直哭，眼淚滴在骨頭上就長出血管，人快要復活了，土地婆說人死不能復活，因此土地公給孟姜女一個袋子裝骨頭，可是手放下骨頭時就散掉，所以孟姜女要土地公顧著骨頭、不帶回家。秦始皇見孟姜女漂亮，要她作妻子，孟姜女要求秦始皇為萬杞梁披麻帶孝、築高臺頌經的條件，自己則從高臺跳下、自殺。

---

35 金榮華：《民間故事類型索引（中冊）》，頁三四〇—三四一。

先秦時，〈孟姜女〉的故事尚處萌芽階段，僅有關於春秋齊國大夫杞粱戰死，其妻哀哭的零星記載。兩漢至魏晉時期，有關杞粱妻的故事得到了相當的發展，並且出現了哭崩長城的重要情節。至隋唐五代時期，故事類型基本上已定型，且開始改編為其他文藝型式在民眾中傳播，亦見於敦煌石窟中所藏晚唐五代變文〈孟姜女變文〉及曲子詞。元、明、清及近現代，仍不斷有據此故事改編成的劇作被搬上舞台。[36]明、清二代以後，此故事類型變化較大。部分發展了唐代曲子詞中千里送寒衣的情節，另又衍生出秦始皇見孟姜女貌美、欲納為妃，或秦皇以趕山鞭趕石填海，石頭砸死孟姜女等情節。[37]

臺灣大眾傳媒播演的〈孟姜女〉題材，於日據時期唱片有：古倫美亞唱片公司發行〈孟姜女洗身軀〉、〈孟姜女哭倒萬里長城〉及續集；利家黑標唱片發行〈孟姜女哭倒萬里長城〉、〈姜女過江〉、〈姜女見秦王〉、〈秦王姜女祭杞郎〉。勝利公司發行〈孟姜女歸天〉、〈孟姜女認親〉、〈姜女送寒衣〉、〈孟姜女招親〉。泰平公司發行〈孟姜女過太橫山〉。奧稽公司發行〈孟姜女升天〉等。[38]電影方面：一九五九年，晃東電影公司發行〈孟姜女〉一片。[39]

（三）男人的笑話和趣事

「笑話」是引人發笑的民間故事，篇幅較為短小，是口頭諷刺、幽默小品，具有強烈喜劇性，從中表達群眾思想、感情。[40]「笑話和趣事」細分為五類：「傻瓜的故事」、「夫妻間的笑話和趣事」、「女人的笑話和趣事」、「男人的

36 祁連休：《中國古代民間故事類型研究（上卷）》（石家莊：河北教育出版社，二〇一一年九月二刷），頁一三九－一四六。
37 張紫晨：《中國古代傳說》，頁三七－三八。
38 參徐麗紗、林良哲：《從日治時期唱片看臺灣歌仔戲（下冊）》，「日治時期歌仔戲唱片出版目錄」，頁四〇一－四二三。
39 參黃仁：《悲情台語片》，「台語片片目（一九五五－一九八二）」，頁四九六。
40 段寶林：《中國民間文學概要》（北京：北京大學出版社，二〇〇六年七月增訂版），頁七四。

笑話和趣事」、「說大話的故事」。

一五四三E——假毒藥和解毒劑

「男人的笑話和趣事」類中的一五四三E型「假毒藥和解毒劑」故事，流傳於中國四川、福建、廣西、海南、江西、貴州，及臺灣澎湖縣等地。[41]賴氏所述〈愛吃雞的老師〉屬此類型故事，大要為：

有個老師到鄉下教書，因為喜歡吃雞肉，一直去一個學生家吃雞。去了二次學生的媽媽都用雞肉給老師吃，第三次還要去的時候，學生的媽媽故意在桌上放一塊餅，假裝到廚房煮飯。老師因為肚子餓就拿餅來吃，學生媽媽看到餅不見了，就說那塊餅是要毒老鼠的，要學生去找死老鼠。老師一聽心裡害怕就搓肚子喊痛，最後學生媽媽說是騙他的、餅沒有毒。

此則故事與澎湖縣黃祖尋先生所述〈貪吃的老師〉[42]相類近，後者以「學生媽媽灌老師餿水解毒」作為惡整老師的方法，較賴氏所述更引人發噱。

綜上所述，賴王色所述傳說、故事得入類型者，除「假毒藥和解毒劑」類型故事無為人改編成戲劇作品外，其餘者皆為民間戲曲或大眾傳媒所吸收、再製，這些類型故事何以一再為戲劇表演所利用？而又以「一般民間故事」中的「幻想故事」佔大類，主要原因如下：

41 金榮華：《民間故事類型索引（中冊）》，頁五六二。
42 金榮華整理：《澎湖縣民間故事》（台北縣：中國口傳文學學會，二〇〇〇年十月），頁二〇七－二〇八。

1.故事流傳久遠

一則故事能在廣大時空背景中流傳，甚至存於不同國家、民族中，自有其獨特之處，方得以一再流傳。上述類型故事中，「貞節婦為夫復仇」（八八八C型）故事，最早可溯源自春秋時期。「生雖不能聚 死後不分離」（七四九A型）故事，初唐即存有相關記載。「蛇女」（四一一型）故事則源於唐代。較晚出者，「貍貓換太子」（七〇七型）見於元朝。此四類型故事在中國歷史上皆已流傳久遠，而故事內容不斷演變的情形下，情節發展自然愈趨於完整，為人所熟知、擁有眾多異文。

2.虛構、幻想敘事手法

民間故事中最富藝術魅力、格外引人入勝者，即是「幻想故事」。「幻想故事」編織虛幻與現實交織的奇妙世界，具有幻想性和象徵性，利於表達人們對理想世界的憧憬與追求，勾勒出美好遠景。亦藉由幻想和象徵的敘事手法，依群眾的認知和理解反映社會生活，「所追求的是『神似』而不是『形式』，這就賦予它廣泛的概括性」，[43]所以此類型故事也成為民間戲曲喜於改編演出的藍本。蛇能幻化成人、貍貓可用以代替嬰孩、梁祝化蝶等；即使是「生活故事」中的〈孟姜女哭倒萬里長城〉，也發展出「哭崩長城」、「滴血認親」等虛構情節，皆能為人所接受、喜愛。

男女情愛為民間故事重大表現主題之一，其幻想性強烈、敘事內容富於變化。〈孟姜女哭倒萬里長城〉中的孟姜女為夫千里送寒衣，〈山伯英台〉故事中二人堅定的情誼，〈白蛇傳〉跨物種的結合，象徵男女情愛婚姻生活的複雜情感。故事最終悲愴的結局，道出追求人間幸福美夢的破滅，更添浪漫情懷。

43 劉守華：《故事學綱要》（武漢：華中師範大學出版社，二〇〇六年九月第二版修訂本），頁二八。

故事類型是眾多異文流傳下匯聚而成，具有高度穩定性。其「穩定性」來自於普遍而廣泛的人性共同心理意識、情感需求和藝術欣賞基礎。民間戲曲與影視作品即經常重複搬演民間故事類型的人物形象及人物關係糾葛。

「一般民間故事」類型主要敘述普羅大眾一切生活，然故事中的虛構部分有別於現實，因而造就故事非比尋常、吸引人心，成為一種離不開群眾對生命的體驗又具備虛幻力量的敘事文學。人們透過故事虛構部分滿足自身幻想，使個人超脫於現實之外，創造出擁有人生不可能發生情節的「幻想故事」。

現實與虛幻雜揉而成的戲劇表演空間，「觀眾欣賞的是演員如何假戲真做，將舞台的假定性轉化為真實性，並且運用自己的全部生活經驗、智力、想像力參與這一戲劇表演過程，從而分享戲劇帶來的愉快」。[44]「幻想故事」正符合其虛實交錯的表演形態，因此劇作家便廣泛運用其故事基礎架構於表演中，並配合當代觀眾生活模式，加以改編、再製為「新的」故事。

江帆在對中國女性故事家及遼寧省女性故事家所作研究中指出，女性故事家多數人為農村生活中不識字者，傳承路線主要源自「家族傳承」，且以女性間的同性傳承居多。和男性故事家相比，女性故事家更加關注與自身生活密切相關的故事題材，又以「生活故事」類型佔多數。因此有些具有比較豐富的思想內涵、較複雜文化知識與內容的故事，以及有關歷史事件、歷史人物的傳說，很難進入她們的精神生活之中。少數女性故事家會講述這類故事者，往往是從戲曲、鼓書等其他傳播渠道所得。[45]

賴王色所述故事，不若江氏所言女性故事家傳承自家族，又以講述「生活故事」類型為主。賴氏傳承故事路線主要為「社會傳承」，其中來源自大眾傳播管道者為數不少。其所述類型故事內容，與上述民間戲曲或大眾傳媒的演出內容

44 胡妙勝：《充滿符號的戲劇空間》（臺北：文津出版社有限公司，二〇〇一年一月初版），頁一三九—一四〇。

45 中國當代（一九八〇至九〇年代）三十九位女性民間故事傳承人中，有三十六人分布在中國北方，其中遼寧省佔有二十二位。正是她們構成中國當代女性故事家的主體。江帆：〈中國女性故事家簡論〉、〈遼寧女性故事家敘事活動的文化特徵〉，《民間口承敘事論》，頁六一—九三。

接近，且賴王色自陳多數所述故事皆源於傳媒及地方戲曲演出。傳媒及地方戲曲取材自民間故事，經過改編再製後為民眾吸收，又再一次回到民間，故其所述故事得入類型者以「幻想故事」居多。

女性故事講述人對神奇事物的信仰，講述得活潑生動，有如來自神奇幻想境界似的，完全打破真實生活與幻想世界間的界限。[46]就人類心理層面而言：

（人）未能滿足的願望，是幻想產生的動力；每個幻想包含著一個願望的實現，並且使令人不滿意的現實好轉。[47]

因此人們總是發揮個人的想像力或幻想，滿足現實生活中不能滿足的願望。賴王色自幼生活並不富裕，身為養女，每日生活重心以跟隨養父工作並幫忙家務為主。成年經媒妁之言安排婚姻，婚後為求生計亦是忙碌不已。其一生中，心靈承受來自大時代環境以及個人生命中的壓力，而孩提時被迫中斷受教一事，更是好學的賴氏終生的遺憾。因此，從聽講故事、觀看戲曲表演中，吸取道德倫常、為人處世之道，用以彌補學習的缺塊並滿足內在心靈需求。除了戲劇演出以幻想故事居多外，「幻想故事」的本質也正符合賴氏的心理期待，遂成為其主要吸收故事類型，也得以深藏其記憶中歷經多年而未曾遺忘。

46 劉守華：《比較故事學論考》（哈爾濱：黑龍江人民出版社，二〇〇三年五月），頁三四〇。
47 佛洛依德（Sigmund Freud，一八五六—一九三九）著；孫愷祥譯、羅達仁校：《弗洛依德論創造力與無意識》（北京：中國展望出版社，一九八六年），頁四四。

二、作品主題思想

民間故事為人民集體創作、流傳，相當程度地反映了人民的生活、思想及社會意識。人們接收故事內容後，依個人生活經驗與理解，吸收其中所蘊含的人生哲理，轉化為個體思想一部分。因此民間故事在廣泛流播情形下，除承載多數人民生活經驗與精神文化外，每一故事傳承人的思想與情感亦作用其中，經由講述故事反映群眾現實生活，建構出具文化價值的立體性文學。

臺灣是個多元族群組成的社會，早期閩、客移民自大陸遷入，自然將原鄉的民間故事帶至新移民地。民眾在政權轉換與社會變遷下，承受了不同的生活壓力、情緒反應往往寄託於歷史傳說及故事人物中，透過故事角色、情節來表達。

（一）孝道思想

民間故事以大眾慣用的口語敘述，自歷史傳聞或社會生活中汲取能引發思考的倫理教化素材進行通俗性闡釋，內容以摹寫世俗情態，題材則貼近日常生活。[48]群眾經由反覆聽講故事，不斷地吸收故事中倫理道德觀念，實具潛移默化之效，傳統觀念中以「孝道」為首重之要，故「二十四孝」故事得以在民間廣為流傳。

賴王色所述〈孝子姚大舜〉即為「二十四孝」故事之一。故事內容為孝子舜多次受後母謀害不死，離家耕田豐收後返鄉開倉濟糧，對父親與妹妹盡孝順與友愛之道，不計前嫌地接納後母和她的兒子象，所以獲得皇帝傳位負起治理天下的責任。〈孝子姚大舜〉表現的是「父慈子孝、兄友弟恭」的思想。故事以「後母虐待前妻之子」為背景，強調舜的孝

[48] 周福岩：《民間故事的倫理思想研究—以耿村故事文本為對象》（北京：中國社會科學出版社，二〇〇六年三月），頁一二。

行並獲得美好結局，是「民間故事為強化社會道德觀念，往往以一種道德決疑法，通過併置二個相反的行為，即對比的『說理方式』，表達民眾對善惡好壞的判斷」。[49]「後母的惡」對比了「舜的善」，更顯舜盡孝的難能可貴，舜更因而得到皇帝位成為九五之尊，藉此以張揚「孝道」。

〈吳漢殺妻〉的故事內容敘述吳漢父親為王莽所殺，於是吳漢母要他殺死仇人王莽的女兒，即是他的妻子王蘭英，替父親報仇。當吳漢要殺妻子時，聽見王氏頌經求神庇佑婆婆便不忍殺害，又苦於無法完成母親報仇的心願。王氏得知吳漢為報父仇而為難，選擇自殺成全吳漢的孝心。孝乃五倫之本，一旦兒女情懷與之相衝突時，必然是要有所犧牲以保全孝道。因此吳漢殺妻是為報父仇表現孝行，而王蘭英因知悉孝道之重要，不願吳漢為夫婦之情背負不孝之名，故她的犧牲性命乃在於成全丈夫盡孝的表現。

故事透過情節及人物的行為表達倫理道德觀，使民間文學如同一部社會教材，民眾聽講故事同時也吸收廣大群眾普遍認同的觀念，甚至具有勸戒的作用。山東故事家尹寶蘭擅長講述好人得報的故事，講述故事時她常情不自禁地同情、讚揚故事正面形象的角色，以鮮明的態度勸善懲惡，甚至視故事正面形象的角色為德行（如孝道）化身。其所述〈割股孝親〉、〈兒媳悔過〉等故事，都是中國流行的以因果報應為主題的道德訓戒故事。[50]因此，她在講故事的同時也進行了道德勸戒。

賴王色講述〈孝子姚大舜〉時亦如上述，除多次強調因舜是孝子，故能在遭受後母謀害時為神仙所救而不死，其孝心更擴及後母、象，亦不忘盡孝於阿姨，以報受困井中救命之恩。[51]述及〈吳漢殺妻〉時以吳漢母親告訴吳漢若是不殺

49 周福岩：《民間故事的倫理思想研究—以耿村故事文本為對象》，頁六—七。
50 劉守華：《比較故事學論考》，頁三四六。
51 舜的後母命令舜去清洗古井，實際上是想害死舜。舜第一次到井裡時，神仙變出錢讓他帶回家。後母一見井中有錢，又命舜下去揀，卻以石頭填井。於是神仙在井底變出一條路讓舜逃離，走到另一口井底時，巧遇舜的阿姨來挑水，阿姨便將舜自井底救起。

仇人之女就是不孝，因而衍生出吳漢殺妻一事，又以王蘭英犧牲性命、成全孝道之舉令人動容。

（二）兩性倫常

除提倡、宣揚「孝道思想」外，賴王色所述〈白蛇傳〉、〈山伯英台〉、〈孟姜女哭倒萬里長城〉、〈孟麗君脫靴〉、〈十三號房〉、〈白面書生〉、〈殺子報〉等故事多涉及男女情愛或婚姻生活主題。〈白蛇傳〉、〈山伯英台〉、〈孟姜女〉等故事是中國流傳許久的愛情故事。〈白蛇傳〉中所描述的白蛇為報許漢文祖先救命之恩，於是前來與許漢文結婚並為許家傳宗接代，實無害人之心。耿村民間故事中的白蛇傳說亦有「恩情還報」的因果情節，周福岩以為：

> 民眾對非出於報恩、摯烈的男女戀情並不理解，因而在講述這類故事時總要訴諸某種不可捉摸的「緣」的觀念。有時就採取「不費思索的解釋」——夙世姻緣觀來加以理解。[52]

根據周氏的說法，〈白蛇傳〉內容所以必須加上「恩情還報」的情節，是因為民眾無法理解男女愛戀的摯烈是可以超越異類的區別。於是故事通過道德層面的報恩行徑與結合傳宗接代的觀念，強化白蛇與人之間異類婚的關係。

賴王色所述〈山伯英台〉故事中，山伯所以前往祝家求親，在於英台主動邀請提親，是為女性主動追求愛情的表現，亦見於〈孟姜女哭倒萬里長城〉故事。〈孟姜女哭倒萬里長城〉中躲避勞役的萬杞梁不慎窺見孟姜女洗澡，為孟姜

---

52 周福岩：《民間故事的倫理思想研究—以耿村故事文本為對象》，頁九八。

女帶去見父親時，孟父欲懲處萬杞梁，孟姜女出於情愛之心為萬求饒，提出以萬杞梁入贅為解決之道。也因為孟姜女選擇了萬杞梁，引起愛慕自己的表哥不滿，於是向官府密報萬藏身之處。可見出孟姜女對婚姻對象是擁有選擇權的，但故事表面上以孟姜女遵循傳統女性的貞節操守觀為主，實際上是隱含著女性追求屬於自己的愛情之深層心理意識。誠如賀學君以為〈孟姜女〉故事中「婦人之體不得再見丈夫」是她向父母爭取愛情婚姻自主的「合理」依據：

> ……如果穿過社會倫理，進入心理層次，那麼應該承認，孟姜女作為一位青春少女，與其他人一樣，同樣有著強烈的愛的渴望。但是她的特定的處境，使她無法像白娘子、祝英台那樣有條件自己地選擇愛的對象。花園邂逅萬喜良後，她那強烈的愛的渴望便無可選擇地（其實她自己親眼見過，在心靈深處還是選擇過的）落到了他的身上。[53]

上述故事除表現女性勇於追求愛情，亦強烈傳達女子對婚姻忠貞不二的思想，於是白蛇面對法海的阻撓婚姻，雙方不惜鬥法、水漫金山寺；祝英台跳入墓中殉情；孟姜女千里送寒衣、滴血尋親等；又賴氏所述〈孟麗君脫靴〉故事，因劉圭璧不擇手段欲強娶孟麗君，迫使孟麗君女扮男裝離家進京赴考，以便考取官位為夫婿皇甫少華報仇等，故事突破女性柔弱形象，經由對愛情、婚姻的犧牲、奉獻強調女性堅貞之情。

〈十三號房〉以一日本男子對婚姻不忠，為了妓女不惜與妻子離婚且加以殺害的故事為本。東窗事發後，日本男子因謀殺罪被判刑，妓女因未參與謀害得以脫罪。〈白面書生〉與〈殺子報〉皆為寡婦移情別戀的故事。前者與明末馮夢龍《警世通言》中「莊子休鼓盆成大道」[54]故事相類近，內容為寡婦於丈夫死後立即愛上他人，且不惜摘取丈夫器官為新伴侶醫治疾病。後者乃寡婦與情夫的姦情為兒子撞見，寡婦擔心姦情為兒子揭穿，即殺子裝入甕中、埋入地下。講述

53 賀學君：《中國四大傳說》，頁二〇一。

54 〔明〕馮夢龍編撰；楊家駱主編：《警世通言・莊子休鼓盆成大道》（台北：鼎文書局，一九七四年十二月），頁一三－二三。

者賴王色對〈十三號房〉故事的個人想法是，她認為故事中的日本人竟為愛慕虛榮的妓女犯下殺人罪，是「很傻、很笨的人」；〈白面書生〉與〈殺子報〉中的寡婦是「狗心肝」，意指她們狠毒、沒有人性。

以上賴王色所述故事主題涉及兩性倫常者，依思想內容可分為二大類：

一、〈白蛇傳〉、〈山伯英台〉、〈孟姜女哭倒萬里長城〉、〈孟麗君脫靴〉等故事主要表現女性對愛情、婚姻的忠貞態度。白蛇、祝英台表現女性突破傳統禮教藩籬，勇於追求愛情；孟姜女則是存有「婦人之體不得再見丈夫」傳統禮教約束，但也表現出內心對愛情的渴望。此三則故事中的女主人翁，與孟麗君在比武招親後，即認定皇甫少華為夫婿一般，皆依循著「一女不事二夫」的烈女情操。

二、〈十三號房〉、〈白面書生〉、〈殺子報〉等則是敘述不忠的伴侶故事。藉此傳達社會普遍對於兩性倫常觀的見解：違反倫常者往往為自己或家人帶來不幸。〈十三號房〉中的日本人及〈殺子報〉故事中的寡婦、情夫最後都被判刑入獄；〈白面書生〉中雖未說明寡婦的下場，但違反社會倫常的寡婦必遭社會普遍的唾棄。

前者自賴氏幼年時期開始，即常聽人講述或觀看野台戲演出的故事。後者為婚後接觸電影娛樂所得。因此賴王色自幼聆聽、觀賞宣揚女性道德情操故事或戲劇演出，在耳濡目染下，賴氏成長過程頗受故事主題思想影響，進而對她個人兩性關係之道德觀養成產生一定作用。前述賴氏曾對不忠的寡婦稱其為「狗心肝」，即在於故事內容與她根深柢固的觀念有所衝突，於是引發賴氏在講故事之餘的評價，或許是這類故事讓她印象深刻的原因。

（三）宗教思維

宗教是人心靈文化生活，相信於現實世界之外還存有超自然主宰者，其功能表現於通過對宗教的信仰與儀式，能夠滿足人們的內在需求。宗教是經常利用民間文學傳播教義的：

世界各國的宗教經典都十分注意吸收民間文學，借故事設喻，用來宣傳宗教義理。……宗教理念常常滲透進各民族的口頭文學之中，使得許多民間故事都或深或淺地打上宗教的烙印。[55]

部分民間文學於是染上了宗教的色彩，隨著人們對外來宗教的信仰，所引進的宗教文化也豐富了民間文學。臺灣閩、客族群移民自大陸，來台後除了原鄉的宗教信仰隨之傳入外，又受族群混居及時代潮流改變影響，李亦園以為「我國民間信仰的特色是普化性的，與日常生活密切配合的，所以其所崇拜儀式經常據有神聖性與世俗性的交融；神聖性代表宗教或超自然存在的一面，世俗性則代表日常生活的一面」[56]。人面對不可知的超自然力往往產生敬畏之心，文學的虛構所表現的正是基於現實需求而產生的幻想性；世俗性的一面則是現實社會的寫照，故民間文學經常成為宗教藉以傳播的途徑之一。誠如施翠峯所言：

臺灣的教訓性或道德性民譚的內容，進一步加以追究的話，很容易地可以發現到來自儒教的道德觀或倫理觀，以及來自佛教的因果觀念或報應觀念，形成了一股很大的潛在力。……臺灣民譚之中，強調命運的宿命觀故事所佔的比例較大……這一類故事，通常都會採用「塞翁失馬」的方式，使倒霉的主角來個好的收場，給每一個人的人生前途以光明與希望。[57]

---

55 顧希佳：〈口頭與文本—歷代典籍中民間故事材料的考察〉，收錄衿中國口傳文學學會、南亞技術學院主編：《二〇〇二海峽兩岸民間文學學術研討會論文選》，頁五八。

56 李亦園：《文化的圖像（下冊）》（台北：允晨文化實業股份有限公司，一九九二年一月），頁一八二。

57 施翠峯：〈臺灣民間故事的發展及其內容〉，《漢學研究》，第八卷第一期，「民間文學國際研討會論文專號第二冊」（台北：漢學研究中心，一九九〇年六月），頁六七九。

賴王色所述傳說、故事亦大抵循此情節發展模式。如〈孝子姚大舜〉的故事中即融合了儒、釋、道三教的觀念，除前已述及的「孝道思想」外，宗教色彩甚為濃厚，故事中舜為紫微星轉世，因此得以庇蔭家中坐擁財富、落難時得神仙相助驅使動物幫忙耕田、舌舔父眼醫治眼盲等。故事最終以後母、象貪心遭受報應，為雷所劈死。上天出地詩指示大舜的命運：「正月十五來出世，天光日象正寅時，後來帝王就是他」。通篇得見超自然力、天命預言、因果報應觀等民間宗教思維貫穿其中。

與宗教轉世觀有關的「天上星宿轉世」情節也見於賴氏所述〈薛仁貴〉、〈山伯英台〉等故事。前者以薛仁貴為白虎星投胎轉世，第一次開口說話就吃掉了父母，睡著時會現出白虎原形，且力大無窮，說明薛仁貴的與眾不同，與〈孝子姚大舜〉故事同樣表現出星宿轉世者的不凡之處。〈山伯英台〉故事中山伯、英台亦為星宿轉世，透過轉世情節暗指梁、祝二人的愛情糾葛實為上天註定。

「神力相助」亦為宗教思維的一種表現。人相信具有神格的神靈因擁有超越人力的神奇力量，能助人化險為夷，甚至控制與影響現世及來世的生活。因此〈孝子姚大舜〉中的大舜能屢次受神仙相助而不死；〈狸貓換太子〉中的李宸妃在危難之際也有神仙將她救往宮外。〈孟姜女哭倒萬里長城〉土地公甚至現身指點孟姜女「滴血認親」。故事情節展現出冥冥中存有神祕主宰力，且與人是相通的，人的所作所為都會受到牽連。

在民間宗教的影響下，人們也相信各個生物的靈魂在肉體死亡或消滅後會繼續存在，其中有一部分會因生前為人推崇的作為而上升為神靈。因此靈魂是能與人存於同一時空中，甚至轉化、變形，世上便有了神靈與靈魂的存在。〈孟姜女哭倒萬里長城〉故事中，已死去的萬杞梁能在孟姜女連夜趕路時顯靈變出火光；〈孝子姚大舜〉故事中的舜是為宗教祭祀對象「三界公」之一。

因神靈具有超能力，可幻化為人肉眼可見或不可見的各種形態存在，自覺地依人的表現給予獎賞、懲處，神靈因而被視為道德規訓仲裁者，如此「神學就已經跟倫理學結合了起來，而宗教作為一種道德力量獲得了對社會的統治權」。[58]宗教信仰體系便出現了象徵審判人世好壞的「地獄」空間。〈藍芳草探監〉故事裡，季子向母親表示害人者是要下地獄的。〈狸貓換太子〉中，郭槐聲稱除非死後到陰間才肯認罪，包公便假設陰堂、扮閻羅王審案，及寇珠鬼魂申冤，使郭槐伏首認罪等，宗教與民間故事的結合體現了民間對於宗教信仰的接受。

弗雷澤（J.G.Frazer）認為宗教是：「對被認為能夠指導和控制自然與人生進程的超人力量的迎合或撫慰」，所包含的理論與實踐則是「對超人力量的信仰，以及討其歡心、使其息怒的種種企圖」。而巫術是對「一切具有人格的對象，無論是人或神，最終總是從屬於那些控制著一切的非人力量。」[59]宗教與巫術在某種層面上其實是相近、甚至相通的。巫術的思想原則可歸結為二方面：

> 第一是「同類相生」或果必同因；第二是「物體一經互相接觸，在中斷實體接觸後還會繼續遠距離的互相作用」。前者可稱之為「相似律」，後者可稱作「接觸律」或「觸染律」。[60]

「相似律」引申出人能夠只透過模仿就實現任何想做的事，而「接觸律」則是人可以通過一個物體對一個人施加影響，只要該物體曾被那個人接觸過。〈孝子姚大舜〉中，舜求神醫治眼盲並以舌舔父眼的行為；〈孟姜女哭倒萬里長城〉故事，秦始皇分別送妻子、母親一支花，二人隨著所擁有的花朵凋謝、綻放變得醜陋、貌美，即是為巫術醫療及接觸影響概念。

58 〔英〕愛德華・泰勒（Edward Tylor）著；連樹聲譯：《人類學：人及其文化研究》（桂林：廣西師範大學出版社，二〇〇四年五月），頁三四七。
59 J.G.弗雷澤（James George Frazer，1854-1941）著；徐育新、汪培基、張澤石譯：《金枝》（北京：新世界出版社，二〇〇六年九月），頁五二—五四。
60 J.G.弗雷澤著；徐育新、汪培基、張澤石譯：《金枝》，頁一五。

民間信仰與民間故事的相互滲透作用，體現出群眾普遍信仰心理及意識形態。林培雅所調查的臺灣三十三位民間文學積極傳承人，其宗教信仰皆為民間信仰：

宗教信仰對積極傳承人的影響首在於傳承文本中無法避免內容會與之相關，並且是在以信仰基礎為前提之下的立論推演所演化的情節。只有在相信這樣的宗教信仰之下，許多文本的情節才得以合理，而積極傳承人在學習的過程中，也才有辦法融入情節而不加以排斥或是懷疑，進而能夠吸收並講唱出來，將其傳承下去。而且受到宗教信仰的影響，積極傳承人在傳承的過程中會下意識地（有些甚至是自覺、主動地）去傳達個人的信仰理念，並且由於這樣的信仰體系，使得他們對某些超自然或是非平常的神秘經驗得以接受，並可以加以創造傳述。[61]

賴王色生處媽祖廟、王爺公廟信仰圈內，又喜愛觀賞廟會野台戲演出。前者為賴氏生活環境之群眾集體信仰思想中心，後者為進一步實踐結果的衍生。於是她個人的宗教信仰於有形、無形中逐漸受到薰陶，當吸收具有宗教色彩故事時，故事文本所釋放出的宗教思想與其內在信仰相互交流下，賴王色所述傳說、故事大部分蘊含著民間宗教思維，亦傳達出講述者個人宗教觀。可知民間宗教信仰與故事傳承人所述故事彼此之間實具有密切的關係。

賴王色所述部分故事中，無論傳遞出的是孝道思想、兩性倫常還是宗教思維等，終極目的皆有意「勸人向善」。因此故事多以「善有善報、惡有惡報」作為結束，使人經由故事敘述達到「見賢思齊，見不賢而內自省」的功用。而涉及歷史人物傳說、故事者，如舜、秦始皇、吳漢、包公、狄青、薛仁貴等，皆為歷史上真有其人，故事敘述人物特殊事蹟，從中賦予歷史記憶及道德觀念教化。如舜和吳漢的孝行傳達了孝道；秦始皇貪圖母親與孟姜女美色，突顯君主昏庸

61 林培雅：《台灣民間文學積極傳承人調查研究》，頁六六。

無道與極權政治；包公是公正無私、為人申冤的清官；狄青及薛仁貴皆因身懷絕技，屢屢締造英雄事蹟。這類傳說、故事不但流傳久遠且往往造成人物成為某種特定形象的代表，被視為一面道德鏡子映照出社會所普遍認同的為人處世之道。

三、作品風格

口述作品以人腦為載體，不同於書面或其他傳媒載體具有成「定本」之穩定性，故事的講述易受個人講述語境之影響，造成同一故事在不同的傳承過程中產生變異，甚至具有講述者的個人特色，此「個人特色」往往與講述者生活、思想與故事的融合有關。傳承者講述故事除傳播原有的故事思想、內容外，也反映出個人文化心態。

賴王色所述傳說故事所繼承的貫有思想：善／惡（善良者總受惡人欺壓）、強／弱（弱勢者遭強權壓迫）等以二元對立方式塑造人物形象為民間故事常見的表現手法。〈孝子姚大舜〉、〈藍芳草探監〉故事皆為壞心的後母欺壓善良的晚輩，後母甚至意圖致人於死。前者後母多次假借命令舜做事時進行謀害，後者為後母意圖霸佔家產，凌虐丈夫藍芳草的媳婦王氏及孫女貴花。〈孟麗君脫靴〉中的劉圭壁比武娶親失敗卻不認輸，反而計劃加害獲勝者皇甫少華。〈狄青〉中的主角狄青則因與奸臣發生爭執而得罪惡人，此後屢遭奸臣迫害。〈貍貓換太子〉故事中李宸妃為劉妃、郭槐誣陷產下怪物，一生命運坎坷。故事在正反二面人物的衝突中，釀造出曲折離奇的故事情節。

故事衝突的高潮總是表現在弱者危難之際能得到幫助而脫困，惡人的計謀因此宣告失敗，從中營造故事緊張氛圍，舜多次為後母所害都獲得神仙相助；王氏面臨斬首行刑之際幸有季子及時出面解救；皇甫少華因為惡人劉圭璧的妹妹劉燕玉搭救而不死；狄青得包公及姑姑狄千金的支持得以保命，又有西涼國八寶公主協助取得真珠旗；李宸妃於火燒冷宮時得神仙相救，流落宮外為范仲華領養等。

故事結局大多以受害者取得勝利，反面人物遭到應有的懲處而劃下句點。舜的後母與弟弟象因貪圖皇位為雷劈死；藍芳草的繼室獲免死罪時又興害人之心，亦為雷劈死；皇甫少華與孟麗君重逢後，締結連理；狄青打敗奸臣，又奉皇命取得真珠旗歸來；包公為李宸妃洗刷冤情，與子相認並重回皇宮。

上述傳說故事在正反人物的二元對立下形成情節衝突的高潮，衝突中受害者最後皆能化險為夷，此類傳說故事透過各種傳播形式流傳久遠，且為廣大人民所喜愛，可說反映了現實生活中，人們憎惡為惡者及同情受害者的心理意識。

民間故事除通過情節反映人生百態，也常藉故事人物之口道出民眾心聲，以抒發內心不平之鳴，透過不同人物形象，多面審視社會生活。〈孝子姚大舜〉中，當舜不計前嫌地接來後母團圓時：

> 伊也哭老母、伊也哭囝按呢。恁彼老爸仔蹛咧後壁蹛遐：「hńg，你有彼個體面通好佮阮囝相見。」「啊！你毋通講彼冤枉，我自咱舜兒落井，我是哭甲有日佮無暝。」按呢在講。（後母與舜見面後，兩人淚眼相對。姚六舍：「哼！你竟然還有臉跟我兒子相見。」後母：「你不要說那種冤枉我的話，自從我們舜落井之後，我是沒日沒夜的哭著。」）

故事借姚六舍之口嘲諷後母害舜一事，後母的自辨之詞愈顯其惡行惡狀及虛偽、矯情。

〈狸貓換太子〉中貧困的賣菜者范仲華，因緣際會下與眼盲的李宸妃相遇，並認她作母親、帶回家養育。當范為包公罰以杖打時，眾人出面證明范是孝子、為他作保，於是范仲華得到包公賞賜銀兩後釋回。

> 善良單純的范仲華以為被杖打而得賞錢，便對包公說：「包大人，無我擱予你扑，擱予你扑幾下仔，你擱賞我的錢。（包大人我再讓你多打幾下，你再賞我一些錢。）」

他回去後告訴李宸妃自己遇到黑面大人並得賞，當李氏問起大人名字時，范仲華一時無法想起，「我煞袂記咧、煞袂記咧，我想覓、我想覓。包土豆仁啦。（我竟然忘記了、忘記了，我想看看、我想看看，包土豆仁啦。）」通過范仲華詼諧的話語，表現出他即使地位低下、生活貧困，內心依然非常善良，深具同情心與孝心。

此段對話與日據時期古倫美亞唱片公司於一九三三年出版〈李宸妃困窯〉唱片極為相似：

阿義：「那甲有錢通賞，閣打！我的腳倉激卡硬，加賞寡予阮老母通好喫用。」

……

阿義：「人調歹運起毛公，觸著人塊掠路帽風，甲我拖去見黑面祖師公，……」

宸妃：「唉呀！我子！（喂！）你亦真正空，官長看做祖師公。」

阿義：「啊！對對！有的叫包青天，有的叫啥麼包土豆人啦！」[62]

此外，賴氏所述〈愛吃雞的老師〉故事中，某老師因一連三次到學生家吃雞，遭學生家長惡整。

共伊變鬼講：「好阿！你這個老師遮枵鬼，我請你兩擺，了兩隻雞、刣兩隻雞去，阿你擱直直卜來共我食。我這馬若無共你變一个，我定定赴你，阿我卜今一個物件直直赴你？」（學生媽媽說：「好啊，你這老師這麼貪吃，我已經請你吃兩隻雞了，你還一直要來吃雞。我如果不捉弄你一次，我那來那麼多雞給你吃？」）

62 徐麗紗、林良哲：《從日治時期唱片看臺灣歌仔戲（下冊）》，頁八七。

於是學生的媽媽假稱老師吃了有毒的餅，老師一聽她這樣說就直喊肚子疼，等學生的媽媽說餅沒有毒時，老師馬上又改口說肚子不痛了。藉此嘲弄老師身為知識份子卻有著貪吃、佔人便宜的一面，尤以受騙與知悉真相後的表現更顯其荒誕、滑稽。

此則故事亦流傳於澎湖地區，由黃祖壽所述〈貪吃的老師〉中，某學生家境不甚富裕，向媽媽反應老師會特別教導有請他吃飯的學生：

學生媽媽則說：「好啊！去約老師，看哪一天能來。」[63]

相較於賴氏所述〈愛吃雞的老師〉故事中，學生媽媽對於老師貪吃，三次前往家中吃雞，對老師的觀感是倍感厭惡，其話語表現風格即較為強烈、鮮明。

民間故事的傳承是依據每一講述者對故事的記憶與承載，並在集體作用下保有故事內容穩定性，同時也適當地加入個人的創造。講述者的生活遭遇與故事相結合，使故事內容愈顯豐富，又因為講述者在講述同時抒發自己的生活心得，讓故事更能感動人心、引起共鳴，形成講述者所述故事之獨特風格。如故事家譚振山所述故事即表現出農耕生活特色：

走進他的故事空間，發現大部分都是被農耕生活的場景覆蓋了。在譚振山故事中，就算主人公並非農民，可仍然希冀過上農耕安定的生活，或是幫助農民過上好日子。[64]

63 金榮華整理：《澎湖縣民間故事》，頁二〇七－二〇八。
64 林麗容：《民間故事家譚振山及其講述作品之研究》，頁七七。

在賴王色所述傳說故事中，她的個人生活經歷及以自己經驗作為對比的風格亦不自覺的呈現於其中。賴氏早年生活並不富裕，尤其日據時期官方對民眾生活物資的嚴格控管影響了民眾生活需求之充足，賴氏總以「饑荒」形容當時的生活。因此凡是故事內容涉及貧窮、困頓者，在講述過程中對於情節之發展必定多所描繪且佐以個人經驗加以說明。

賴氏講述〈孝子姚大舜〉中杭州發生饑荒，所有農作物無法收成，百姓無論老小皆受飢餓所累時，不但對於此段情節敘述詳細，且因自己曾經歷缺乏米糧的窮困生活，對故事中的百姓多所同情。〈貍貓換太子〉故事中，述及賣菜義范仲華救李宸妃一段情節，賴氏描述范仲華是生活困苦的人，且再三強調「原也是艱苦人（一樣是貧苦的人）」，意指范仲華與講述者自己都是生活貧困之人。〈薛仁貴〉故事中描述薛仁貴食量很大，一餐可吃一斗米，力氣大到能獨自拿起六支大木頭，賴氏述說時則以自己作為反襯薛的力大無窮：「像我們吃少少的、一點點，只吃一點點但沒有力氣」。〈愛吃雞的老師〉故事中提及鄉下人家養雞時，賴氏說道「學生家像我們這邊比較鄉下」、「鄉下吃雞比較liōng-sang（易得），自己養的」。賴氏過去的生活經驗及價值觀不斷穿插於講述中，形成了故事原有情節與講述者生活交疊出現的情形。

又賴王色講述〈十三號房〉時穿插日文「かあちゃん」、「とうさん」、「kha-bāng」等詞彙，除反映該劇之戲劇表現外，正是她個人曾受日本政府殖民的痕跡。這則故事流行於臺灣光復以後，內容敘述為情婦而狠心殺妻的日本人，故事情節反映了政治情勢轉變下臺灣民間心理意識的流露，通過戲劇暗諷日人不仁不義之意。

賴氏年幼時曾聽地方耆老講述過〈魏徵斬龍王〉的故事，但現在僅記得故事後半段情節發展。對於原故事前半段敘述「有一個漁夫告訴樵夫，他因為聽了一個相士的話而能漁獲大增，大家便爭相找相士幫忙，結果魚蝦被人大量捕捉。於是海龍王意圖趕走相士，龍王便與相士以預告氣象打賭，如果相士輸了就得離開，沒想到龍王收到天庭的命令竟然與相士的預言吻合，龍王為求取勝而違反天命改變天候，因而觸犯天條，故遭魏徵斬首。」[65]這段情節，賴氏已不復記

65 〈魏徵斬龍王〉故事參考自「國家文化資料庫」—戲劇類，聲音數位檔案。http://nrch.cca.gov.tw/ccahome/index.jsp

憶，而故事背景與海有關，也許正是故事得以流傳於當地的原因。因而漁村長大的賴氏年幼時，才有機會聽聞地方耆老述及。

賴王色除將個人生活投射於所述傳說故事中，其敘述故事的語言風格活潑且生動，她並非只以散文敘事的模式直述作品內容，其所述內容往往夾雜著押（諧）韻句，利用音韻的抑揚頓挫及協調性，使故事更為動聽，營造出講述活動豐富的娛樂性。其所述〈孝子姚大舜〉故事中即有四則鮮明的例子：

一、舜前往山中耕田時，神仙讓動物幫忙舜耕作。

擔水抾柴用猴山（挑水撿柴用猴子）；
鳥隻放子照輪班（鳥兒放籽照輪班）。

二、杭州饑荒，舜返鄉賑災。

杭州的地界三年無落雨（杭州一帶三年沒下雨），
田無播、園做路（田無作、園作路），
逐家無伙食通好度（大家沒伙食可以度日），
乞食羅漢痀痀滿街路（乞丐羅漢駝著背滿街走），
老大人餓到喙鬚gâu-gâu-hòo（老人餓得鬍鬚一直晃），
囡仔餓到放屎袂攏褲（孩子餓得拉屎無法穿褲子）。

真好佳哉咱這杭州的地界（好在我們杭州一帶），
有一間的四季春（有一間四季春），
有米通好予人分（有米可以分送給人），
逐家來去領（大家來去領米），
通知予人知影（通知讓眾人知道），
來去來去，行行行（來去、來去，走走走）。
對對對，跤骨激予硬tshiāng硬tshiāng（對對對，腳骨硬起來），
來去領米救性命（來去領米救性命）。

三、後母貪圖舜的帝位，要舜把皇位讓給象和自己，於是告訴舜：

你今嘛毋通坐甲自自在在（你皇位坐得自在在），
嘛予恁小弟仔坐一下看覓（也讓你小弟坐看看）。

四、後母與象為雷劈死時，地上現出詩句：

正月十五來出世，
天光日象正寅時，
後來帝王就是他。

又如〈藍芳草探監〉故事中季子到磨房救貴花母子時，告訴她們：

恁母仔囝毋通吼（你們母子倆不要哭），

若卜挃性命綴我走（若要活命就跟我走）。

以及季子返鄉營救嫂嫂王氏時，因眾人不相信他是三王爺，季子於是說道：

好矣！你看我一個無才無才（好啊，你看不起我），

我就共你現金牌（我就現金牌給你看）。

〈包公審郭槐〉中范仲華為包公責罰時，眾人為他作保：

這個囡仔是孝子（這個孩子是孝子），

專門趁錢咧飼老母（賺錢養母親）。

〈麵線冤〉故事中，秀才妻子拿麵線給婆婆祝壽，卻沒給花娘吃，花娘向秀才母親說媳婦的壞話：

捾魚捾肉（拿魚拿肉）、

捾雞捾鴨（拿雞拿鴨），

〈吳漢殺妻〉故事中，王蘭英念經、求神庇佑婆婆一段：

菩薩降來臨，
蓮花化洞九重身，
讓你致富貴延年，
降來凡間保萬人。

〈山伯英台〉中英台作詩贈山伯，其詩句如下：

雙人走到湖池東，
荷花開透滿池紅，
荷花怒來焰四放，
山伯訪友一場空。

上述各例句皆運用押（諧）韻的特色，較僅以單純的白描敘述更為吸引人。這些故事皆源自於賴氏所聽的日據時期唱片。如此靈活運用句子諧韻夾雜於故事講述中的表演形式，使故事聽講既順口又具增強記憶作用。

民間故事以唱片、廣播作為傳播渠道者，是完全仰賴聲音傳遞訊息，不若面對面的口頭講述，或電視、電影結合影音得以配合人物肢體語言為表演形式。僅憑藉聲音變化判別故事人物及情節發展的唱片或廣播故事，特別著重聽覺刺激，較其他傳媒重視聲音的表現。因此無論是故事敘述或人物彼此間的對話，其語氣、語調變化皆成為表演重點，句子的諧韻則加深了故事語言藝術。

講述人以自身的生活經驗與智慧理解、記憶故事，不論是敘述或解釋故事內容，其個人生命經歷都會自然地融入故事中，使得故事更加豐富、生動。尤其當故事具有特殊、離奇的情節發展模式及語言藝術的表現形式，能格外地引人注意，為人所喜愛，此亦為賴王色對故事記憶深刻的原因。因此，故事的傳承並非僅只於內容上，而是傳遞附加隱含於故事中前人的生活智慧結晶，經過長時間群眾集體傳承故事的結果，故事能夠部分地反映出人民現實社會生活及其心境，形成集體的文化延續與記憶。賴王色所述的傳說故事除了具有社會集體傳承的思想意涵外，其所述作品亦經常顯現出講述者個人生命風采。

伍、講述情境探討

民間故事講述活動根植於人民生活文化交流，主要由講述者、聽者、講述現場組織而成一場故事講述「表演」活動。「表演理論（Performance Theory）」為二十世紀七〇年代美國人類學、民俗學家對傳統的口傳文學研究觀念、方法進行反思之基礎上所提出來。表演理論將口傳文學講述活動定位成一種在特定情境（context）中，具有互動性的語言藝術交流行為，強調對口傳文學表演過程的研究。表演理論代表人物之一理查德．鮑曼（Richard Bauman）主張研究者應關注故事講述過程、行為表現，及其所述故事與講述現場、環境彼此間的關聯，即講述時的「情境」探討。「講述情境」包含：

一、演說者的個人特性、身分背景、角色以及其承襲的文化傳統；演說時的語速、腔調、韻律、修辭、戲劇性和一般性表演技巧等；所有演說技藝所含的意義。

二、所有在場者，包括「作者」、演說者、聽眾、觀眾等，及其所有的參與行為；在場者與研究者之間的各種互動關係。

三、其他各種非口語（non-verbal）的因素，包括表演動因、情感氣氛、形體姿態，甚至於演說的時間、地點、環境，包括音樂、布景、服裝、顏色、舞蹈、非口語的聲音等等。[1]

[1] 轉引自萬建中：《民間文學引論》（北京：北京大學出版社，二〇〇六年七月），頁四七。

凡是講述現場時空維度、人員及其內在感受之一切，均為講述情境所包含的內容。

故事與講述情境彼此相互依附於群眾交流、溝通的種種過程中，從而構築起立體性的民間文學傳承活動。若僅以故事內容為文本記錄中心，則是脫離了講述情境的缺乏生命力靜態事象之呈現，喪失民間文學活態性。

講述情境產生於雙向互動的講述場域中，講述者憑藉記憶以口語敘述方式傳遞故事訊息於聽者，聽者得以即時對故事講述內容作出反應，是為講述活動「回饋」機制。相較於書面文學作者不易獲得讀者反應，亦不如講述者與聽者間得以對所述故事內容作出立即性的雙向溝通，講述現場聽眾的回饋關係著故事文本的形成。因此不受固定文本約束的講述活動，在參與者於社會文化背景之下所共同創造出特定的表演空間，乃揭示出故事傳承於人們日常生活中的功用、意義與文化價值。

民間文學講述活動以故事敘述為核心，表演空間中講述者、聽眾、研究者圍繞故事敘述活動、彼此牽連。講述者有時為因應特殊情境，於講述過程中適切地改變故事內容，以利故事講述順利；聽眾則是推動講述者發揮表演才能；而研究者的角色既是聽眾，卻又身負引導故事講述，及對聽講故事內容作確認、補充的工作，因此研究者在故事講述現場的作用是較一般聽眾特殊。以下就賴王色口頭敘述故事的動態活動為探討對象，觀察故事講述活動中，講述者、聽者、研究者在表演空間的綜合效應，是否對故事講述內容產生影響？以見講述情境對於故事講述、傳承活動的制約及其潛在效益。

一、講述者與表演場域的關聯

將民間文學講述活動視為一場表演時，講述者是表演之所以成立的重要因素，講述現場空間則是以故事講述為表演主體的活動形式，提供講述現場參與者從中共同感知。因此表演場域是以講述者為中心，結合講述者口中虛擬時空架構的故事文本而成。

民間敘事文本並不是一個自足的、超機體的文化事象和封閉的形式體系，它形成於講述人把自己掌握的有關傳統文化知識在具體交流實踐中加以講述和表演的過程中，而這一過程往往受到諸多複雜因素的影響，因而塑造了不同的、各具特點的民間敘事文本。[2]

講述者與表演場域是圍繞故事文本講述而成，因故事的講述並非毫無所本，講述者於傳承故事時可能受語境的影響而使得故事內容產生差異，但並非隨意更動。講述者因應講述情境而有意（或下意識的）對故事進行適當調整，故事有時會被簡化，簡化的過程表明了「故事在該環境中、或在該故事講述者所處的時代現實意義很薄弱」；[3]故事有時候會被擴展，「一些擴展出自日常生活，另一些是對故事規範進行了細節上的拓展」，[4]講述者於講述故事同時融入附加意義，但在為故事添枝加葉時，則必須找到與故事內容相契合處且不與講述情境相衝突。

（一）表演視角

講述者與表演場域在故事文本之下交互作用，且受講述情境之約束。講述者須穿梭於故事內在環境與表演場域之

2 楊利慧：〈民間敘事的傳承與表演〉，《文學評論》二〇〇五年第二期（二〇〇五年三月），頁一四六。

3 弗拉基米爾・雅可夫列維奇・普洛普（Vladmir Jakovlevic Propp，1895-1919）著；賈放譯：《故事形態學》（北京：中華書局，二〇〇六年十一月），頁一六四。

4 弗拉基米爾・雅可夫列維奇・普洛普（Vladmir Jakovlevic Propp，1895-1919）著；賈放譯：《故事形態學》，頁一六四。

間，以打破故事虛擬時空及現實場景間的隔閡，使故事講述活動得以順利進行。此涉及講述者與故事人物、事件和故事敘述時間排列關係：

> 人們用話語敘述故事時，只能按一條直線排列，把一件一件的事敘述出來，所以敘述的時間是一種線性的時間。故事裡的人物和事件，已經被投射到一條直線上，和它的本來面貌有所不同了。[5]

賴王色講述故事有時是進入到故事中，扮演起故事人物；有時是置身於故事之外，以第三人稱方式講述故事，表現出對故事發展有著全知全能的視角。

講述者大多以第三人稱先行對故事作一番概括及定調，作為故事之起始。以賴氏所述〈孝子姚大舜〉故事為例：

> 大舜老母死去，老爸又娶後母。[6]

賴王色以第三人稱視角說明〈孝子姚大舜〉故事起因於舜喪母、父親再娶，故事接連發展出後母一連串謀害舜的事件。隨著故事推演、前進，講述者必定視故事情節發展之需要，時而貼近或化身為故事中人，以利故事事件進入到講述現場，從而營造生動的講述情境。此部分以故事人物彼此間的對話最為鮮明，賴王色講述舜落井後與阿姨相遇之情節時：

> 他彼個母姨來取水，聽到講「救人喔！救人喔！」伊講：「你是啥物人？那會佇井底？」啊講我就是啥物人、講

5 劉守華：《故事學綱要》（武漢：華中師範大學出版社，二〇〇六年九月第二版修訂本），頁一四一。

6 此以講述現場所述故事內容逐字稿呈現，以利表現講述情境之真實樣貌。後文視行文所需加以援引。

伊是姚大舜啦。「啊原來就是我的甥兒，我提水桶創予你giú，啊你毋通giú遛手去喔。」伊講：「袂啦。」（舜的阿姨剛好來提水，聽到「救人喔、救人喔」，阿姨問：「你是誰？怎麼會在井裡？」，舜：「我是姚大舜。」阿姨：「啊！原來就是我外甥。我用水桶給你拉，你不要拉溜手。」舜：「不會啦。」）

以上所引舜及阿姨的對話中，講述者先以「（舜）要跟他阿姨相見」介紹故事即將展開的情節，接著扮演起故事人物並進行一來一往的對話行動。如「（母姨）伊講你是啥物人，講我就是啥物人，講伊是姚大舜啦，啊原來就是我的甥兒，那個（人是）他母姨。」此段對話中受口頭敘述故事之線性時間鏈條所限，賴氏以「你、我、他」不同人稱方式銜接敘述語句，是講述者進入故事敘述空間及回到表演現場的視角轉換，以此推進故事情節發展及講述活動。

前文論及賴王色於敘述或解釋故事內容時，其個人生命經歷都會自然地融入故事中，賴氏亦時常於故事敘述過程置入附加意義，如講述舜返鄉賑災後與家人重逢的情節時：

> 怹彼母姨出來到門腳口，佮伊彼母姨誠有孝，卜孝伊到一世人，算講報恩就對。（舜的阿姨也來到他家門口，舜要孝順阿姨一輩子。算是報恩就對了。）
>
> 怹彼姚大舜就講：「阿彼早前的事情毋好擱抾起來講，逐家一家會當團圓是福氣，毋免擱講。」算講孝子就對。（舜：「以前的事不要再說了，一家能團圓是福氣」。是孝子就對了）

上述二例，賴王色順應〈孝子姚大舜〉故事內容發展提出個人見解。「算是報恩就對了」、「是孝子就對了」等詞句皆為講述者個人的添枝加葉。舜落井時為阿姨所救出並帶回家養育，之後故事以舜前往歷山耕作為發展主線，阿姨的角色不再出現；待故事場景回到舜返鄉賑災與阿姨重逢時，是該故事人物的再次登場。因此賴氏稱舜回到故鄉與阿姨相見，也要連同家人一道孝順阿姨，是「報恩」的行徑，有為故事前因後果之情節作聯繫及相互呼應。後者為故事敘述中心緊扣於孝子舜的行為表現，因此舜能不計前嫌地接納意圖謀害自己的後母，以及後母的兒子象；而「一家人能團圓是福氣」表現出舜孝心得善報，以上皆具有強調故事主題且集中表演場域內注意力。

講述過程中穿插故事人物對話，具加深故事人物形象刻劃及增添講述活動趣味性，使故事情景彷彿真實呈現於表演場域中。且講述者進入故事情境及回到講述現場能造成的故事場景與現實環境時空交疊，融合虛構的故事空間與講述現場，使講述者完全地投入故事講述活動中，亦同時吸引聽眾進入表演場域。講述故事同時插入的附加意義，因與故事密切配合，有時甚至發揮將故事作一完整連結作用。而故事情節彼此間是環環相扣的線性時間鍊條，講述者於不破壞故事行進的原則下，能適當地介入故事中，卻又是快速的回到講述現場。

（二）表演效果

除講述者藉著對故事內容的擴充式說明，以加強故事張力或引起聽眾共鳴之外，動態的表演場域中，講述者往往佐以其他表現手法突顯所述故事文本：

> 口頭講述故事要求迅速展開情節以抓住聽眾，在靜止狀態中細緻地刻劃形容人物環境，很容易招致聽眾厭煩。而且口頭講述時可以用手勢、表情、語調等來補充語言之不足。[7]

[7] 劉守華：《故事學綱要》，頁一四八。

「手勢、表情、語調」是伴隨語言活動而進行的連帶行為，目的是強調口語敘述內容以表情達意。〈詩大序〉云：「情動於中而形於言，言之不足，故嗟嘆之；嗟嘆之不足，故永歌之；永歌之不足，不知手之舞之，足之蹈之也。」[8]表演場域中，講述者往往佐以肢體語言表現故事內容，體現故事環境作用於表演場域。段寶林以為同故事內容呈現的行為、動作等是民間文學的表演性，亦是民間文學形成多面立體的成因之一：

> 民間文學不只是單純的語言藝術而往往是既有音樂又有舞蹈，既有表情又有說白和動作的帶有綜合性的藝術。……它有說有唱，有表情有動作，其藝術手段比書面文學更豐富，藝術感染力也更強。[9]

講述者的手勢、表情、語調隨故事情節波瀾起伏而展開，透過動作、講述語氣變化，虛構的故事環境變成為可感知的聽、視覺刺激，藉以擴大渲染故事氛圍，從中強化講述故事的表演藝術。

賴王色講述故事時亦時常表現出動作或語言變化，如講述〈孝子姚大舜〉中舜落井為阿姨所救之故事情節時：「it-tshit-kong-tshiang就共伊giú起來」，賴氏以手作出拉起的動作且口中配合動作發出「it-tshit-kong-tshiang」[10]的聲音。講述〈藍芳草探監〉中季子為貴花挑水，把底部不平的水桶放置地上導致桶內水流光時，「偲彼三叔就水桶共伊大力共伊摔予破（季子用力把水桶摔破）」，賴氏此時雙手高舉又重重地放下，模擬季子拿起水桶往地上摔的動作。及敘述季子母親拿錢賄賂官員時，賴氏作出以手拿物並發出「嗯、嗯、嗯」的聲音，將手推向聽者，意在表現季子母親私下遞錢給官員的情景。

---

8 王靜芝：《詩經通釋》（台北：輔仁大學文學院，二〇〇〇年十月第十六版），頁二。

9 段寶林：〈論民間文學的立體性特徵〉，收錄於段寶林：《立體文學論》（臺北：文津出版社有限公司，一九九七年四月），頁四。

10 「it chhit kong chiàng」的聲音是表現出人行為動作用力之甚。

講述〈薛仁貴〉、〈孟姜女哭倒萬里長城〉等故事時，也配合故事人物、事件以手勢動作比劃一番。前者述及「伊喔，一個人夯，過人孔，一爿夾一枝，肩胛頭一爿夯兩枝，徛六枝呢！六枝夯咧走。（薛仁貴一個人，兩側腋下各夾一支、兩邊肩頭上又背兩支，一次就能拿起六支大杉。）」時，賴氏揮舞雙手做出兩側腋下夾取物品，表現薛仁貴一人拿起六支大杉之景。後者故事發展至孟姜女以衣襟捧取萬杞梁骨頭時，賴氏立即拉起身上衣服一角，以示孟姜女手捧骨骸於胸前。

「民間文學的表演者就是創作者，表演中有創作，表演的過程，也是創作的過程，二者是緊密結合著的。」[11]講述者藉由手勢、表情、語調立即性地表現出故事內容，是故事表演場域中口頭語言之外的表演行為，使民間文學傳承成為立體文學活動。若將配合講述而興起的肢體表演動作描述夾雜於故事文本中，則易於造成書面閱讀之不便，因此田野採錄故事文本大多以講述者所述故事內容呈現為主，較少提及講述過程中生動的表演性。若以故事文本代表一場故事講述的本質，無疑是忽略了故事表演場域的動態樣貌，實難以一探故事講述情境及反映民間文學活態性。

（三）表演時空互滲

絕大多數故事傳承人自幼年時期起即對故事聽講有濃厚的興趣，且樂於參與講述活動，記憶中日積月累的故事含量，成為日後講述活動表演之基礎及所述故事內容主要依據。阿爾伯特．貝茨．洛德由南斯拉夫史詩歌手塞科．科利奇的自述學習表演過程中，歸結出表演者的學習必須是先聽受他人的演唱：

11 段寶林：〈論民間文學的立體性特徵〉，收錄於段寶林：《立體文學論》，頁五。

「當我還是牧童時……有一位歌手帶著古斯萊（按：樂器名）到這裡，此時我會聆聽他的演唱。」……學歌的三個階段：首先，聆聽和吸收階段；然後，運用階段；最後，在更為挑剔的觀眾面前演唱。[12]

講述故事為講述者過去聽受故事之記憶復現，然而對故事的記憶不單僅是故事內容，有時腦海中甚至浮現昔日聽講經驗及表演現場情景，從而引起對一段生命歷程的回顧。

賴王色對早年口頭聽講或觀賞故事表演的場景回憶，是為個人所述故事之動態記憶內容。如講述〈孟麗君脫靴〉故事時，賴氏憶起以往冬季鄰里間閒聊之時，前講者坤同仔會到家中講故事給大家聽；〈愛吃雞的老師〉則是幼時大夥齊聚聽大人講的「垃圾古仔（骯髒故事）」、「m̄成古仔（不像樣的故事）」。

講述〈山伯英台〉故事之英台殉情時，賴氏回憶當年觀賞野台戲的舞台演出：

彼真的墓仔按呢開——開，阿人鑽——入——去，阿二隻蝶仔出——來（真的墓就打開來，英台鑽進去，變成兩隻蝴蝶飛出來）。

講述〈包公審郭槐〉故事中，郭槐受刑罰之舞台演出：

戲棚上在做是共伊剝皮，共伊割，共伊鹽浲浲咧，割一塊仔鹽浲浲咧，阿才予伊死（戲臺上是演對他剝皮，割他的肉，用鹽抹一抹，割一塊肉用鹽抹一抹，才讓他死）。

12 〔美〕阿爾伯特・貝茨・洛德（Albert Bates Lord，1912-1991）著；尹虎彬譯：《故事的歌手》，頁二八。

以上二例均為賴氏早年觀看戲劇演出的舞台表演效果。「傳統戲曲表演的動作具有虛擬性的特點。所謂虛擬性動作，就是在沒有借以進行動作的那些實物對象的條件下，憑想像做出實物動作。」[13] 因此，無論是山伯的墓打開、英台縱身而入，或是郭槐被割肉、在傷口上抹鹽，都是假借道具或表演者的虛擬性動作強調演出內容；一旦觀眾投入於戲劇表演中，則自行將所有虛擬性的行動轉化為真實行為，使得故事演出近乎逼真，達到引人入勝的演出目的，也加深觀眾對故事的印象與記憶。

故事聽講情景或許是為講述者能牢記故事的原因之一。如宜蘭故事家羅阿蜂、陳阿勉姐妹受邀至電視台上節目表演時，二人異口同聲的表示要講述〈箍桶貴仔〉的故事：

> 在錄影的現場，主持人問她們最想講什麼故事，兩個老太太幾乎是在第一時間不約而同、沒有商量，連互換眼神都沒有，就說要說〈箍桶貴仔〉。……原來這則〈箍桶貴仔〉是五十幾年前在宜蘭縣冬山鄉的員山山頭上，一個二十歲的果園老闆的兒子跟十六、七歲的羅阿蜂、陳阿勉搭訕用的話題。[14]

〈箍桶貴仔〉故事對羅阿蜂、陳阿勉而言，是負載著年輕時期有趣的生活經歷，以至多年後二人能對故事內容記憶深刻，且早年的講述活動場景仍鮮明地活躍於記憶中，以致姐妹倆能不約而同地表示要講述這則故事。

因此講述者今日的講述活動表演，正是過去所參與的聽講情景之部分重現，而講述現場即是故事虛擬時空、往昔聽講場景及正在進行中的表演情境彼此間的相互滲透。故事的傳承除仰賴個人記憶力外，故事表演場域之動態情景亦具有支撐記憶故事作用。

---

13 胡妙勝：《充滿符號的戲劇空間》，頁九〇。

14 陳益源述；陳嘉雀記錄整理：〈民間文學田野調查實施策略〉，收錄於劉惠萍、劉秀美編輯：《花蓮民間文學採錄研習營成果報告書》（花蓮：花蓮教育大學民間文學研究所，二〇〇六年十一月），頁四一。

二、講述者與聽者的對話

故事講述發生於群眾日常生活中，講述場合與氛圍須達到一定程度以適合傳播故事。此外，聽者在故事講述活動中具有功能性的作用，「在民間敘事的表演空間中，與講述者相對的另一重要的構成因素就是聽眾。聽眾是民間敘事賴以存在的基礎，聽眾使敘事的功能成為可能。」[15]任何講述活動缺少聽者則無法存在，故聽者為故事講述發生之首要條件。

表演場域中的聽者為講述活動提供需求，是與講述者相互交流文化訊息的對象，若缺乏聽者則無從構成表演舞台，故事講述活動亦無發展空間。而講述者因有感於聽者接受故事的熱誠而樂意從事講述活動，並尤其中得到「施予」的成就感，因此一旦展開故事講述表演，彼此即藉由故事傳遞訊息以滿足各自內在心靈所需，從而推動民間文學傳承。

聽者不僅是提供故事講述空間作用者之一，尚有參與故事講述內容的機會，如聽者有意識地對故事提出意見、看法，甚或一個動作、眼神等，皆顯露出對正在進行的故事表演之觀感反射，亦牽動著講述者自覺地決定所述故事走向及講述活動是否持續進行。

（一）表演需求

講述者是故事講述活動表演主體，聽者為接受客體，當外在環境適宜傳遞故事時，且聽者對講述活動亦存有期待的心理，則易於激起講述者表演欲望。若聽者於過程中能對講述者所述內容保有高度關注力，且能對講述者報以良好的回饋反應，往往能使故事講述順利進行，反之將形成一股阻力。

15 江帆：《民間口承敘事論》，頁一四一。

賴王色自年幼時期開始接受鄰里間耆老講述故事活動，至成年後喜愛觀賞野台戲演出，婚後隨社會娛樂形態轉變，日益接觸大眾化傳播媒體，上述種種途徑皆為其個人所述故事之來源渠道，提供她吸收並熟稔故事的機會，成為日後具故事講述表演能力的基礎。

過去賴氏因擔心向他人講述故事會遭到取笑，且認為多數的故事已見於大眾傳媒所搬演，又隨著自己年事漸增，對於故事的記憶不復完整，因此賴氏不曾主動參與從事故事講述的傳播活動。除個人對於講述故事之他人觀感顧慮外，究其生活環境中缺乏具聽講故事熱忱的聽者為另一重要原因。

賴王色的兒子表示，母親過去因忙於販魚工作，返家後又需處理家務，忙碌的生活中實難有閒暇時間對孩子講故事；而賴氏的丈夫則是對聽講故事不感興趣。無論是賴王色個人心理因素或外在環境使然，缺乏聽者導致無從形成講述故事舞台的狀況下，是造成賴氏不願主動傳播故事的原因。

聽者乃是構成故事講述情境之主要因素，對於講述者敘述故事意願具有決定性之影響。林培雅調查宜蘭故事家羅阿蜂、陳阿勉姐妹的講述故事意願變化時提及：

> 結婚之後兩人就不曾再講唱了，主要是因為忙於生計以及生兒育女，又要張羅一家大小的生活，根本沒有時間也沒有閒情逸致講唱。工作環境與型態的改變，也促使她們講唱因此中斷。……社會環境、生活型態的改變，使得講唱情境消失，……現在重新獲得重視當然高興，……可是這樣的盛況畢竟仍然只是曇花一現，除了應邀表演，以及接受採訪的場合之外，仍然缺乏可以盡情講唱的情境，使其對講唱的熱情與意願越來越消減。[16]

16 林培雅：《台灣民間文學積極傳承人調查研究》，「台灣地區民間文學積極傳承人調查表，編號：NO.21」，頁四三七－四三八。

由此可知缺乏適當講述環境與聽者的需求，講述者即無從發揮講述才能，亦無從由表演中獲得肯定與滿足感，皆造成講述者表演意願漸趨低落，甚至不願再從事講述故事活動。民間有如賴王色之擅長說故事者，應不在少數，然而在缺乏聽眾的環境中，如果未被研究者發掘，可能終其一生連身邊最親近的家人都無法得知其說講故事的潛力。這些隱性傳承人即使心中潛藏著無數的說故事因子與表演欲望，因其熱誠無法表現，甚至會隨著時間逐漸推移而被遺忘於歷史洪流中。

由宜蘭羅阿蜂、陳阿勉姐妹故事家的例子來看，她們於應邀表演及接受採訪場合上擁有較高的講述意願，且樂於與聽者分享故事，自己也從中得到娛樂效果，反映出良好的講述環境，必定有能與講述者產生互動的聽者所參與，形成對講述者所述故事有所期待及需求，講述者自能迅速地建立起故事講述表演舞台。

賴王色講述故事意願的生成，在於其個人感受到聽者的存在，聽者與講述者的傳遞與接受行為，促使她產生講述故事意願。每一次的故事講述活動，是聽者給予講述者表演的機會，她能從中回憶起多年前聽受故事的經驗與內容，分享人生心路歷程及感想。亦因於多次的故事講述活動進行，賴王色已日漸習慣於向外傳播故事，甚至產生詢問聽者是否願意聽講故事的「主動性」行為。

聽者對於講述者有所期待的心理，足以引發講述者表演意願，而講述者亦為了順從於滿足聽者所願而表演，因此聽者的存在才使得傳播故事行為得以成立。若無對故事講述活動感興趣的聽者，則故事講述表演活動在缺乏需求下自然無傳承的空間。

（二）情境作用

聽者於講述過程中若能對講述者所述故事發出共鳴，或聽講雙方熱絡地以問答方式進行故事對話，皆使講述者能感受到聽者樂於聽講故事，因而產生表演意願。有時聽者與講述者的互動亦能喚醒講述者記憶，誘發講述者憶起更多故事。除講述場合中的聽者能觸發講述者表演外，現實生活中與講述者或聽者有關的周遭事物，亦能勾起講述者對故事的記憶。

賴王色所述故事與其個人生命經驗有相當大的關係，因此講述故事時總提及以前看過很多戲、聽過很多唱片，但隨年紀增長已不復記憶，意指她個人所知與所述故事數量有所差距，言語中不無遺憾之意。當聽者追問講述者其他故事時，賴氏多會約略地說出所記得的片斷故事。如聽者詢問講述者聽唱片的經驗，賴王色不但能清楚地說出自己新婚之時眾人齊聚夫家，看著公公手裡搖動留聲機上緊發條的情景，也表示〈二四工廠〉、〈臭頭娶貓某〉等唱片很好聽，於是聽者就賴氏所提及的唱片再提問，講述者往往能透過當時聽唱片的片斷情境進而回憶此二則故事內容。當聽者接著問是否還有唱片中的故事，講述者便能憶起還有〈麵線冤〉的故事。聽、講雙方如此一問一答中勾起講述者當年接受故事的情境，即又再次推動講述者敘述故事。

與講述者相關的講述場景也有觸發講述者對故事記憶的可能。賴王色初次講述〈愛吃雞的老師〉時，正值其身體不適住院，她主動表示要講述一個笑話，講述過程賴氏對於這位貪吃的故事人物嘲笑不已，故事中貪吃老師的糗事造成的趣味，緩解了賴氏生病期間身體的疼痛與無聊的日子。此次講述有別於由聽者詢問的模式，且該故事與其他賴氏所述重道德倫理或愛情的故事相較下，趣味性更為濃厚。該故事講述場合於醫院病房中，故事講述活動的形成在於講述者發揮了「境隨心轉」的力量，以趣味故事化解內心面對身體病痛的不悅，反映出民間故事娛樂性實具有調劑聽、講雙方身心靈作用。

再探討賴王色講述〈吳漢殺妻〉的故事，當時賴氏媳婦送她一台唸佛機，賴氏說自己也會唸經，於是聽者詢問講述者會唸何種經文，賴氏即唸起〈吳漢殺妻〉故事中王蘭英求神庇佑婆婆所唸之詩句：「菩薩降來臨，蓮花化洞九重身，讓你致富貴延年，降來凡間保萬人。」進而憶起了這則故事。講述場域中所有人、事、物皆有觸動講述者表演意願的潛在效果，而聽者的存在是讓講述者擁有表演空間的具體條件。如宜蘭故事家羅阿蜂、陳阿勉姐妹：

> 她們看到路邊的花生田，就說起〈臭頭洪武〉的系列故事（因為傳說花生長在土裡係出自朱元璋的金口）；走進新港姜太公廟，〈姜太公的故事〉（釣魚離水三分、八十七歲娶十八歲妻、文王拖車八百零八步）也隨即脫口而出。[17]

上述各例反映民間故事素材乃依附於現實生活，當講述者與聽者共處於一特定時空環境中，周遭之生活事物皆有發展為講述故事題材的可能，而講述者擴展自當下情境變化的講述內容，更易於引導聽者進入所述故事環境氛圍。

聽者與講述者同處於故事講述表演過程中，不僅僅是被動地聽講故事，而是能夠自覺地對講述者所述故事內容提問、表達意見，是為聽者給予講述者的回饋。一旦講述者接收到聽者就其所述故事發出的訊息，亦會有所回應，以利於講述活動之順利推進。

然而聽者發出的訊息有時也會造成講述時序的中斷。賴王色初次講述〈孝子姚大舜〉故事時，聽者只有筆者一人，講述過程筆者曾針對故事中後母對舜「放箍」（鋪爪、設陷阱）、要舜到「蓮池」等故事情節之不解處加以提問。待賴氏第二次講述該故事述及「放箍」、「蓮池」等詞彙時，講述者詢問聽者「放箍你知影無（你知道「放箍」嗎）？」隨後立即解釋「『放箍』是後母仔放箍共伊刺，卜害伊死（『放箍』是後母設限阱要刺他，要害死他）」、「『蓮池』是一個池子，卜予伊黏咧池子底死啦（要害他淹死在池子裡）」。此舉應為賴氏有感於前次講述過程中，聽者曾對此故事情節發出不解的訊息，以致賴王色於再次講述同一故事時，當述及聽者提問處時，便自行詢問聽者且加以說明，也因此

---

17 陳益源：〈台灣民間故事家的發掘與研究——以宜蘭羅阿蜂、陳阿勉姐妹為例〉，收錄於陳益源：《台灣民間文學採錄》，頁八。

造成故事敘述的「時序中斷」。

時序中斷現象顯然和講述者的介入有關。講述者如果為了解釋、介紹或評議故事裡的人、事、時、地、物，以便讓聽者心領神會，勢必對敘述過程中出現的必須說明之處加以說明。但口頭敘述和書面敘述不同。書面敘述可以隨文說明，……口頭敘述則不太容易在故事講完之後，再回頭為故事裡的生澀或有意味之處一一詳註。因此使用盡量不干擾情節發展的方式來為故事裡出現的那些值得說明之處做旋講旋釋的工作，反而讓聽者更能理解情節的進展。[18]

講述者因顧及聽者的聽受能力，自覺地對故事中必須說明處加以說明，是講述者為求順利引導聽者進入故事情境中的表現。如上述賴王色再次講述〈孝子姚大舜〉故事時，即明顯地受前次講述時聽者的提問所影響，因而對「放箍」、「蓮池」等故事情節做出旋講旋釋的工作，亦為故事講述產生時序中斷的原因。

表演場域中聽、講雙方的信息輸出與反饋，使得聽者不再是被動地聽講故事，而是參與其中；亦不僅僅是單向地接受故事，而是融入故事講述情境中，對講述者提出反饋意見，因此影響了故事敘述活動，成為口頭敘事參與創作者之一。

（三）潛在表演者

故事講述活動中聽者與講述者面對面交流情境下，聽者對故事提出疑問、讚嘆等表意形式，是對講述者敘述內容的回饋反應，皆有影響講述者所述故事內容走向的可能，因此聽者的情緒是時時刻刻地影響著講述者。而聽、講者須對社

18 陳勁榛：〈澎湖曾元步先生能久親王遇刺傳說講述現場敘事現象析例〉，收錄於中國口傳文學學會、南亞技術學院主編：《二〇〇二海峽兩岸民間文學學術研討會論文選》，頁一八六。

會文化認知有一定共同基礎，以利於講述者傳播及聽者理解故事內容，共享故事所傳達的知識與意涵，於是聽、講雙方在過程中是一同參與講述作品的創造與修訂。

講述者若有感於聽者的知識文化背景，即會對所述故事內容作一番調整，以適應於聽者的心態與需求，亦有部分講述者礙於所處社會風俗制約，如涉及本族信仰、儀式等不便於對外族宣傳者，往往是講述者不願講述或以不復記憶為由結束一場表演的內在因素。中國遼寧故事家譚振山講故事有三不講原則：

女人在場不講「葷故事」，若故事中有「葷」，點到為止；小孩在場不講鬼故事，若情節中有鬼出現時，便故事丟點拉點，或者在後面縫合幾句，說這鬼是人裝的，惟恐嚇壞孩子；人多的場合不講迷信故事，擔心給自己惹來麻煩。這時候，他往往亮出「看家段兒」，講那些道德訓誡故事。[19]

因此，聽者的身分、性別、年紀等因素往往影響講述者所述故事內容。賴王色講述故事活動中的聽者除筆者外，間或有賴氏親人參與其中，除二〇〇七年十月十四日的講述活動中有男性的陌生聽者在場外，其餘聽者皆為賴氏所熟悉者，下文將舉三例分述不同聽者及聽者的反應對賴王色講述故事的影響。

一、賴王色講述〈孟麗君脫靴〉故事時，聽者分別為講述者的媳婦及筆者。最初賴氏只說孟麗君女扮男裝去考試，當了官後被人偷偷地脫去靴子，卻沒有對孟麗君何以離家作出說明，賴氏的媳婦立即提出疑問：

媳婦：不是孟麗君的老爸被人家害，她才去考官？

19 江帆：《民間口承敘事論》，頁一四三。

賴氏：被害的是孟麗君丈夫的老爸。

賴王色回答此問題後，即敘述起故事起因於孟麗君比武招親，落敗者劉奎璧意圖加害勝者皇甫少華一家。當講述者述及孟麗君考上高官時，因一時想不起官名，賴氏的媳婦即提出官名詢問講述者：

媳婦：狀元？
賴氏：狀元官位不夠高。
媳婦：欽差大人？
賴氏：以前的行政院長。
媳婦：宰相？
賴氏：對，宰相。

前者為賴氏的媳婦就自己本來已知的故事情節不斷提出與講述者確認，後者則意圖提點講述者對故事的記憶。

二、賴王色第三次敘述〈愛吃雞的老師〉故事，聽者有講述者的孫子及筆者。因賴氏的孫子不曾聽聞該故事，故詢問祖母故事內容為何，而賴王色此次講述故事內容與前二次相較之下，除篇幅較長且完整外，亦添加入學生媽媽要學生找吃了毒藥的死老鼠，且強調若死老鼠屍體沒找出來則會發臭等情節，此段敘述不見於該故事前二次講述內容中。又賴氏述及學生母親見老師受騙上當時，說道：「那個媽媽就想（老師）中計了、中計了，幹你老母。」

三、筆者於二〇〇七年十月十四日回溯採錄〈狸貓換太子〉故事時，在場聽者除筆者外尚有講述者媳婦及一男性聽者。此次筆者請講述者解釋包公抓落帽風之情節，講述者言此乃神仙要向包公報知李宸妃受難一事，又言李宸妃眼睛為神仙所弄瞎，否則正宮娘娘漂亮會被「排斥」。然該故事第一次講述時，賴氏說李宸妃長得漂亮，神仙將她眼睛弄瞎才不會受人「凌遲」、被人「強姦」。

上述三例講述現場講述人與聽者的互動情形中，第一例的聽者提問確實影響著講述者所述故事發展走向，明顯地介入故事講述情境中；使故事時序由後半段瞬間回到故事之起始處，或提點講述者故事內容。然接連對故事敘述確認性的提問則易於造成講述者壓力。第二例中除三次重述該故事，利於喚起講述者對〈愛吃雞的老師〉故事記憶，因此賴氏在對故事情節較為熟稔而較前二次講述內容顯得豐富外，賴氏孫子的參與也是一個關鍵點。賴氏一輩對於男性後嗣較為疼愛，孫子的加入促發其講述的動力，在樂於與孫子分享這則有趣故事的高昂情緒下，甚至連較為不雅的字詞都脫口而出，表現出賴氏個人真性情的一面。第三例中或許為講述者意及有陌生男性聽者在場，因此修飾了第一次的用詞以「排斥」取代「凌遲、強姦」等較強烈的字眼。

綜上所述，賴氏在面對不同的聽者或聽者的反應，是會對所述故事內容作適當地修正、更動，以符合聽講雙方內心觀感。若聽者為講述者個人所熟悉者，講述現場氣氛則較輕鬆、愉快，講者甚至會表現出自己率真的一面。無論聽者於表演場域中是否提問亦或僅只於頷首稱是，對講述者而言，凡是有聽者的在場，即是一場彼此交流社會文化知識場合，為講述者內在知識與交際能力的展現，講述者亦成為聽者品評的對象。聽者介入講述過程，亦或講述者自覺地配合聽者的聽受能力，皆為聽者對於故事講述表演的潛在影響力，可視為故事表演場域之潛在表演者。

三、採錄者的角色扮演

民間故事講述表演是一場「活態性」文學活動，經過記錄的書面文本僅是表演中得以透過文字符號呈現的部分，實難以全面地反映出一則故事如何作用於群眾生活中。有鑑於此，民間文學研究者紛紛走入講述現場，旨在參與田野實務調查過程，觀察、體會講述活動氛圍，確切地掌握民間文學流傳的立體性。

聽者為影響講述者變動故事表演內容的情境因素之一，而具有一定專業知識背景及聽講目的的採錄者，[20]對講述者而言是不同於一般聽者，因「民間文學工作者身負『引導』、『確認』和補充的任務，也就是說，一方面必須在尊重故事講述歷程的原則下引導講述者講故事，但又怕有些詞彙或情節沒有記錄清楚，以致造成事後整理工作的困擾，因此一方面又要針對聽講內容的疑慮之處提出詢問，以便請講述者做確認或補充。」[21]

採錄者在參與講述故事活動中，除了作為聽講者外還肩負調查搜集的任務，因此在兼具引導、確認和補充的情形下，表演場域中聽者的身分轉而多重化。聽者身分的轉變，往往影響講述者表演意願及所述故事內容。

（一）採集活動

自英、美人類學者開創出「實地考察」研究法，大量地應用於異族群文化間的調查，引起各學門研究者引入各自的學科領域後，至二十世紀七〇年代「表演理論」主張研究者除進入表演者生活環境，探討其表演實際發展樣貌外，更擺脫傳統平面化地考究書面文本所反映的文化事項，而視其為複雜的動態情境關係。民間文學研究者亦援用此二理論之長處，佐以日漸發展成熟的文學理論系統，試圖透過民間口頭敘事講述活動，如實真切地考察故事傳播之生成。

民間文學的採錄者在從事調查採錄時，往往需跨出自我的文化活動圈，甚至深入異族群從事採集工作，對於研究對

20 大部分採錄者兼具研究者的身分。

21 陳勁榛：〈澎湖曾元步先生能久親王遇刺傳說講述現場敘事現象析例〉，收錄於中國口傳文學學會、南亞技術學院主編：《二〇〇二海峽兩岸民間文學學術研討會論文選》，頁一七九。

象而言，採錄人員是為外來者，如未能循序漸進地建立起良好關係，即意圖直接構築起表演舞台取得調查成果，則難以取得被研究對象的認同與信賴；採錄者的身分背景、研究目的，有時亦會對講述者表演產生壓力，成為採錄的阻力。

李亦園為曾實際參與田野調查的研究者，他認為「要做到真正的參與觀察並不是很容易的」，[22]除與研究對象相處時間因素外，尚有「研究者與被研究者互動的程度」[23]關係。因此作為表演現場觀察者的採錄人員，於鎖定研究對象後，應進入被研究者生活領域中，以能長時間相處為佳，再試圖於自然的狀態下引發講述活動，而過程中研究者盡可能地完全抽離個人情感，客觀的參與其中。

筆者與賴王色為祖孫關係，較之一般採錄活動之採錄者、講述者而言，賴氏與筆者之間有無法切割的親緣聯繫，而雙方對彼此的熟悉及信任感已存在著一定的基礎。筆者除了是欣賞講述者表演的聽者，同時亦兼具採錄者、研究者身分，因而在表演場域中的功能性有別於一般聽者。

隨時代科技進步，採錄者於實地調查時大多佐以科技產品，如錄音、錄影、影像存取等設備，目的為科學地記錄講述現場情景，希冀於文字形式記錄的侷限性之外，得以保存講述者表演內容的聲音、畫面等動態原貌。然而並非每一講述者皆能認同採錄者錄下自己的表演，因此易於產生抗拒心態。此時採錄者若能妥善地與講述者溝通，使其了解影音記錄對於研究者的重要性，或許能順利地打破僵局進行影音錄製作業，為表演活動留下足供日後研究的真實記錄。

賴王色初次接受筆者採錄故事時，筆者預先告知講述過程中將進行錄音，賴氏對採錄者的錄音行為有所質疑，筆者向其解釋為研究、整理故事用途，方才取得認同並接受訪談過程中的錄音。待故事講述完畢後，賴王色擔憂所述故事篇幅過長，筆者是否能依其所述故事內容進行整理，此實反映賴氏對於採錄者錄製其表演過程及成果的呈現是否符合其講述內容是在意的。講述者對於能錄音、錄影等電子設備之記錄有所顧忌，大多因於憂心其所述故事內容會因此傳播於表

22 李亦園：《田野圖像：我的人類學生涯》，頁一〇八。
23 李亦園：《田野圖像：我的人類學生涯》，頁一〇八。

演現場聽者之外，或採錄者所記錄的內容是否偏離其本意，尤其當講述者所述故事內容屬於較為隱諱或敏感的題材，講述者也就對影音錄製作業較為在意。

透過電子錄音、錄影設備可真實地保留表演現場之聲音或畫面，觀者透過這些電子設備亦能隨時隨地的感受講述現場活態性，彷彿一場表演就在眼前展開，是還原表演場景的記錄方式。在電子錄音設備尚未出現前，阿爾伯特·貝茨·洛德（Albert Bates Lord）以為要達到完整的紀錄歌手表演內容，只能在特定情形下才能做到完整無誤地記錄表演：

> 在兩位歌手演唱的場合，如果第二個人能精確地重複第一個人的唱詞，那麼，人們就有可能在第二個人重複的間隙裡快速地記錄下詩行，尤其是演唱速度緩慢且語句不長之時。……這樣做速度緩慢，不適用於一些篇幅較長的史詩，不可能保持敘事的興趣。[24]

沒有錄音設備進行採錄自有其限制性，相較於歌手演唱唱詞的重複，故事講述要由第二人精確地重複講述內容則明顯地較為困難。

以口語化進行故事講述傳播活動，即使是原講述者亦無法一字不差地重複敘述，因此基於保持講述表演興致，電子錄音設備是得以幫助採錄者捕捉表演的瞬間，亦為事後採錄成果整理之依據。因此電子錄音器材的記錄方式，於全面性的保留表演內容上是優於人工文字書寫，但如何讓講述者認同、接受錄製作業，為採錄者角色扮演之一大考驗。

採錄者於表演現場就個人採集、研究目的進行影音錄製作業時，亦需尊重講述者表演意願及其顧慮，以能取得講述者認可、信賴為前提，否則講述者對於錄音、錄影等有固定模式得以真實地保存講述內容的記錄，或許會有所顧忌，在

24 〔美〕阿爾伯特·貝茨·洛德著；尹虎彬譯：《故事的歌手》，頁一八〇—一八一。

此狀態下實難以如常地發揮個人表演能力，也就影響著採錄成果。

（二）情境導向

採錄者從事實地調查，意在使講述者重現表演情景以為研究對象，而採錄者與講述者的互動性，實關係著講述者表演內容，採錄者除盡可能地融入講述者生活情境，亦應盡引導講述者之責，構築起表演舞台，以利講述者盡情發揮。誠如陳勁榛於〈澎湖曾元步先生能久親王遇刺傳說講述現場敘事現象析例〉一文所言：

> 也許可以將採集者看成是一種比較細心、挑剔的、一有疑問就要打破沙鍋問到底的聽講者；除非遇到講述過程一氣呵成而無容置喙的情況，否則在聽、講現場中就必然要出現這種「聽講者」的聲音。[25]

綜觀賴王色所述故事情形，若為賴氏自發地興起講述故事表演意願，則多為「一氣呵成」的講述狀態，此狀態下所述故事大抵為賴氏個人所偏好者；若為採錄者引導、詢問所得的故事，一開始賴氏會先表明是否知悉，如為所知且記得的故事，則會約略地講述故事梗概，其餘者則有待採錄者以引導的方式推動講述者加以補充說明故事情節，以利故事呈現較為完整樣貌。

下文以二〇〇七年十月十四日賴王色講述故事現場為例，以觀察講述者在故事講述表演過程意願之變化，及採錄者引導講述者的作用。

[25] 陳勁榛：〈澎湖曾元步先生能久親王遇刺傳說講述現場敘事現象析例〉，收錄於中國口傳文學學會、南亞技術學院主編：《二〇〇二海峽兩岸民間文學學術研討會論文選》，頁一七九。

二〇〇七年十月十四日採錄者抵達賴王色住處時，賴氏正在聆聽閩南語廣播節目，採錄者以廣播內容為題切入與講述者談天，再逐步將話題導向歌仔戲表演內容，詢問講述者是否看過〈白蛇傳〉，賴王色即回答：「黑白蛇、白蛇傳呀。許漢文，兒子叫許夢蛟。」由此回答可知講述者是知悉這則故事，但回應至此中斷，賴氏顯然了無繼續講述的意願。於是採錄者進一步詢問講述者故事中的許漢文是如何與白蛇相遇，賴氏才敘述起記憶中的〈白蛇傳〉故事梗概，還說這則故事是「hau-siáu-kó（虛妄的故事）、peh-chhat-hì（騙人的戲）」。

賴王色於講述時僅約略地提及白蛇與許漢文相遇、婚配後生子，於是採錄者再次提問故事中除白蛇外是否還有另一條蛇的情節，賴氏簡短答以「青蛇是白蛇的婢女」，卻無主動繼續講述的意願，採錄者只得順著「青蛇」的故事角色對講述者提問故事之後續發展，以推動講述者表演意願。

該故事講述完畢後，採錄者見賴王色缺乏表演意願，便將話題轉向看戲、看電影的經驗，此話題引起了表演者的興趣，於是回憶起關於颱風天看戲的經驗，還自我解嘲當年因喜愛看戲遇大風的糗事。因為對看電影經驗的回憶引發了賴王色講述源自於觀賞電影的〈十三號房〉及〈孟姜女哭倒萬里長城〉故事。接下來的表演過程，講述者幾乎是一氣呵成地講述這二則故事，故事整體情節結構完整，講述〈孟姜女哭倒萬里長城〉故事時，講述者甚至隨故事情節表演孟姜女手捧丈夫骨骸的動作，足見講述者投入於講述表演之甚。

民間故事講述活動主要發生於群眾日常生活中，絕非眾人坐定後即展開以故事為題旨的調查活動，亦不是故事講述完畢後即各自散去；而是伴隨社會時事脈動與人際交流，展開一場符合當下情境與環境氛圍的口頭敘事表演。無論其目的為生活中閒談、知識傳承、情感交流或調查研究，情境乃是隨故事講述而生，配合著在場的參與者，成就故事傳播行為。採錄者在尊重講述者為民間敘事活動主體下，仍應就情境變化適度地介入講述過程，擔負起引導講述者表演的工作，且於不破壞故事敘述下，就講述者所述故事中之疑點提問講述者，以促進故事內容完整。

（三）價值體認

隨人類社會文化進步與知識普及，民間文學講述長期以來為社會大眾定位在屬於較下層、落後、愚昧群眾的交流活動，且長期處於缺乏鼓勵發展空間下，故事講述活動也因耆老日漸凋零而萎縮。各學術單位、文史工作的採錄者、研究者，憂心於傳承人類智慧結晶的口頭講述活動就此消弭，紛紛投入大量人力於民間文學採集工作。然採錄者的身分背景及學識涵養，有時與受訪者有所差距，會成為講述者表演場域中的壓力來源，使得有些講述者為了在採錄者面前提昇個人價值，而不得不採取不同的講述策略與敘述內容。

聽者是民間文學傳播最為重要的因素，採錄者進入表演場域即是提供講述者表演機會，然而採錄者的身分背景與知識涵養若與受訪對象有所差距，則易於導致講述者在面對身分背景與其自身有所差距的聽者時，呈現出兩極化的情緒反應：其一為講述者自覺能受到社會地位、教育程度高者的採訪，對自己而言是一種肯定，從中獲得莫大成就感；另一類講述者則不認為其具有傳講能力與技巧，甚至以個人所述故事內容有失格調，而不足以在自我認定的知識份子面前表演，成為被品評的對象。

賴王色於故事講述過程中，時常對所述故事之文化價值抱持否定的態度，如主觀地認定向外傳播記憶中的故事一定會遭到他人取笑，反而樂於背誦幼時學校授予的課文內容，或述說學習算數的過程，此乃其所處社會共同價值觀之反射思維，遂對故事講述表演活動有所貶抑，因而在故事講述過程中總是表示「說這些故事沒有用」。

賴王色第二次講述〈愛吃雞的老師〉故事時，表示若講述該故事為採錄者老師所知，會被認為是在「keng-thé（諷刺）老師」，因而講述意願不高。隨後採錄者根據賴氏第一次講述該故事內容加以詢問時，講述者亦僅簡單地就問題回答故事內容大要，或是推托自己不會講、不知道。可知講述者是顧忌採錄者的背景，尤以該故事內容與採錄者背景相關者，[26]即便採錄者的老師並不存在於講述現場，卻也間接地形成講述者的表演阻礙。

江帆以為講述者是會隨著聽者的不同而重新設計敘事策略，尤以雙方相遇之初，講述者會專挑符合採錄者意識層級的故事。然一旦雙方熟稔之後，講述者就所述故事的看法會產生極大差異：

> 筆者在十幾年前對其進行調查之初，問及他是否會講狐故事時，他不但矢口否認，還說自己從來不信這些迷信的玩藝兒。……終於，在筆者對其進行了連續五年的跟蹤調查、彼此熟稔後的一個契機，當再次問及此事時，他不但坦然承認了，而且滔滔不絕地講起當地流傳的各種狐故事。[27]

以江帆長期追蹤調查故事家譚振山的經驗反映出，講述者對於較為迷信、敏感題旨的故事會有所保留，唯彼此有更多的認識後，或是講述者卸下心防，才得以令講述者真誠自在地表現一切。

講述者為求在採錄者面前表現出自己非思想落後或迷信之人，且所言皆屬實，往往會「求之於傳統」，或訴諸於所述故事其來有自，絕非憑空捏造，因此講述過程中多會夾雜「中介敘事」。此「中介敘事」意指：「一方面起著傳達信息來源、證明自己說法的合理性的重要作用」，[28]而「另一方面也起著溝通講述者和聽眾的作用」。[29]

賴王色講述〈孝子姚大舜〉故事時，採錄者詢問其故事來源，賴氏答以該則故事主要源於聽唱片，故事內容乃是古代真實事件，絕非虛假的。而對於所述〈白蛇傳〉故事則是以「hau-siâu-kó（虛妄的故事）、pèh-chhàt-hì（騙人的

26 筆者為學生身分，採錄時尚存在著與學校老師之間的師生關係。
27 江帆：《民間口承敘事論》，頁一四五。
28 楊利慧：〈民間敘事的傳承與表演〉，《文學評論》，二〇〇五年第二期，頁一四六。
29 楊利慧：〈民間敘事的傳承與表演〉，《文學評論》，二〇〇五年第二期，頁一四六。

戲）」一品評該故事內容。隨後對所述〈十三號房〉、〈孟姜女哭倒萬里長城〉故事，講述者皆強調故事內容是真實事件。

賴王色對此四則故事所採取的講述策略為：民間相傳〈孝子姚大舜〉故事主角舜死後成為神仙「三官大帝」之一，每年農曆正月十五上元節時，眾多廟宇皆以慶典方式祭拜舜。〈十三號房〉為觀賞電影「基隆七號房慘案」的故事，該電影情節內容改編自一九五七年社會真實事件，電影播出當時屢屢創下票房佳績。而講述〈孟姜女哭倒萬里長城〉時，講述者以電視上所播出的萬里長城畫面作為故事環境之佐證，是就現實世界之物強化故事內容之真實性。以上三則故事，講述者分別以宗教祭儀、社會事件、古代建築物的存在為中介敘事，強調其所述故事乃真有其人其事，絕非講述者個人捏造。相較之下，〈白蛇傳〉故事中蛇化為人形且能生下人子的情節，是較之於其他故事擁有濃厚的虛構意味。因此講述者採取否定的態度，以表示自己不相信該故事情節，其作用乃在於講述者無需擔負起講述責任，亦具有講述者自我保護的意味。

臺灣民間文學積極傳承人對所從事的講唱活動之意義與價值體認，有部分是透過外界的肯定才間接地形成自我認同感，亦有傳承人對表演持否定的態度。除傳承人李光彥認為褒歌很迷人、扣人心弦；林張綉緞認為帶有教化和勸善意味的故事能淨化人心，因而喜歡講述這類故事；或是少數傳承人受官方、學界注意後，逐漸了解民間文學傳講活動乃具有文化傳承價值，因而開始認同其所傳唱的歌謠或故事，其餘者並不認為民間文學傳講活動有何價值可言，反倒是能獲得聽者的喜愛，才是促進他們繼續從事傳講民間文學活動的原因，亦是為民間文學表演的意義及價值所在。[30]

因此採錄者不同於一般聽者的聽講功能及目的，對於表演情境的影響可分為二個層面，其一為他們特殊的身分背景，有時會是講述者表演壓力的來源；而另一情形為講述者感受到採錄者對其講述表演的重視，使得講述者逐漸意識、體會及了解民間文學傳講的價值。

30 整理自林培雅：《台灣民間文學積極傳承人調查研究》，附錄「台灣地區民間文學積極傳承人調查表」，頁二六三—五四二。

採錄者進入到講述現場對受訪者而言，乃是主動表現其聽講意願，也等同於給予講述者表演舞台；其學識背景及將採集成果公諸於學界，則是對於講述者表演內容的肯定。因此，採錄者與講述者的互動既是一般聽者所為，亦具有細心推敲講述內容，促進講述者發揮表演專長的作用，而具研究背景者則是以學術研究視角將講述者的表演推向另一層次，加以發揚民間文學講述活動之社會意義，同時令講述者自我肯定其傳講活動的文化價值。

陸、結論

民間故事為群眾生活和思想情感的產物，具有呈現集體意識的性質。故事傳承人為社會集體的一分子，在講述活動中自然扮演集體文化傳承之角色，然而其所述故事仍然會憑藉個人現實社會經驗，使所承故事出現簡化或添枝加葉的現象，體現文化、社會等語境對傳承人造成的影響。雖然民間故事具有傳承人的個人化影響因素，然而也因傳承人而得以跨越時空維度，於社會生活中實現其功能性與文化價值。透過故事傳承人生命史的探討，才得以呈現故事講述活動的多元化意義。

一、故事來源的多重化

講述者所述故事來源與其生活經歷與人際交流息息相關，故事的傳承背景往往鑲嵌於傳承人生命歷程中。賴王色自幼喜愛聆聽耆老講述故事，又因被迫中斷求學幫忙家務，故事聽講活動便成為當時生活中最大的休閒娛樂，同時部分地滿足賴氏內心渴望追求知識的缺憾。年紀稍長後，每遇廟會慶典野台戲演出時，賴王色定前往廟口觀賞劇團表演，除了宗教信仰的影響外，也是早年臺灣社會水平普遍低下生活中的娛樂管道之一。賴王色欣賞戲曲表演固為娛樂所需，卻無形中吸收了戲曲搬演所取材的大量民間故事傳說，從而豐富了記憶庫中的故事量。婚後恰逢臺灣娛樂傳媒走入了進步期，賴氏因夫家長輩也喜愛新興留聲機，加以賴氏婚後的工作形態得以有空日漸接觸各類型大眾傳播媒體，如留聲機、電影、廣播、電視等傳媒。除了新興傳媒外，賴氏仍然保留了婚前經常在漁撈業淡季時，與鄰人群聚談天說地或聽講故事的習慣。

賴氏記憶中的故事，即是通過以上各傳播管道而成，重複聽講或觀賞由故事搬演的戲曲是日常生活中經常的娛樂。賴王色透過對各種故事傳播管道的接觸，形同於不停地複習故事內容，因此即使賴氏過去不曾從事講述活動，經過採錄者的觸發便能憶起牢記多年的故事後向外傳播。

賴王色所述故事來源計有三大類：口頭傳講、民間戲曲、大眾傳媒。口頭傳講為民間文學最初的傳播方式；民間戲曲則是以故事內容為腳本，搭配藝術表現形式演出；大眾傳媒為二十世紀後臺灣新興訊息傳播系統。上述戲曲和大眾傳媒所以成為賴氏故事來源，在於部分戲曲及傳媒皆取材自民間故事。

賴氏所述源自口頭傳講的故事，以社會傳承為主，除導因於家人因工作繁忙少有娛樂活動，因而將興趣轉移至鄉里間耆老的故事講述外，生活周遭的故事講述人如坤同仔等也發揮了重要的影響力，這些前講者成為賴氏講述故事表演中的回憶基礎。

民間戲曲為臺灣早期農漁業社會重大娛樂活動之一，尤以廟宇慶典的演出總是能吸引不少的群眾駐足台前觀賞，戲碼則以傳達宗教信仰理念之相關民間故事居多。賴王色於廟會慶典場合觀賞野台戲的演出，既接受了民間故事潛在思維，亦通過此宗教祭祀活動，達到人際交流與傳達個人信仰的作用。

大眾傳播媒體初期的表演，多以當時普遍流傳的民間故事為題材，以期獲得民眾接受與喜愛，也逐漸改變了人們過去習慣以口語交流的傳播方式，有取代口頭講述活動的現象。野台戲曲中廣受歡迎的戲碼也紛紛轉以傳媒為表演舞台，跳脫以往於特定節日或某區域範圍內才得見的演出限制。相較於傳統戲曲表演之重視身段、唱腔、節慶意義及故事情節等細項，大眾傳媒以故事主要情節的重點化演出為主，著重特殊聲光效果的表演形態，使得接受者無論是在視、聽覺上的享受，或娛樂性、便利性，皆勝過於傳統的野台戲演出，日漸造成野台戲表演機會的縮減。

大眾傳播媒體成為口頭講述、戲曲表演之外的另一民間文學傳播管道，肇因於大眾傳媒的興盛，及工商業社會較過去農漁業生活步調快，大幅降低了群眾參與口頭講述的興致；傳統戲曲的演出機會除了部分大型表演團體外，其餘者已日漸萎縮，臺灣社會早期掀起的野台戲熱潮已不復見。

二、故事主題的傳統性

民間文學反映人生百態，多為群眾情感宣洩之作，故事的思想性乃表達普遍而廣泛的人性共同心理意識、情感需求，目的在於構築人生美好願景。民間故事在廣大時空背景下流傳，為多數人不斷地重複講述粹煉的結果，形成具有高度穩定性的「故事類型」。分析賴王色所述故事中，以「幻想故事」類佔多數，除該類型故事本身流傳廣泛外，其虛構的敘事手法，具強烈幻想性與象徵意義，使得受眾得以恣意發揮其想像空間，衝破現實世界的藩籬。且與賴氏所述之部分故事源於大眾傳播管道有關，「幻想故事」乃符合虛實交錯的戲劇表演空間所需，故賴氏所述故事類型與中國女性故事家以「生活故事」類佔多數有所不同。

賴王色所述故事主要表現「孝道」、「兩性倫常」、「宗教思維」等思想。「孝」乃中國倫理道德觀念之首，「兩性倫常」為傳統女性道德教育之重要的一環，「宗教思維」則是依附於傳承人的民間信仰。此三大思想往往通過故事中正、反二面人物的衝突，以事件糾葛說明社會所普遍認同的為人處世之道。講述者在吸收這些故事的同時，亦逐漸將故事中的哲理內化為一己之思想，故講述活動除了是傳播故事所蘊藏的前人生活智慧，亦是傳遞交流講述者的個人思維。

賴王色所述故事具有民間文學中傳統的二元對立思想，故事中的善良者必得好報，且於事件衝突過程中，多能獲得意外幫助而順利脫困，待故事之加害者得到應有的惡果後即畫下美好的句點，富有濃厚的道德意味。通過故事所傳達的訓誡意義，講述者於敘述故事的同時亦宣揚了其中所含有的價值判斷。講述者有時更化身為故事中人，透過不同人物形象，抒發內心的不平，多面向地審視所在的社會；或形塑故事中的下階層人物，達到表現諷喻思想的目的，因此格外地貼近民間生活，為小人物發聲。

故事傳承人往往依生活經驗與理解力體會故事意蘊，因此賴王色講述故事時若遇情節發展與個人生命體會相近時，在不造成故事敘事衝突下，往往會跳脫故事的情節穿插自我的生命經驗，由此而拉近了所述故事之虛構人物與現實的距離，成為故事講述之「個人特色」部分。賴氏敘述故事語句活潑生動，尤其源於聽唱片的故事中，存在著大量的押（諧）韻句，通過語調抑揚頓挫所造成的聽覺刺激，除強化故事講述之順口性外，亦能加深講述者對故事內容的記憶。

三、講述者與聽者的對話

民間故事講述活動以講述者為傳播主體，聽者為傳播客體，二者相互交流作用於故事講述現場，形成一場「表演」活動，即故事講述情境之構成單位。該表演以圍繞故事敘述為主，而講述者與聽者於活動過程中的互動及現場環境氛圍，皆是影響故事講述之情境因素。

講述者除通過個人敘述技巧展現記憶中的故事，亦肩負營造及引導聽者進入所述故事環境。因此講述者穿梭於表演現場和故事情景中，縫合虛構的故事環境與現實生活，引領聽者融入故事講述情境，利於講述活動之推進。而講述者為強化表演內容，往往隨故事情節之波瀾起伏，展現肢體語言、表情、語氣變化，藉以擴大故事氛圍、感染聽者。

講述者往往在講述故事時，回憶起往昔接受故事之動態場景，因而觸發講述者回顧生活經歷。如賴王色經由敘述故事，回憶起數十年前甚至是孩提時代，每當冬季漁村閒暇之時，眾人齊聚聆聽耆老或識字者傳播故事；或早年看戲、看電影的經驗等等。講述活動不僅僅是講述者傳播記憶中的故事，也蘊涵著講述者與聽者彼此交流生活經驗與情感的抒發，因此故事講述表演現場交互穿插著講述者過往接受故事之情景以及所述故事空間。

聽者是提供講述者表演機會，講述現場若是缺乏聽者則無法達成故事傳播。故事講述表演中，聽者接收故事以及與講述者的互動，使故事訊息輸出得到反饋，是聽者得以滿足聽講故事的期待，而講述者亦得到施予的成就感，彼此能通過故事講述交流實踐內在情感且獲得心靈所需。聽者的反饋機制更能引發及擴大講述空間，亦是講述情境隨表演場域轉變的情形，盡責的講述者定是專注於表演卻也在意著聽者的情緒反應。此外，表演空間的環境因素對觸發講述者的故事記憶有一定的影響，甚至可能興起一場故事講述表演。故聽者可說是故事講述場域中的另一表演者，即使其表演性質不同於講述者居於故事講述活動主導地位，但在故事講述活動中二者因此達到了對話的功能。

四、隱性傳承人的積極化

賴王色過去因顧慮他人觀感，及受忙碌生活所限，再加以現實生活中缺乏故事講述表演場域之聽者，即使腦海中清楚記得過去所聽聞的故事，卻始終不曾主動扮演故事傳承者的角色。待賴氏講述故事能力經採錄活動而顯現後，她於重複的故事講述中，日漸熟稔講述技巧，且感受到傳播故事時聽者存在的意義，因此故事講述表演所帶來的成就感，甚至是過程中聽者與講述者互動所形成的情感交流網絡，都是造成賴氏由「隱性傳承人」進而成為會主動尋求聽者的積極傳講故事者。賴氏的表演欲望被激發後，不只一次主動找尋聽講者，也主動在各種場合詢問周遭的親人聽故事的意願。當被詢問者表現出聽講意願，聽、講雙方盡情地融入表演場域中，自然能產生良好的表演情境，進而達到民間文學的傳播。

五、目的性採錄的介入

本書研究材料以筆者實地採訪賴王色故事講述活動為主。過程中因身分背景與聽講目的有別於一般聽者，進入到講述現場後因聽者結構的變化，影響講述情境。採錄者的加入，往往會使講述者改變敘述策略，於講述活動前對故事內容作一番篩選，以配合特殊聽者的知識涵養；採錄者亦需盡聆聽與引導講述者敘述故事的任務，勢必有限度地介入講述者的故事敘述表演，造成講述情境的變化。當講述者與採錄者間的身分背景有所差距時，易造成講述者表演壓力來源；但另一方面，講述者也可能感受到採錄者對表演的重視，而間接產生鼓舞講述者盡情表演的效果。前者往往是造成講述者對表演失去信心的原因，後者則是具有對講述者表演給予肯定的作用，使得講述者認同自身從事故事傳講的文化價值。

現年九十四歲的賴王色，歷經日本據台與臺灣光復二大政治轉變時期，隨著社會經濟起飛與文化演進，其一生如同社會的縮影。賴氏不同階段所接受的故事，及故事來源渠道，如同見證臺灣人民由農漁業生活逐漸轉型為工商業貿易活動，而休閒娛樂形態亦隨之改變。因此賴氏所述故事的思想除了是個人內在思維的呈現，也反映出普羅大眾普遍認同的社會價值觀。賴氏的故事講述活動不但為前人生活智慧傳承，同時適度地反映臺灣歷史進程。

以賴氏的例子觀察，臺灣各角落應潛藏著許多具講述故事能力，且擁有完整記憶的故事傳承人，卻因缺乏表演空間，而將記憶中的故事埋入內心深處，成為民間文學「隱性傳承人」。加以今日社會生活步調較農業時代快速，在文化知識不斷精進及各大傳播媒介興盛的情況下，傳統民間文學活動空間正日益萎縮，而故事傳承人則隨著時間推移逐漸為人所遺忘，記憶中的故事隨著個人生命急速地逝去，隱性傳承人的發掘，對於民間文學的保存具有急迫性之意義。

在臺灣發揚本土文化的推動下，各縣市及不同族群的民間文學作品紛紛問世，故事傳承人正有待社會各界給予重視，重新找回故事講述表演舞台，以挖掘出更多缺乏表演空間的民間文學「隱性傳承人」。對於已發掘的傳承人，則應多加給予講述空間與表演機會，積極鼓勵落實文化傳承，體現民間文學價值於生活中。

附錄：賴王色所述故事文本

賴王色所述故事文本，是依講述者口述，經採錄、整理、轉譯為閩南語及中文譯文。閩南語記音係由賴欣宜謄錄，筆者選取至少具有一個情節單元且結構完整的故事，以不改動故事情節、忠於原講述者講述語氣及敘述語言的原則整理而成。為保有講述人口語敘述之調性，原述部分依「臺灣閩南語羅馬字拼音」方式呈現，若為閩南語語助詞即直書該字詞拼音，另整理成中文譯文相互參照。

若故事有一次以上之重複講述採集成果，則選取講述者能完整敘述故事，且語句較為通暢者，以為該故事文本內容。

孝子姚大舜

前某死，啊娶後某，予後某苦毒。用計智，叫伊去挽荔枝啊，啊荔枝跤喔、彼叢內面啊，放箍啊，共伊剌啊，剌跤底啦。啊放箍共伊剌，卜害伊死啊。伊剌無著啦，彼敢若仙共伊保庇，講彼孝子啊，剌無著，伊彼個後母仔家己，卜害伊死害伊袂著，家己去剌著啊，家己剌著一枝啊。蓮池啦，去蓮池的池子底就對啦，卜予伊黏咧池子底死啦，啊仙啊，喝彼水予硬（tīng），予伊喝予伊去硬，伊無乾乾乾，踏著就袂黏去啊，就袂死啊，害袂死。彼個毒藥啊，毒藥仔摻酒味卜予伊食毒死。啊袂煞。共他老父奏歹話啦，啊害伊予他老父扑。叫伊燒粟倉啦，彼燒粟倉原也卜害伊死啊。彼攏嘛仙變—的，變袂死啊。落去彼井仔底去淘井啊，去到井仔底講看到一寡錢，仙變一寡錢予伊抾，抾轉去。講這無良心的老父，擱再聽後母仔話，擱再講叫伊擱去啦，啊擱去彼個井底看到一條路，彼仙共伊喝路予伊對這井去。

他彼個母姨來取水，聽到講「救人喔！救人喔！」伊講：「你是啥物人？那會佇井底？」啊講我就是啥物人、講伊是姚大舜啦。「啊原來就是我的甥兒，我提水桶創予你giú，啊你毋通giú遛手去喔。」伊講：「袂啦。」啊就共伊giú一下，it-tshit-kong-tshiang就共伊giú起來。啊救起來，他母姨就tshuā他兜去，tshuā他兜去養飼。

彼古井用石頭，予翁仔某用石頭就共伊填起來，阿他老爸仔講：「阿阮囝敢死矣，阿你thài會通用石頭共伊填起來？」伊講：「若無共伊填起來會污穢，會驚死囡仔大細。」會按怎，按呢共伊奏，卜予伊死就對。阿就袂死，伊彼星宿後擺做皇帝。

阿有一日他母姨眠夢阿，眠夢一個夢阿，眠夢一個夢是仙來共伊托夢，叫伊去歷山去經營就對。阿夢—去講這個歷山喔，真好光景按呢，叫伊去經營。阿伊想講，猶無今好，共伊阿甥個講，我卜叫你去歷山，去敢若講扑拚，去做按呢。阿他彼阿甥就好，啊也無本錢，講他母姨卜共伊出本就對，卜共伊出本卜、予伊去經營。

一去到彼個位耳，喔！盤山講按呢，樹木按呢誠濟、誠穢就對啦。阿按呢看卜按怎做？卜叫伊按怎樣阿經營阿？阿彼仙喝一寡彼號象喔，用象做牛啦，也喝一寡頭牲仔來做，hóo喝一下時爾爾，剉（tshò）了了矣，拚到光光光矣。也有彼號猴山—仔來共伊擔水阿，猴山—仔抾柴擔水，擔水抾柴用猴山，猶也有彼號鳥隻放子照輪班。而尾仔爾誠好康啊，阿共伊跪佮拜阿，猴山—仔、象loh共伊跪佮拜，阿俾伊驚到卜死，叫是彼猴山—仔卜共伊咬，驚到強卜死。而尾仔爾直看範勢，講直共伊跪直共伊拜、直共伊跪共伊拜，知影講彼是卜來助伊的，卜來助伊的空課，阿tsuânn-a，hóo三年耳，米粟囤半天，人是二冬伊四冬呢。四季阿，四季四冬，收四冬，猶閣好年冬，阿三年耳就好額。猶無彼年嘿是彼號天損地喔，飢荒喔，飢荒講逐家餓到卜死，無米通好食，無錢擱無米，彼米講偌貴，一sin錢一sin米，一sin錢買一sin

米啦。

杭州阿，杭州的地界三年無落雨，田無播、園做路，逐家無伙食通好度，乞食羅漢痀痀滿街路，阿老大人餓到喙鬚gâu-gâu-hòo，囡仔講餓到放屎袂攏褲。真好佳哉咱這杭州的地界，有一間的四季春，有米通好予人分，逐家來去領，通知予人知影，來去來去，行行行。對對對，跤骨激予硬tshiāng硬tshiāng，來去領米救性命。逐家卜招去領米就對。

阿領米阿這馬，彼個大舜他老爸仔，阿今毋都一寡家伙喔，彼仙共伊變，變大風，粟攏予風飛了了，錢也予大風飛去矣，阿也有彼號田喔，伊彼好額人嘛，伊彼大舜致蔭─伊─的，大舜是星宿就對，來出世─的，阿致蔭─伊─的，阿今毋都誠好額，誠好額這馬就予大水、大水沃，彼號田也流了了矣，粟仔也飛去，錢也飛去，啊米粟變粗糠矣，啊了一個今毋都愛做乞食阿，擱飢荒無當分。逐家來去領喔，通知予人知影。他彼老爸仔眠夢著，眠夢著講他囝轉來塊賑濟人的米，敢若講有錢有米去賑濟人的米。阿彼久無當分、飢荒無當分，逐家餓到吱吱顫。阿而尾仔彼個後母仔有一個囝，號做象兒啦。講共他象兒講：「我夢彼個舜哥仔轉來咧擢米、轉來咧賑濟米。」阿彼後母仔紲共罵：「有喔，恁囝死去做鬼，鬼神魂來咧賑濟米。」阿伊講：「象仔，你tshuā我來。你明仔載較早去看一下。」阿伊都講：「好，我明仔載才較早來去看有影無影。」

一下去講有影，咧擢米啦，阿他舜哥仔無愛佮伊相會，卜共伊問事情。講：「頭家阿，淡薄仔來相分咧喔。」阿伊都講：「你啥物人。」「我象兒啦，阮老爸仔姚六舍啦，阿較早誠好額，這馬咧做乞食。」按呢共伊講。伊講：「來來，我二斗米予你，擱二兩銀予你，阿你去tshuā恁老爸仔來。」而尾仔毋都領轉去，講卜二斗米卜做一陣清飯，卜食一下暢暢仔。他老爸仔就講：「阿你誠袂曉扑算，按怎講規斗米卜做一頓？阿毋都留一寡起來囥。」伊講：「無要緊，人彼個米店頭家偌古意，伊講叫我都tshuā你去，伊卜大大共你賞賜按呢。」阿伊講：「按呢我昨暝夢─見扑有影，恁舜哥來咧擢米。」阿伊講：「佮阮舜哥仔是誠仝款，阿精差無共我講名，講伊是佮你古親成啦，講叫我tshuā你去伊，卜大大共你賞賜。」伊講：「阿按呢無的確是恁舜哥仔。」阿彼後母仔擱咧共伊罵，罵講：「恁囝死去做鬼矣，猶擱轉來咧賑濟米。」

而尾仔tshuā伊去。叫伊講tshuā怹老爸仔來，阿一下tshuā來。阿伊都目瞯，填古井目瞯去予仙共伊扑青盲。阿這馬牽來講：「阿爹，你哪會按呢目瞯煞tshut青盲？」「阿你啥人？」「我就是姚大舜，你的囝姚大舜啦。」伊講：「大舜！」而尾仔，伊講：「我今躹，無面水通好見你啦，我按呢，做到這款躹，名聲誠穲矣。家伙了離，猶閣目瞯擱煞扑青盲。臭名萬世人，活落去抑無卡縒。」予人講怨前囝，和家己的囝也卜害予死，無照天理所行就對。「啊！阿爹你毋通按呢講，咱會當相見是福氣，阿你目瞯毋見，孩兒來置娘仔桌共你求，共你求目瞯金起來按呢。」

阿就逐家準備香燭。阿就目瞯喔，共伊舐啦，共伊舐目瞯啦，龍舌舐目瞯啦，會金啦。彼仙就共伊創金—起—來，阿tsuân-a怹老爸仔tsuân-a目瞯就金—起—來，阿金—起—來阿毋都團圓矣。伊講：「阿我目瞯青盲，阿恁小妹煞……」怹小妹號做華首，彼遷彼井邊哭怹阿兄，哭哭咧阿去予人抾去做義女，予人做查某囝就對。怹老爸講：「你就彼點心賑濟米，咱就來出了告示。」伊講：「無要緊，出告示，來揣哩，人就會送來就對啦，人若抾去會送—來，會送來予咱相見。」阿伊就出了告示。而尾仔，怹彼母姨出來到門腳口，佮伊彼母姨誠有孝，卜孝伊到一世人，算講報恩就對。

怹彼母姨來，阿紲—落來怹彼小妹人送轉—來，送轉—來佮伊相見，一家大細團圓。團圓矣，卜請伊彼個後母仔來，彼後母仔：「我哪想哪見笑。」敢若意思共害伊無死，阿這馬去，去佮伊相見講誠見笑。怹彼個後母仔囝就講，敢若講佮伊用嘴花：「見笑講肉就袂消失喔。」佮伊假古意，伊也哭老母、伊也哭囝按呢。怹彼老爸仔蹛咧後壁蹛遐：「hìg，你有彼個體面通好佮阮囝相見。」「啊！你毋通講彼冤枉，我自咱舜兒落井，我是哭甲有日佮無暝。」按呢在講。怹彼姚大舜就講：「阿彼早前的事情毋好擱抾起來講，逐家一家會當團圓是福氣，毋免擱講。」算講孝子就對。

朝廷知影，皇帝跤兜知影就對，知影講彼個囡仔賑濟功勞大天，也擱好囡仔、伊孝子按呢。阿叫伊去卜佮伊參議，卜佮伊參詳就對。阿就調，叫彼號吏仔去調，調來阿都講伊一個查某囝，敢若講乖巧就對啦，講卜予伊做某，彼個皇帝的查某囝卜予伊做某，駙馬按呢。阿伊講伊：「咱人老矣。」講無能矣就對啦，彼位講卜退予伊坐。阿皇帝換伊做矣，阿龍袍、金印攏予伊，予大舜做矣。就做駙馬擱兼做皇帝，阿位予伊坐。

而尾仔請您老爸仔來，猶閣後母仔、後母仔囝來。阿請—來，您彼個後母仔猶閣卜閣害伊呢。講：「你今嘛毋通坐甲自自在在，嘛予恁小弟仔坐一下看覓。」予彼後母仔囝坐一下看覓。後母仔囝坐一下講目睭出火金星，坐袂牢。講：「你這死囡仔髗坐袂牢，你無福氣啦，恁娘較有福氣。」講伊坐袂牢，伊才坐會牢。喔上去坐，坐一下phû一下，雷公摵—死，後母仔二母仔囝摵死，屍首煞燒掉去，彼雷火燒掉去，阿講火共您燒化，也擱出地詩：「正月十五來出世，天光日象正寅時，後來帝王就是他。」

大舜母親死了，父親又娶後母。舜被後母虐待，用計要舜去荔枝樹下採荔枝，後母在荔枝樹下設陷阱，舜是孝子有神仙保佑沒被刺到，後母自己被刺到一支。日後叫舜到蓮池要害他淹死，神仙讓池水變硬可以踩，沒能害死舜。後母把毒藥加酒給舜吃，要毒死他。跟舜的老爸說舜的壞話，害他被老爸打。叫舜去燒穀倉，要讓他被燒死，舜有神仙保佑，沒被害死。叫舜到井底去淘井，要讓他死在古井裡，舜到井底看到神仙變的一些錢，把錢撿回家去，後母愛錢，錢都被她拿去。沒良心的父親又聽後母的話，叫舜再下去井裡，神仙在井底變出一條路讓舜走到另一口井。舜的阿姨剛好來提水，聽到「救人喔、救人喔」，阿姨問：「你是誰？怎麼在井裡？」，舜：「我是姚大舜。」

阿姨：「啊！原來就是我外甥。我用水桶給你拉，你不要拉溜手。」

舜：「不會啦。」

阿姨「it-tshit-kong-tshiang」用力將舜從井底拉上來，把他帶回家養育。

大舜落井後，後母用石頭囥井。父親說：「我兒子已經死了，你怎麼用石頭囥井？」後母：「如果不把井填起來，井水污穢，會嚇死孩子。」

後母想害死舜，但因為舜是星宿轉世，不會被害死，以後還要當皇帝。有一天舜的阿姨作夢，夢到神仙托夢，說歷山很適合發展，要舜前去經營。阿姨跟舜講：「你去歷山，去打拼、去做事。」

舜：「好，可是沒有本錢。」

舜的阿姨出錢讓他去經營歷山。

舜一去到那個地方，滿山的樹木穢亂，這樣叫他怎麼做事、怎麼經營？神仙變出一些象當牛用，也變一些牲口，一下子就把樹砍光光，也有猴子來幫他挑水，挑水撿柴用猴子，鳥兒放籽照輪班。舜一開始經營時，牲口對他又跪又拜，象也對他又跪又拜，他嚇得要死，以為那些牲口要咬他，之後看情勢，知道那是要來幫助他的工作。

三年而已，舜的米穀就囤積了很多，別人一年收穫二次，他收穫四次，而且是豐收年，三年就有錢了。否則那年大地貧瘠、鬧饑荒，田地無法耕種，米很貴，一斗錢一斗米。

杭州一帶三年沒下雨，田無作、園作路，大家沒伙食可以度日，乞丐羅漢駝著背滿街走。老人餓得鬍鬚一直晃，孩子餓得拉屎無法穿褲子。好在我們杭州一帶有一間四季春，有米可以分送給人。大家來去領米，通知讓眾人知道，來去、來去，走走走。對對對，腳骨硬起來，來去領米救性命。

大舜的父親過去是有錢人，這是受大舜庇蔭的，因為大舜是星宿來轉世。後來家產和穀物，被神仙變的大風大水、吹走淹掉，錢也被大風吹走。雖然他們以前很有錢，可是現在田被水沖毀，米穀變粗糠，要當乞丐了，但正值饑荒沒得討飯，大家餓得直發抖。

舜的父親作夢，夢見兒子回來賑濟米糧。舜的後母有一個兒子叫做象兒，舜的父親對象說：「我夢見你舜哥回來賑濟米糧。」

後母罵他：「你兒子死了當鬼，是鬼魂回來賑濟米糧吧！」後母取笑舜的父親。

父親對象說：「你明天早一點去看一下。」

象：「好，我明天早一點去看是不是真的？」

象看到真的有人在賑濟米糧，但舜沒有跟他相認，只是叫他過來問一些事情。

象：「老闆分我一點米。」

舜：「你是誰？」

象：「我叫象兒，父親是姚六舍。以前很有錢，現在在當乞丐。」

舜：「來我給你兩斗米、二兩銀子，你回去帶你的父親來。」

象回去之後，兩斗米就要煮一頓飯，想吃個痛快，父親就說：「你真不會打算，整斗米要煮一頓飯，應該要留一點才對。」

象：「沒關係，米店老闆很厚道。叫我帶你去，說要大大賞賜你。」

姚六舍：「我昨夜夢到的大概是真的，是你舜哥回來賑濟米糧。」

象：「那人跟我舜哥是很像啦，但是不告訴我他的名字，只說是你的親戚。」

姚六舍：「說不定真是你舜哥。」

後母又罵：「對啦，你兒子死了做鬼，還回來賑濟米糧。」

象帶老爸去找舜。姚六舍因為填古井，眼睛被神仙給弄瞎。

舜：「阿爹，你眼睛怎麼瞎了？」

姚六舍：「你是誰？」

舜：「我是你的兒子大舜」

姚六舍：「我沒臉見你，我那樣做弄得名聲很差。家產沒了，眼睛又瞎了，是臭名萬世，再活下去也沒用。」

大家都說姚六舍怨恨前妻的孩子，連自己的兒子也要害死，不依天理行事。

舜：「阿爹，你不要這樣講，我們能夠相見是福氣，你眼睛瞎了，孩兒到神桌前求神讓你眼睛好起來。」

舜用舌頭舔父親的眼睛，神仙讓老爸的眼睛好起來。父親眼睛好了之後一家人團圓了。父親：「我眼睛瞎掉時，你小妹不見了。」

舜的小妹叫華首，她以為舜死了就到井邊哀悼哥哥，被人家撿去當義女。

父親說：「舜你熱心賑災，我們應該出告示尋人。」

舜說：「沒關係。我來出告示，如果有人撿去就會把她送回來跟我們相見。」就出了告示。

舜的阿姨也來到他家門口，舜要孝順阿姨一輩子。小妹也被送回來相見，一家大小團圓了。舜要請後母來，後母：「我一直想一直覺得丟臉。」

象：「就跟舜說好話。丟臉不會少塊肉。」

後母與舜見面後，兩人淚眼相對。

姚六舍：「哼！你竟然還有臉跟我兒子相見。」

後母：「你不要說那種冤枉我的話，自從我們舜落井之後，我是沒日沒夜的哭。」

舜：「以前的事不要再說了，一家能團圓是福氣」。

日後，朝廷知道舜賑濟米的大功勞，又是孝子，要衙役調舜前來。皇帝告訴舜，自己有一個女兒很乖巧，要給舜當老婆。又說自己老了、無能了，要讓位給舜。皇帝給舜龍袍、金印，舜就是駙馬兼皇帝了。

日後，舜在位不久就請父親、後母和象來。

後母又要害舜：「你皇位坐得自自在在，也讓你小弟坐看看。」

象坐了之後，眼冒金星、坐不住。

後母罵象：「你這死小孩坐不住，你沒福氣啦，你娘比較有福氣。」

後母坐了一下，就跟象兩人被雷公打死，屍體被雷火燒掉了。

上天在地上出詩：「正月十五來出世，天光日象正寅時，後來帝王就是他。」

採錄日期：二〇〇七年三月二十二日、二〇〇七年四月二十二日、二〇〇七年六月十日

說　明：本故事採錄文本內容依二〇〇七年三月二十二日賴王色所述為主。

採自徐麗紗、林良哲著：《從日治時期唱片看臺灣歌仔戲（上冊）》，頁三六。

圖十四　〈孝子姚大舜〉唱片外盒

藍芳草探監

阿就是原也娶一個後母，娶一個後母原也紮一個前人囝，這個前人囝忠的。[1]講彼莊頭家落農莊去收租，阿怹兩個後生耳去考較，一個考王一個考侯，王侯的地位啦。阿厝裡一個藍芳草的新婦，阿佮一個，生一個查某孫仔，號做桂花仔，彼個頭家去收租，阿兩個囝去考較，阿這馬厝裡偆這個桂花仔佮彼個新婦啦，彼個前人新婦，去考較彼個的某就對，阿蹛咧厝裡共伊苦毒啦，苦毒講叫伊去磨房磨麥啦，磨麥織紗，磨麥佮紡絲就對啦，共伊uán就對，uán講叫伊講去遐，去遐磨房去磨麥。

阿桂花仔算講孫仔就對，查某孫仔，彼個磨房磨麥彼個的查某囝，阿叫伊講著去siáng港擔水，叫彼個查某囝仔著去siáng港擔水，叫伊講，伊心肝頭艱苦，叫伊去擔一個水，來予伊食看覓彼心肝頭看會開去袂按呢啦，彼是卜共伊害死就對，卜予伊摔落去，跋落去siáng港落去死。

阿就叫怹彼後生，後生號做季子，講叫伊就綴去共伊tshia落去港底落去，伊若卜擔水共伊tshia落去港底落去。阿怹彼個忠的嘛，伊就講：「毋啦。」講：「毋通喔，彼害人喔，罪真重喔，會入落陰間。」講會按怎按怎。伊講：「無影啦，抑有這條事情。」按呢。伊講：「你若毋予我叫，我卜來去倩別人矣。」阿伊講：「毋通喔。」伊心肝底想講，倩別人喔，阿彼個查某囝仔愛予人害死，阿就共伊引卜啦，卜去啦，卜去共伊害啦。

阿去到遐共伊鬥擔水啦，伊叫伊三叔啦。講：「桂花仔，慢且喔，毋通喔，著細膩喔。」按呢。伊講：「原來三叔你到來。」「對阿，我看你細漢擔無法，卜來共你鬥擔。」「多謝三叔。」阿伊就it-tsih-kòng-tshiàng，阿就擔水擔轉

1 筆者註：講述人賴王色講述「孝子姚大舜」後，即接連講述「藍芳草探監」及「薛仁貴」等故事，講述人於此點出「孝子姚大舜」與「藍芳草探監」之故事情節雷同之處：同為娶繼室、後母帶前夫孩子改嫁。

—來矣。阿創彼尖水桶，擔無法講歇睏，tsuân-a頓落去爾爾，phut一下耳tshia倒—去矣，無水矣，阿無水，他彼三叔就水桶共伊大力共伊摔予破。阿伊講：「啊！阿媽叫我來擔水，阿你水桶共伊摔害，亦若予伊知影我看卜按怎就好，愛無性命。」伊講：「無要緊、無要緊。𪖫伊心肝誠穲，卜共你害死，叫我共你害死，哪有這條情理？你我的孫，我會共你害死？來替你卜擔水轉—來按呢。」伊就多謝三叔。伊講：「咱毋好轉去，來去磨房裡，看恁老母挨麥仔佮織紗。」挨麥織紗就對。就uân伊去遐咧做，阿麥仔磨甲無法，喔！去爾爾講：「啊！按呢恁母仔囝去織紗，麥仔我挨按呢。」𪖫！挨甲phènn-phènn喘。講：「𪖫！我查甫人就挨甲phènn-phènn喘矣，阿阮阿嫂按怎挨有法？」伊講：「阿好啦，氣切爾爾，順紲石磨仔紲予你破。」石磨仔猶也佮伊摔予破。伊講：「啊！婆婆叫我來挨麥，阿你石磨仔共摔予破，若知阮母仔囝會無性命。」伊講：「無要緊、無要緊，算我的事情。」

阿聽著腳步聲來，腳步聲伊的後母仔來矣，婆婆來矣。伊講：「噯喲卡緊咧，婆婆來矣。」「無要緊、無要緊，我對窗仔門走，阿伊若共你扑、共你kàng，阿你大細聲哀，我才來救你。」tsuânn-a伊入—來講：「噯喲夭壽，彼石磨仔共我摔摔破，阿好矣！我這間磨房順紲予恁永遠蹛。」卜予他永遠蹛，就共伊鎖起來就對。鎖起來三更時分講卜共伊放火燒，三更時分卜共伊放火燒掉去，和彼人卜共伊燒死。阿今母仔囝佇彼底，門予伊鎖起來，阿擱蹛彼底咧哭，他彼個三叔擱來，「無要緊、無要緊。」講彼號門共鏨予開就對，鎖起來共鏨予開。伊講：「毋通吼，恁母仔囝毋通吼，若卜挃性命綴我走。」阿就綴伊走去矣。

阿綴伊走，這馬就走到半路仔，講：「誰人喔，阿今走到遮今是卜對佗去？」按呢。伊就講，他彼個細叔仔算講三叔，彼後母仔囝就對，講：「無要緊，來去他彼王德牛，你的大哥、我的阿舅。」他阿嫂的外家頭，他阿兄，外家頭他阿兄，原仔叫舅仔就對，叫伊阿舅。阿講好，按呢來去。彼個查某囡仔桂花仔就講：「嘿啦！來去，來去阿舅仔兜啦，來阿舅仔兜。」按呢。阿就兩三個tshuā咧就去矣。

去到他阿舅仔遐，共伊叫門矣。彼號做王德牛啦，他彼個小妹仔，桂花仔他老母號做王氏，他阿兄號做王德牛。阿就共伊叫門，阿叫門開開：「阿季子仔、桂花仔，小妹仔恁哪按呢雄雄狂狂？」阿伊毋才講予伊聽。講他彼個後母仔大家仔共伊害就對，卜害他母仔囝死啦，阿他彼三叔，阿嫂叫彼毋就叫三叔，後母仔囝叫三叔，阿三叔來解救矣，這馬轉來在遮。阿他彼個王德牛毋敢予伊蹛就對，伊講，阿按呢生，予伊蹛敢若講去得失著他彼個後母仔就對。彼個三叔共伊姑情，講：「大舅你予我促糟。」按呢。「阮嫂嫂且蹛遮tshit迌。」講伊講且蹛遮tshit迌，伊卜去進京揣他大哥。他大哥做王侯咧lioh，他彼久猶毋知影，毋知影伊做著王侯。

阿伊就：「阿小妹仔，恁細叔仔就抑毋捌來，無咱彼隻雞母掠來刣。」阿伊講：「好啦，我來刣，連鞭來。」阿伊講：「阿嫂，毋通啦，刣雞延延工（iân-tshiân kang），我卜來進京，卜緊來去囉。毋通，延延工，毋通。」阿伊講：「阿我刣隻雞予你配燒酒，你就毋通按呢換跤換手（giú-kha-giú-tshiú）。」阿去共伊噴著伊的身軀啦，噴著伊的衫就對。噴著伊的衫，伊講：「啊！阿無我這領衫予你換啦。」共伊換起來就對。他阿嫂彼個衫去換伊的衫起來，阿伊的衫脫起來敢若講清彩捏捏咧，算講清彩按呢阿共伊囥咧按呢。

講換落他彼後母仔大家仔又擱來矣，來他遐揣伊，講：「觱！磨房共我蹔蹔破，阿今人毋知tshuā佗去？穩是tshuā去他外家頭去。」阿走去他外家頭去揣，一個看講正實仔佇遐。伊講：「你按呢共我磨房、共我彼號石磨仔摔摔破，阿無共我磨麥織紗，擱走轉—來恁外家。」「我雖然轉—來一下就卜隨轉—去矣。」「卜轉—去毋轉—去這是無我的事情，阮季子你是共我tshuā佗去？」講他囝共伊tshuā佗去啦。阿伊講：「無看見啦。」伊講：「你免喙舌尖Ki啦。」卜共伊搜看覓。搜著彼領衫有血，卜誣賴伊講彼他囝去予伊害—死，講這這領衫是他囝的，阿全沐甲血了了，去予伊害—死。伊講：「婆婆阿，冤枉矣。」「好你擱講冤枉，來去衙門才來講」，共伊tshuā去衙門去見官就對。

阿見官，彼個食錢官。伊講：「冤枉矣，彼領衫伊的是無毋著，我是對阮小叔仔好意，刣一隻雞，雞血去共伊噴咧身軀，若無老爺你試驗就知影。」阿試驗有影雞血，阿伊就罵彼個後母仔，講：「阿這雞血，你咧做啥物殺人的證據！」阿伊知影告袂贏，用銀兩，卜予伊食茶就對，一千兩啦，一千兩卜予伊食茶。老爺卜食錢煞共伊刑矣，刑就是扑。共伊刑，煞變講無影變做有影按呢，阿就愛認啦。阿彼毋認強共伊扑，強共伊扑甲袂擋咧就認啦，講有影，有影今毋就愛掠去關矣，愛關就這馬喔，上旨到文就愛刣矣，愛刣頭啦。

阿今毋就認，掠去關矣。彼個桂花仔驚講，他老母仔予人掠去關，阿卜去探監，探監毋就彼個禁子毋予伊探，講彼重罪的人阿，愛死罪彼袂使去探—的。伊講：「禁子大哥阿，你予我入—來去阿，我卜探阮老母啦，你予我入—來。」「袂使、袂使，你囡仔人毋捌半項，卜來探啥物監？轉—去轉—去。」阿今現在他這個大官仔收租，半路轉—來。阿他阿公嘛收租就去予賊仔搶去，錢搶去，也馬四佮彼號嘛予伊殺死矣，阿著驚，來到半路著驚，去予彼賊仔搶。他彼個阿公收租，到半路落來，阿伊今禁子毋予伊探耳，就擱直直哭，蹛咧路仔直直哭，阿去搪著他阿公，收租轉—來，

阿伊蹛路咧哭：「阿我無錢通好佮老母探監。」卜共探監無錢探他老母啦，禁子毋予伊入—去阿，阿伊路仔就講：「拄著你，抑你敢是我的孫女？」伊講：「是啦，阿公阿！」伊講：「你是按怎家己一個查某囝仔人，蹛咧路邊是咧創啥？」伊講：「我就是卜去探阮老母啦，阮老母予阮阿媽共tshuā去公堂去，這馬禁子毋予我佮伊相見。」阿伊就知影講，阿歹事情矣，伊無佇咧耳，大事矣，去予彼後母仔害就對，家己知影。伊講：「按呢阿公tshuā你來去探。」按呢tshuā伊去探監。

阿彼員外啦，伊彼算講員外有錢人啦，阿伊來探，緊要嘛。伊講：「禁子大哥，請啦。」伊就上頭仔無愛應—伊。「禁子大哥，請。」「喔！就是員外你來，按呢你來，你是卜探啥物人？」伊講：「我卜探我新婦王氏阿。」伊講：「按呢我開門予你入—來，入—來探。喔！內面的阿，王氏共我放出來予他爸囝相見。」阿就相見，阿就哭。「新婦阿，我轉—來絕對卜來……」，敢若講卜共伊舞甲予伊無罪出—來就對。

彼個季子仔爾爾，伊喔，遐的錢後母仔予伊的錢用無夠，阿才無錢，無錢通好度三頓，去做乞食共人分。阿共人分，伊講：「阿你好跤好手，阿做乞食嘛誠譀朽。」伊講：「毋是啦，我就是為鮈，所費開了無法度，才著望你來淡薄仔相贊助。」「有理、有理，抑你是卜去佗去你阿？」伊講我爾爾，卜去敢若講卜去揣伊的親情就對，阿伊講：「你

佗位仔徛起？」阿伊就講：「我蹛佇咧河南縣。」啥物所在共伊報按呢。伊講：「啊！恁河南縣阿，好地理。」伊講：「阿是按怎講？」，「夠！一個做王、一個做侯，佮你仝鄉里咧徛起。」彼就是恁大哥佮二哥啦。彼兩個，一個做王一個做侯。khiang-khiang叫彼款，誠鬧熱就對。伊講：「按呢我知影、我知影，無閒做你，請。」阿伊就去共伊擋路。去共伊擋路，彼號衙仔就講：「阿你這花子你按怎會來擋路？卜刺殺是oh？」伊講：「毋是啦，彼是阮大哥、二哥，阮兄弟仔卜相會，有啥物罪？」阿恁彼個大哥佮二哥就講：「喔！來者就是三弟阿。」共伊罵，罵講你按呢妝甲這個模樣，是按怎妝甲這個模樣，敢若講體面就予伊卸卸掉矣。伊講我就是阮阿嫂按怎，從頭一直講予伊聽，恁阿嫂佮恁孫仔爾爾，恁老母卜共伊害阿，伊才來到遮卜揣大哥二哥，卜報予伊知影。阿伊講按呢好，敢若講卜去佮恁老母喔車iánn。叫伊講：「予你一個大大的三王爺。」恁彼個後母仔囝共伊封一個三王爺，官服予伊做，擱金印予伊。有金印才會使，無金印夠，就毋是官名矣。阿tsuân-a講：「你毋通予小弟仔去漏氣呢。」伊講：「袂，你轉—去。」阿予伊事先轉—去，喔彼拚做通事先，事先轉—去。

事先轉—去抵好恁阿嫂拄卜刣，上旨到文就愛刣，上旨到文卜押去刣。阿伊卜來摜水飯予伊食，阿路仔講：「阿恁新婦押佇咧遐遠去矣，人得卜押去刣矣，阿你擱送水飯卜來予伊食。」就去遐刑場去共伊探阿，講卜送水飯予伊食。伊講：「我這久卜按怎食會落去！」食袂落去就對啦，伊得卜死矣，人得卜刣矣，伊食袂落去按呢。

阿毋才講：「喂！慢且刣、慢且刣，三王爺來矣。」阿遐的衙仔就講：「阿老爺，人三王爺來矣，袂使刣。」，「嘿你這臭奴才，刣頭毋刣頭，啥物三王爺來。」，講若毋信是無阮的事。好矣！你看我一個無才無才，我就共你現金牌，彼金牌一個現出—去，夠！正實是三王爺來，迎接排規排矣，排規排咧迎接三王爺。講：「海賊你刣就好，王氏你袂使共我掠起來，連鞭官免你頭就落矣。」按呢共伊講。而尾仔放，阿就：「阿嫂仔！」阿伊才講：「阿小叔仔！」相認就哭。伊講：「好佳哉，小叔你緊到。」無伊就予人刣頭去矣。

而尾仔，去彼個老爺彼案桌，tsuân-a蹛遐辦，阿辦就恁彼大哥佮二哥轉—來矣，相認啦。阿今就彼個後母仔來，彼個知縣耳出火籤，調彼個後母仔來。阿伊講：「啊！老爺調我來，敢是彼個漚婊得卜刣。」按呢。調伊來，調來講一個看，喔！今就歹事矣，遐的死囡仔tse講全轉來佇遐，家己驚一下矣，按呢這馬歹事矣。阿而尾仔講，伊錄口供，有認口供啦。伊講：「阿阮小叔佇遮，阿哪是講我害死，你有錢辦生，無錢辦死，你按呢憶著人個錢，阿無影強共人刑，阿刑、刑甲有影，予伊一條性命險仔無。」他彼翁佮細叔仔，算講一個細叔仔一個翁，阿tsuân-a共伊責罪彼個老爺，講你按呢辦事辦按呢，阿就共伊拶指，就共伊扑，就共伊刑按呢。彼個老爺認口供，猶彼個後母仔也認口供啦。伊講：「阿母阿，當然我叫你毋通，你就這馬事情出破，會使佮人烏裡烏濫？」，「噯喲！你這個死囡仔tse仔，無彩我提懸提下阿，飼烏鼠擱咬布袋。」就罵他彼個囝。

阿而尾仔，彼個老爺就共伊刣頭就對，彼個後母仔，卜共伊刣。是他彼老—的講的，彼個算講收租彼個老的，老的講的，阿他彼個王氏共伊保。講：「毋通阿，阮後母仔若死，克虧……」，克虧敢若講可憐啦。算講彼後母仔若死，他三叔可憐就對，無老母、可憐，阿tsuân-a同情伊，無共伊刣。

今就大家，阿今就無事情轉—去矣，伊講卜先轉—去。彼後母仔先轉—去矣，泡一寡茶阿，阿摻毒藥，卜予他一家伙仔食，卜食予毒毒—死就對矣。猶卜擱毒。阿到半路耳，就彼個後母仔就予雷公敲死矣，「噯喲！阮阿母哪會死矣？」彼個季子講阮阿母死矣。伊講：「彼號人就是心肝毒，無反悔，同情伊、予伊轉—去矣，擱泡茶。」雷公敲死，阿擱手猶閣捾一捾茶，茶就是摻彼毒藥卜毒死他一家伙仔。

藍芳草的妻子死了，又娶後母，後母帶了一個前夫孩子叫季子。藍芳草是地主，到農莊收租金，兩個親生兒子去考試，家裡剩媳婦王氏和孫女桂花。後母想要霸佔家產，因此想害死王氏。

王氏在家裡被婆婆虐待，婆婆叫她去磨房磨麥和織紗，又說自己心裡難過要喝水，叫桂花到港口挑水給她喝。

後母要季子在桂花挑水時把她推到港裡。

季子：「不要，害人罪很重，會下陰間。」

後母：「不是真的啦，那有這種事。你如果不做，我就去請別人。」

「不可以。」季子心想如果母親請別人做，桂花會被害死。就答應母親要去害桂花。

季子找到桂花跟她說：「且慢，要小心。」

桂花：「三叔你來了。」

季子：「對啊，我看你太小挑不動，要來幫你挑水。」

桂花：「多謝三叔。」

「it chhit kong chiàng」就挑水回去。後母給的是尖水桶，季子挑不動，休息時把水桶放下，一下子水就倒了、沒水了，季子用力把水桶摔破。

桂花說：「阿嬸叫我來挑水，你把水桶摔壞。如果讓她知道看要怎麼辦，會沒命的。」

季子說：「沒關係、沒關係。母親真壞心腸，要我來害死妳，那有這種事？你是我的姪子，我怎麼會害死你？」

桂花：「多謝三叔。」

季子：「我們不要回家，去磨房看你母親磨麥、織紗。」

王氏磨麥磨不動，季子說：「你們母子去織紗，麥子我來磨。」

季子磨不動：「我是男人就磨的氣喘吁吁。我阿嫂怎麼可能磨得動？」一生氣，連石磨也摔破。

王氏：「婆婆叫我來磨麥，你卻把石磨摔破，婆婆如果知道了，我們母子會沒命。」

季子：「不要緊、不要緊。這是我的事。」

聽到有腳步聲過來。王氏說：「婆婆來了、婆婆來了。」

季子：「不要緊、不要緊。我從窗戶逃走，你們如果被打就大叫，我會來救你們。」

後母：「唉唷夭壽，摔破了石磨子，這間磨房就讓妳永遠住著。」

後母把磨房門鎖起來，三更時分要放火燒磨房。王氏母子倆因被鎖在磨房而哭，這時季子來了。

季子：「沒關係、沒關係。」他把鎖住的門踹破，說：「你們母子倆不要哭，若要活命就跟我走。」二人就跟著季子走了。

三人跑到半路，王氏說：「我們三人要去那裡？」

季子：「沒關係，去你大哥、我舅子王德牛家。」

桂花：「對啦！去舅舅家。」

三人到王家叫門。

王德牛：「季子、桂花、小妹你們怎麼慌慌張張？」

王氏把後母要害死她們的事講給哥哥聽。王德牛怕得罪妹婿的後母不敢讓妹妹住。季子幫忙求情說：「大哥，你讓我嫂嫂暫時住在這裡，我要進京去找哥哥。」

王德牛：「小妹，你小叔第一次來這，把那母雞抓來殺了吃。」

王氏：「好，我來殺雞。」

季子：「嫂嫂不要殺雞了，殺雞費工。我要趕快進京。」

王氏：「我殺一隻雞給你下酒，你不要一直阻擋。」

王氏殺雞時雞血噴到季子的衣服。王氏說：「我這件衣服給你換。」

季子把衣服換掉，王氏把噴了雞血的衣服隨便放著。

後母：「磨房門被踹破，人是帶到那裡去？一定是跑到她娘家去。」後母跑去王氏娘家找人。

後母：「你把磨房石磨摔破沒磨麥織紗，還跑回你娘家來。」

王氏：「我馬上回去。」

後母：「你回去不回去沒我的事，妳把我的兒子帶到那裡去？」

王氏：「沒看到。」

後母：「你不用嘴舌尖銳。」後母就要搜看看，搜到那件有血的衣服。

後母：「這件衣服是我兒子的，全都沾了血，是被你害死。」

王氏：「婆婆冤枉啊。」

後母：「好，你說冤枉，去衙門再說。」把媳婦帶去衙門見官。

王氏跟大人說：「冤枉啊，這是季子的衣服沒錯，我對小叔是好意，要殺一隻雞請他吃，雞血卻噴到他的衣服。縣老爺你試驗就知道。」試驗後真的是雞血。

縣老爺罵後母：「這是雞血，你當什麼殺人的證據？」

後母知道告不贏，拿一千兩要給縣老爺吃茶。縣老爺就對王氏用刑，王氏不認罪，一直打到她受不了才認罪。王氏被抓去關，等死刑命令到了就要殺頭。

季子去找哥哥，身上的錢不夠用，沒錢可以度三餐，只好當乞丐乞討。有路人跟他說：「你好手好腳，當乞丐也真誇張。」

季子：「不是啦，因為路途遙遠，才希望你贊助一點。」

路人：「你要去那裡？」

季子：「我要去找親戚。」

路人：「你住在那裡？」

季子：「我住河南縣。」
路人：「河南縣好地理。」
季子：「這話怎麼說？」
路人：「有一個當王一個當侯，都跟你住同鄉里。」
這時傳來熱鬧的聲音。「我知道了，你忙吧！」
季子就去擋轎，衙役：「你這花子為什麼來擋路，要刺殺嗎？」
季子：「不是，那是我大哥、二哥，我們兄弟要相會，有什麼罪？」
大哥、二哥：「來者就是小弟啊。你裝作這模樣幹什麼？」
季子：「我是為了我嫂嫂。老母要害她們。」就把後母要害嫂嫂和姪女的事情跟大哥、二哥說。
大哥封他為三王爺，把官服、官印給他。
二哥：「你不要讓小弟出醜了。」
大哥：「不會。季子你先回去。」

桂花聽說母親被抓去關就要去探監，獄卒說那是重罪、判死罪不能探監。
桂花：「獄卒大哥你讓我進去，我要來探我母親。」
獄卒：「不行、不行，你是小孩子不懂事，探什麼監。」
獄卒不許桂花探監，桂花就在路上一直哭。
藍芳草收租回來被搶，馬匹也被殺死，受到驚嚇，遇到桂花在路邊哭。
桂花哭著說：「我沒錢去探監。」

藍芳草：「你不是我的孫女嗎？」

桂花：「是啦，阿公。」

藍芳草：「你是怎麼了？一個女孩子在路邊幹嘛？」

桂花：「我要去探視我母親，我母親被阿嬤拖去公堂，現在獄卒不讓我們相見。」藍芳草知道自己不在家時發生事情了。

藍芳草：「阿公帶你去探監。」

藍芳草算是有錢人，跟獄卒說：「有請獄卒大哥。」

獄卒起先不理他，一看是員外來，就說：「原來是員外你來了，你是要探什麼人？」

藍芳草：「我要探我媳婦王氏」。

獄卒說：「我開門讓你進來。裡面的，把王氏放出來讓他們相見。」

藍芳草、王氏二人相見就哭。

藍芳草說：「媳婦我回來了，會保你無罪出獄。」

之後死刑命令到，王氏要被押去砍頭。藍芳草剛好帶著水和飯要去給媳婦吃，路上的人跟他講：「你媳婦被押到很遠的地方去了，人都要押去殺了，你還提水、飯要給她吃？」

爺孫倆又去刑場看王氏，把水跟飯給她吃。

王氏：「我現在怎麼吃得下？」

季子回去時，剛好王氏要被殺，就說：「且慢殺、且慢殺，三王爺來。」

衙役：「縣老爺，三王爺來，不能殺。」
縣老爺：「你這臭奴才，不殺人，說什麼三王爺來？」
衙役：「不相信就不關我們的事。」
季子：「好啊，你看不起我，我就現金牌給你看」
一看真的是三王爺來，大家列隊迎接三王爺。
季子：「海賊應該要殺，王氏不能抓來殺，否則，你丟官、頭也落。」
王氏哭著和季子相認：「好在小叔趕到，不然我就被砍頭了。」
日後季子到官府辦案，剛好大哥、二哥回來。知縣出火籤[2]調後母來。
後母：「縣老爺調我來，可能是那個壞女人就要被殺。」
後母一到，看到大家都在場嚇了一跳，心想：「壞了，那些死小孩全都回來。」。
王氏對縣官說：「我小叔在這，怎麼說是我害死？你有錢判生、沒錢判死。」
王氏的丈夫和小叔責罪縣老爺：「你拿人家的錢作假，硬是對她用刑、逼供，害她差點沒了性命。」就下令打縣官。
縣官和後母都認了口供。
季子：「母親，當初我叫你不要這樣，現在事情敗露，你怎麼可以賄賂官員？」
後母：「唉唷！你這死小孩，枉費我用盡心機，養鼠為患。」
之後縣老爺被砍頭，藍芳草說後母該殺，王氏為後母作保：「不可以。後母如果死了，三叔就沒母親，很可憐。」
大家沒事了就要回家。後母先回到家，泡一些茶加毒藥，要毒死一家人。大家走到半路時，後母就被雷公打死。季

2「火籤」意指迅速逮捕令。

子跑來告訴大家：「我母親死了！我母親死了！」

藍芳草說：「她就是心腸不好、沒反省。大家同情她，她竟然還回去泡茶下毒」，後母死的時候手裡還提著茶壺。

採錄日期：二〇〇七年三月二十七日、二〇〇七年六月十日

說　　明：本故事採錄文本內容依二〇〇七年三月二十七日賴王色所述為主。

薛仁貴

講薛仁貴啦齁，出世阿，彼白虎星出世的阿，星宿阿，天頂的星宿來出世的，白虎星啦。阿今他老爸佮他老母毋就做真好事齁，阿也無後生阿啦，阿無後生卜共伊下啦，下講予伊有一個仔後生通好傳宗接代，彼隻白虎tsuânn-a來予伊投胎就對矣，投胎彼魂，彼算講白虎星就對，來予伊投胎予伊生。

阿生出來袂曉講話，阿白虎星就袂曉講話，袂曉講話他老爸、老母講：「阿今慘矣阿！阿咱生這個囝也袂曉講話，這大漢矣阿擱袂曉講話，煞啞口。」而尾仔耳，仙共伊創予伊會曉講話。會曉講話，彼白虎星阿，喙開就算講食人就對，算他爸、母煞死—去。父母死—去，阿彼算講囡仔嘛是人阿，彼是彼個白虎星來出世耳，彼嘛是人就對啦。阿彼個囡仔耳，會講話煞他老爸、老母死—去。他老爸、老母算講好額人，錢賰誠濟就對，賰誠濟抑伊tsuân-a攏倩人，彼號拳頭師傅來學、來教伊拳頭，教伊武藝。阿教伊武藝教甲誠gâu、誠勥就對。

阿誠勥阿，阿一寡錢，敢若誠勥，一寡錢你兄我弟，喔tú-tú愛來學武藝阿，阿一寡錢用了了去，煞無錢矣，空空矣。阿空空阿，今卜去共他阿伯仔，庄頭仔內，借錢，毋借—伊。阿今連食就煞無矣，阿就卜去自殺，卜吊脰就對，卜

吊脰拄著一個號做王茂生阿。彼個人王茂生伊是咧賣雜細啦，賣雜細對遐過，對遐過看著彼個人卜自殺，阿去共伊救，講：「你是按怎想袂開卜去自殺？」阿伊才講予伊聽。阿王茂生就佮伊換帖兄弟，共伊tshuā轉去怹兜。阿伊咧賣雜細，彼一寡雜細擔予伊食了了矣，gâu食嘛，彼學拳頭、有拳頭的人足gâu食—的，一頓卜食幾斗米。阿彼做一個小生理爾爾，也無偌濟錢阿，予伊食甲按呢倒擔，食甲一寡雜細擔煞倒擔。

而尾仔，講按呢嘛毋是辦法，抑無來人遐，柳員外得卜起大厝，來去共伊引做空課，通予伊度、通好食，無一頓食一斗米卜佗位仔生？生通好予伊食？做一個小生理卜哪通好予伊食？阿tsuân-a共引進，阿引去遐有通好食。彼柳員外咧起大厝，愛夯大杉，人彼幾若十個夯一支夯無法啦，伊喔，一個人夯，過人孔，一爿夾一枝，肩胛頭一爿夯兩枝，徛六枝呢！六枝夯咧走。喔！阿今，彼總舖的人喔，辦食的人就講：「夠！這個人擱這gâu食，也這gâu做空課。阿加洗遐的碗箸仔，澈底倩伊一個，遐的無愛倩。」阿予伊一個耳，夯就有矣，免人遐濟，洗遐的碗箸仔加giâ。

喔阿tsuânn-a人過年大家轉去咧過年，伊無過年蹛員外遐，起厝遐過年。阿過年阿就叫伊顧，敢若講顧倉庫就對。阿蹛咧遐倉庫睏，阿睏彼個，柳員外的囝號做柳金花，柳金花蹛遐，敢若講，發落出—來抑啥，去看著一隻虎，驚一下強卜死喔，去報怹阿嫂看。柳金花去報怹阿嫂看，講：「喔！咱遐倉庫一隻虎按呢，驚死人！」講驚一下卜死，伊講tshuā伊去看。講：「夠！虎會咬人，檢查、去看會去予伊咬。」，伊講：「袂啦，來共伊偷看，來看一下，來瞻看一下。」夠！彼去看耳，佛光閃閃呢！一下看就是一個人佇遐睏，一個人佇遐睏，彼久精神矣，精神彼隻虎毋就算講，而尾仔敢若講勾去，跔咧伊的身去。阿看著一個人，去共問，阿才講是人毋是啥物虎按呢。

阿講甲按呢、寒甲按呢，算講過年時仔人大家轉去過年矣，伊蹛遐，阿寒，無被通好蓋。阿伊就抾一領衫卜予伊蓋，共伊偷蓋、偷蓋彼寶衣。彼領寶衣，彼員外伊的新婦一領、怹查某囝一領。彼寶衣，喔！蓋一下誠燒、攏袂寒。蓋阿、精神矣，提去穿。去予怹老爸仔看著，「奇怪，彼領敢毋是怹的寶衣？阿哪會走去伊身裡，伊咧穿？」阿卜叫怹彼查某囝佮怹新婦講寶衣抾出—來予伊看。阿死矣！怹新婦抾出—來予伊看，怹查某囝抾無。「阿彼領寶衣哪會扑無去？

哪會無一領寶衣？」查某囝掖無。阿他老爸共伊責備，共伊責備、阿共伊趕嘛。彼查某嫺仔，幼嫺就共伊用計智，彼古井喔，創石頭共伊phong一下，阿講號做他小姐tsuânn-a跳彼古井落去死矣，彼卜騙他老爸啦，騙他老爸講他查某囝跳彼古井落去死矣。阿這馬彼個老嫺共tshuā走。tshuā走阿，責備彼個薛仁貴阿，薛仁貴毋但予伊趕出—去矣，趕出—去阿、無頭路出—去。阿出—去走去咧廟裡蹛。阿這馬他彼個某，彼個老嫺，柳金花佮老嫺耳，tshuā去卜揣彼個薛仁貴，算講卜去揣伊。阿去去到廟遐，看佇遐廟裡，阿去廟裡佮伊相見阿，去遐佮伊做翁仔某。彼個老嫺共伊牽的，講做翁某仔，從此是伊的某按呢。他老爸毋予伊娶，他老爸共伊逼—死阿，卜共伊逼—死，阿今去予伊做某。

阿去予伊做某耳，而尾仔，攏咧扑獵，扑獵為生，扑遮的鳥仔囉，扑遮的有的無的，去度三頓。度三頓按呢而尾仔嘛毋是辦法，阿這馬有囝，得卜去食糧當兵，阿伊講，伊若無佇咧，生查甫的號做薛丁山啦，阿生查某號做薛金蓮啦，雙胞胎啦。

阿食糧當兵夠，毋予伊食糧當兵呢，講偌可憐，彼做總管彼個阿，彼奸臣啦。毋拄伊號做薛仁貴，抑伊號做張士貴，仝貴，無愛予伊入去當兵。阿毋予伊當兵阿今出—來，阿出—來去搪著彼程咬金仔，程咬金仔直卜去作報怎樣仔，彼號皇帝阿，皇帝叫伊去的，去到半路，去拄著薛仁貴。阿薛仁貴，看彼號一隻虎，看著一隻虎，阿薛仁貴講扑虎，扑虎阿扑死去救彼個程咬金仔。阿程咬金仔彼是大王爺就對啦，彼原也是做大官，阿起來阿共伊說多謝，阿咧共伊講：「你按呢武藝按呢遐爾勢，阿你哪會毋去當兵？」按呢。伊講彼號，敢若講，總兵就毋收伊，毋予伊食糧當兵。阿伊才提一個證見，程咬金仔的證見，伊做一個敢若講大官，阿提證見予伊。

阿今就姑不將，第二擺去就予伊做兵矣。做兵伊嘛毋是做兵呢，做伙頭軍阿，煮食、煮飯呢，毋予伊做兵。第二擺毋予伊做兵擱走出—去。阿走出—去，去遐娶一個某。去人彼風火山彼號賊仔，愛彼個員外的查某囝，阿員外的查某囝講彼風火山的賊仔，無愛嫁，無愛嫁卜來強卜共伊娶，阿彼久薛仁貴拄來到遐，去他遐敢若講過暝，借歇按呢。阿講彼員外好意叫伊食，阿誠gâu食按呢，食遐濟。阿伊講看彼個員外咧哭，咧哭伊講：「你是按怎？看我講按呢誠gâu食，按呢哭諾？」伊講：「毋是。」恁查某囝人三更半暝卜來共伊掠。阿伊講：「無要緊，你信賴我。」伊卜共伊扑就對。扑彼賊仔，伊無彼個家私頭。伊就夯彼號普通的家私頭予伊，無夠看就對。阿伊講：「恁有彼號轟天雷戟？」伊講厝頂剝一支彼號轟天雷戟，駒！彼夯落來按呢卜扑卡抵好按呢。去佮風火山的人相扑，阿風火山的人扑輸，阿扑輸而尾仔煞共伊拜，拜伊做大哥，換帖矣，佮伊結拜兄弟。

阿今救彼查某囝，阿彼個員外的查某囝原也送伊做某，伊講：「我這久有路無厝，袂使講共伊收入來做某。」伊講：「你是棄嫌諾？你是我的恩情人，我查某囝予你應該的。」阿伊tsuánn-a予伊做某，後擺若出脫的時才卜來娶。

薛仁貴的父母常做善事但是一直沒能生出個兒子，他們許願希望可以生個兒子傳宗接代，後來白虎星來投胎就生下薛仁貴。薛仁貴出生後不會講話，他父母心想：「慘了，生了一個兒子是啞巴。」神仙讓薛仁貴能開口講話，但是因為他是白虎星投胎，一張口就要吃人，他父母就死掉了。

他的父母是有錢人，死後留下很多錢。薛仁貴請師父教武藝，他的武藝變得很厲害，但錢也用光了。薛仁貴向住同村的伯父借錢，伯父不借他。薛仁貴沒得吃，就想上吊自殺。正要上吊的時候，賣雜貨的王木生剛好路過。王木生救了薛仁貴，問他：「為什麼想不開要自殺？」薛仁貴告訴他原因，王木生就跟他結拜、帶他回家。

薛仁貴是學武的人，一餐要吃好幾斗米，把做小生意賣雜貨的王木生吃垮了。他想這樣下去不是辦法，當時柳員外家正在蓋大房子可以供他吃飯，他就去那工作。

柳員外家蓋房子的一、二十個工人拿不動一支大杉，薛仁貴一個人，兩側腋下各夾一支、兩邊肩頭上又背兩支，一次就能拿起六支大杉。負責煮飯的人說：「這人這麼會吃又會工作，請其他的人還要多洗碗筷。」後來柳員外就只請薛仁貴一個人工作，不請其他的人。[3]

過年時，大家都回家去過年，薛仁貴沒有回去，待在柳員外蓋房子的地方顧倉庫。薛仁貴在倉庫睡著時，柳員外的女兒柳金花剛好出來辦事，看到倉庫有隻虎嚇得要死。柳金花去告訴嫂嫂：「我們倉庫有一隻虎。」就要帶她去看。

嫂嫂：「虎會咬人，去看會被咬。」

柳金花：「不會啦，我們去偷看一下。」

二人一看屋子裡佛光閃閃，原來是有個人在那裡睡覺。薛仁貴快醒來時，虎躲回他的身體內，他們才知道倉庫內的是人不是虎。薛仁貴睡在那裡很冷，柳金花就拿衣服幫他偷偷蓋上，卻不小心拿到寶衣。柳員外的媳婦和女兒都有一件寶衣，薛仁貴蓋上寶衣後覺得很暖和、不冷了。

薛仁貴睡醒後穿著寶衣，柳員外看見他穿自己家的寶衣，心想：「奇怪，這件是自己家的寶衣，怎麼會穿在他身上？」要媳婦和女兒拿出寶衣來。

柳金花找不到寶衣，就想：「寶衣怎麼不見了？怎麼沒有寶衣？」媳婦把寶衣拿出來，女兒卻拿不出來。柳員外責備薛仁貴，把他趕出去。薛仁貴沒了工作，跑去住在廟裡。柳員外又責備女兒，不讓薛仁貴娶她，趕她出去、要逼死她。柳金花的小婢女用大石頭丟在井裡，砰的一聲，說：「小姐跳井死了。」老婢女偷偷的把小姐帶去找薛仁貴。在廟裡見了薛仁貴後，老婢女安排他們結成夫妻。

日後薛仁貴靠打獵度三餐。柳金花懷孕時，薛仁貴計劃要去當兵，交待若生男的就叫薛丁山，女的就叫薛金蓮，後來生下一對雙胞胎。

軍營的奸臣總管叫張世貴，跟薛仁貴名字一樣有一「貴」字，就不讓薛仁貴當兵。薛仁貴離開後，在路上遇到奉皇

---

[3] 講述者表示故事至此為「薛仁貴拿大杉」。

命辦事的王爺程咬金。程咬金遇到一隻虎，薛仁貴打虎救程咬金。程咬金問薛仁貴：「你武藝這樣厲害，怎麼不去當兵？」薛仁貴說總管不讓他當兵，程咬金就拿一個自己的證件給他。

薛仁貴第二次去，總管不得已只好讓他當兵，卻只讓他當煮飯的伙食兵，薛仁貴就逃出軍營，借住在一個員外家。剛好風火山的賊要來娶員外的女兒。員外好心叫薛仁貴吃飯，薛仁貴看見員外在哭，問他：「你是因為看我很會吃在哭嗎？」

員外：「不是，有人半夜要來抓走我的女兒。」

薛仁貴告訴員外：「沒關係，你相信我，我會幫你打賊。」

薛仁貴向員外討工具，起先員外拿普通的工具給他，薛仁貴都覺得不夠用，要求再大一點的工具。員外從屋頂上拿出轟天雷擊棍，薛仁貴才覺得這武器比較剛好。

薛仁貴與風火山的人打鬥，風火山的賊打輸後拜薛仁貴為大哥。薛仁貴因為救了員外的女兒，員外要把女兒嫁給他當妻子。薛仁貴：「我現在無家可歸，不能娶她。」員外：「你是嫌棄嗎？你是我的恩人，我女兒嫁給你是應該的。」於是員外的女兒給薛仁貴作妻子，等薛仁貴以後有出息時，才要來娶她。

採錄日期：二〇〇七年三月二十七日

孟麗君脫靴

相爭卜愛孟麗君阿，用標箭去看誰人著較濟枝阿，彼個的阿。無伊也卜來做親情、伊也卜來做親情。阿毋才孟麗君他老爸，彼個孟世元耳講：「阿伊也卜求親、伊也卜求親，無恁去射箭阿。恁去射箭奪袍、考箭看誰較𠢕矣，較濟枝牢彼個的某矣。」射贏的人彼個的某阿，卜允予彼個做某。阿射箭彼個奸臣仔射著兩箭，阿癡哥阿，哪射哪看查某，看彼孟麗君哪看，阿看一下射一下兩箭啦，兩箭牢爾爾，抑人彼個皇甫少華射三箭。阿三箭毋就皇甫少華的某矣，阿人彼孟麗君他翁牢三枝阿，彼劉圭壁豬哥神，平平原也是不離𠢕，阿彼牢兩枝、阿伊牢三枝耳，抑人就愛嫁皇甫少華，阿伊就共人用計智卜害皇甫少華，害無死，人救倒—去。

阿伊毋甘願阿，毋甘願共伊害阿，敢若像講彼號同窗的，tsuānn-a請伊來食燒酒，請伊來他兜，敢若講真古意就對。阿請伊來食燒酒阿，阿食爾共偷下藥，卜共伊害死阿，阿共伊關踮彼一間毋知號啥物，較偏僻的厝就對，阿去共伊叫這的奴才仔爾爾，乾柴遇烈火，柴共墊墊（thūn-thūn）咧，四箍long轉共墊墊咧，阿三更時分才共伊放火燒阿，卜共燒死。彼暗爾爾，乾柴熱火，三更時分就卜共伊燒死阿，抑燒死，毋過人劉圭壁的小妹知影阿，阿劉燕玉共伊救阿，叫他彼個奶母的囝，彼個號做江進喜，共伊救，救出去外口。阿佮伊結親情，後擺劉燕玉原仔卜予伊做某。救伊脫險出—來阿，阿原也彼乾柴熱火原也共伊燒阿，共伊燒去，和彼厝共伊燒去。

皇甫少華他老爸皇甫慶，皇甫慶原也咧做，號做啥物王，原也嘛做王。皇甫少華他老爸仔去征番。阿征番，奸臣仔奏講，是伊去降番就對。降番造反，阿有罪，有罪他彼家口逐個犯罪，就掠、出彼號敢若像彼號做相囉，按呢四界畫、四界去搭，這個人掠會著敢若講，犯罪的人若掠會著敢若講有賞金按呢。阿按呢四界搭，四界去彼號卜掠他一家口，阿彼號厝嘛共伊封起來，封條共伊封起來。

抑毋過彼久阿孟麗君做官矣。劉圭壁卜共伊娶，人伊毋予伊娶，人伊走，畫行圖交他老母，女扮男裝走，阿走走去做官，男裝去做官。彼個孟麗君他老爸仔，倩的查某嫺仔蘇燕雪，他彼老母蘇大娘，是做孟麗君的奶母。蘇燕雪阿替伊嫁，替伊嫁卜殺死彼個奸臣仔，殺無死阿，阿落去蓮花池就卜死矣，阿無死啦，原仔是人救去，予彼號宰相共伊救去做查某囝，阿予伊救去就變宰相的查某囝矣。

孟麗君文章滿腹咧阿，就假查甫，阿去考著大官、宰相，阿考著大官講人就愛，愛—伊，講卜招伊啦，𪜶查某囝卜予伊做某，阿𪜶查某囝就是𪜶彼奶母的囝，佮伊姊妹仔就對啦，阿查某配查某，阿伊就假查甫的阿，假查甫的去考較阿，阿tsuánn-a招、招著彼查某，一下招來就是阿娘，娘嫺啦！

孟麗君做宰相做真大，而尾仔彼個的某定著是為𪜶翁阿，阿攏嘛講𪜶翁的好話阿。阿而尾仔，伊彼個翁，彼某講好話，人原也有去考，原也做王啦，做平遼王嘛，講扑平啦，扑平就封伊官封平遼王。

孟麗君脫靴去。孟麗君就女扮男裝阿，女扮男裝去考較阿，去考著大官，抑卜佮𪜶翁相見就愛脫靴，予人共伊偷脫靴，認著，知影彼個就做官，啊就毋共伊相認阿。

連皇帝嘛愛阿，阿皇帝嘛愛阿，直直卜共伊封某，封愛妃。人𪜶老母，彼個正宮，而尾仔正宮換皇甫少華的阿姊號做皇甫綻花。皇甫綻花，人彼伊彼較早的某死去阿，阿擱娶彼個做某，阿人彼個佮伊連絡，算講大家、新婦連絡阿，叫伊共伊封、封查某囝，認伊做查某囝就是查某—的矣呢。抑人𪜶翁嘛是文章滿腹，阿才擱招親去招著孟麗君啦。孟麗君阿擱佮皇甫少華規家矣，伊嫁皇甫少華。阿彼三個某咧呢，擱一個劉燕玉，劉圭璧的小妹，伊共伊救了。猶閣娶一個，彼個予做蘇燕雪。

很多人搶著要娶孟麗君，孟麗君的老爸孟世元就說：「這人來求親、那人也來求親，不然你們去比射箭。你們射箭奪袍，看誰射箭比較厲害，射中較多箭的人就娶孟麗君。」要把孟麗君許給射中比較多箭的人當妻子。劉圭璧跟皇甫少華比射箭奪袍。奸臣劉圭璧也是蠻厲害的，但是好色，一邊看孟麗君一邊射箭，射中二支而已。皇甫少華射中三支箭，孟麗君就許給皇甫少華作妻子，劉圭璧因為不甘心，就使計要害皇甫少華。

劉圭璧假裝好意請皇甫少華來家裡喝酒，在酒裡下藥，把他關在一間位置很偏僻的房子，叫奴才在房子四周囤乾柴，等三更時分用烈火燒死他。劉圭璧的小妹劉燕玉知道哥哥要害皇甫少華，叫乳娘的兒子江進喜去救他。那晚房子被火燒了，皇甫少華被人救走。劉燕玉跟皇甫少華約好要嫁給他。

皇甫少華逃回去後，他的父親皇甫慶去征番。奸臣上奏說皇甫慶是去降番，所以他們全家有罪，官府四處張貼畫相要抓他們，抓到的人有賞金，還把皇甫少華家用封條封起來。

劉圭璧要娶孟麗君，但孟麗君不願意嫁給劉圭璧，就畫了一張赴京路線圖交給母親，女扮男裝離家出走去考試當官。孟麗君乳娘蘇大娘的女兒蘇燕雪，替孟麗君嫁給劉圭璧，打算要殺死奸臣，但是沒殺死，反而跌到蓮池裡，被一宰相救走。宰相認蘇燕雪為女兒。

孟麗君滿腹文章考官當上宰相。另一位宰相想要把女兒嫁給孟麗君，一招婚才知道宰相的女兒就是孟麗君的婢女蘇燕雪。

當上宰相的孟麗君常常為皇甫少華說好話。皇甫少華一樣去考試，打平遼國，封作平遼王。孟麗君再見到皇甫少華時，想要跟他相認，但孟麗君女扮男裝當官，不能相認。

有人趁孟麗君睡覺時偷偷脫她的靴子，才知道她是女的。皇帝知道這件事情後，見孟麗君長得漂亮也想娶她。皇甫少華的姐姐皇甫綻花是皇帝喪偶後再娶的妻子，皇甫綻花向母后說這件事，母后就封孟麗君為女兒。皇甫少華也是滿腹文章，招親娶了孟麗君，還娶了救他一命的劉燕玉，以及蘇燕雪。

採錄日期：二〇〇七年四月二十二日、二〇〇七年六月十日

說　　明：本故事採錄文本內容依二〇〇七年四月二十二日賴王色所述為主。

麵線冤[4]

秀才齁，秀才的娘仔，怹彼大家仔做生日，阿都散麼，阿散講無創甲啥物好物仔，干焦一碗麵線，阿抵好彼個花娘來。花娘來，看伊講捧一碗麵線予怹大家仔食，也無予伊食，阿都艱苦做生日，干焦食一碗麵線，講予怹大家仔食講無予伊食，著共伊害阿啦，共伊生歹話啊，予怹秀才耳共伊離緣去阿，共伊趕出去阿，講無愛伊做某矣，講彼loh不孝大家仔啥物貨，下彼大家仔著愛死矣，下彼大家仔攏就緊死阿，實在無影無跡，按呢共伊害，害講你無抵咧，共伊奏，共彼老歲仔奏歹話，彼老歲仔原仔是憨。伊假來奏，講：「捾魚捾肉、捾雞捾鴨，算家己食，才無予你食，創一碗麵線予你食。」

阿實在無影，人彼有孝，彼新婦有孝，有孝都無通好食，一碗麵線予伊食就真稀罕矣，也無予伊食，按呢共伊害，害甲而尾仔怹彼新婦予尼姑共伊抾，抾去尼姑庵，阿抾去尼姑庵去咧，而尾仔怹彼個囝喔，大漢耳，怹囝去共請轉來。

一個秀才的母親過生日，家裡很窮沒有什麼好東西，媳婦只好用一碗麵線要給婆婆祝壽。剛好花娘來到，看見媳婦拿一碗麵線給婆婆吃，卻沒給她吃。花娘就跟婆婆講媳婦的壞話，說媳婦不孝順婆婆，詛咒婆婆快點死。

4 此則故事又名〈安安趕雞〉。見林茂賢主持：《歌仔戲重要詞彙編纂計畫》第二期報告書（宜蘭縣：國立傳統藝術中心，二〇〇二年十二月），頁二八三—二八四。

花娘還跟秀才母親說：「你媳婦拿魚拿肉、拿雞拿鴨，給自己吃，沒給你吃。現在卻只用一碗麵線給你吃！」婆婆相信花娘說的話，要秀才把妻子休了。媳婦被休之後，有一個尼姑把她帶去尼姑庵，日後兒子長大才去請她回來。

採錄日期：二〇〇七年六月十日

資料來源：徐麗紗、林良哲著：《從日治時期唱片看臺灣歌仔戲（中冊）》，頁一一四。
圖十五　〈麵線冤〉唱片

狄青

狄青您遐做水災啦，阿做水災流去矣，阿予人抾（khioh）去，無死。阿救去，而尾仔卜去上京，卜去看卜有官做阿，阿去到遐去予奸臣仔害去。伊去萬花樓爾爾，食燒酒，阿奸臣仔黨卜來共伊害，阿彼狄青有武藝，一個就扑人偌濟咧矣，掠咧摔落去萬花樓跤，抑奸臣仔毋甘願，毋才直直卜共伊害。狄青講大鬧萬花樓，鬧彼萬花樓，抑奸臣仔害的阿，阿就是包公遐愛審明阿，審明、審到明就知影誰對誰毋對，包公去共伊救。

狄千金阿，狄千金怹阿姑，做證見認親，阿得卜見著親人，講夢彼一個夢，夢講耳喙齒流血，阿人共伊逼夢講得卜佮親人見面矣按呢。彼大家有一隻玉鴛鴦，彼久爾爾，佇咧怹厝裡耳，怹狄千金一隻，抑狄青一隻，做紀念啦。阿這馬相見就佇咧彼號，玉鴛鴦仝款仝款按呢，一隻公—的一隻母—的，阿拄合、拄合按呢，就正實仔是怹孫阿，阿做大水阿流，一人一位去阿，阿無來去變做毋捌—的，變做毋捌伊誰人。

阿就一個怹阿姑阿，做國母毋才會共伊保牢牢，夠！彼金孫、彼外家孫，金孫保牢牢。阿彼久卜佮彼個王天化，卜佮王天化比武，怹阿姑顧牢牢擋毋，阿狄青家己強卜，阿強卜阿攏按呢，共伊保護就對。去借彼號，趙匡胤做神矣，趙匡胤做神矣，阿有彼個彼金盔金甲，阿去共伊借來予狄青穿，講金甲按呢共伊穿落去彼，算講彼號，太祖廟太祖，趙匡胤太祖，阿共伊借，人就毋敢共伊刣矣，敢若講彼有金盔、金甲，彼祖仙的，趙匡胤的，趙匡胤做神矣啦，阿就金身，金身穿彼金盔、金甲，阿去共伊借金盔、金甲來，來穿，去佮王天化比武。阿人不過彼個王天化奏阿，奏講：「阿伊穿金盔、金甲，阿人就毋敢刣，阿人就穩輸、伊就穩贏。」而尾仔人伊嘛無愛，狄青嘛無愛，彼金盔、金甲褪褪—起—來，卜佮伊武矣。阿武嘛是彼號狄青贏，大家毋敢共伊保，叫伊共伊保也毋敢，叫伊保也毋敢。

阿王天化一叢誠大叢阿，漢草真好阿，阿狄青一粒仔囝，奸臣仔就歡喜講，講若佮伊比武阿，王天化就穩贏的矣。阿毋過人彼狄青武藝強，人伊逐項，敢若講啥物勢面較知影。啥物勢面知影，阿無人卜共伊保阿，通人無共伊保，而尾仔彼個石玉看範勢共伊保，駙馬共伊保，無就愛人保你知，若無扑死無陪，彼有軍令狀，彼皇帝踮遐看，做中人，教場比武。

駙馬石玉嘛毋敢共伊保，大家毋敢共伊保阿，大家驚彼個狄太后，怹阿姑做一個狄太后，抑若共伊保，若毋拄好若輸耳，敢卜共伊責罪，大家嘛毋敢。阿叫包公保、包公嘛毋敢，叫伊保、叫伊去保講毋敢。而尾仔石玉共伊保，石玉看講一定狄青會贏，阿共伊保，阿煞共伊比武，阿王天化去予狄青刣死。阿刣死彼奸臣仔爾爾，又閣奏矣，奏講刣死伊，阿皇帝講：「恁大家有入彼號軍令狀，阿大家就標準無賠命，抑你卜閣討命。」阿準煞，無共伊責罪，無彼奸臣仔奏贏就毋認輸的，卜穩贏毋認輸。喔伊想講，王天化一叢遐大叢，抑狄青一粒小粒籽，伊就假若講較小粒籽彼個，一叢遐大叢，清彩嘛贏按呢，拄拄袂贏。

阿石玉，派伊佮狄青，按呢五虎將去取真珠旗，阿石玉駙馬嘛是有武藝阿，擱一個會飛的，劉慶，彼個予做劉慶，飛山虎劉慶。彼號西寮國番仔國就攏上gâu變鬼的擱，卜取真的毋予伊取，伊就共伊創，創一枝假的予伊，害伊險仔去予刣，阿是您彼個阿姑做太大咧，做一個國母阿。結果阿去取真珠旗，阿取著假的阿，奸臣仔去共伊化火，予火燒去，毋是真的，阿奏嘛，愛掠去刣，您阿姑國母哪有通好予伊刣。共伊救阿，阿這馬愛去取真珠旗阿。犯罪毋過您阿姑做國母阿，您阿姑晟治皇帝大漢，伊彼勢頭真熱，毋才您阿姑國母阿，講真珠旗彼陣取著假的，犯罪阿，伊講：「這啥物通好犯罪？真珠旗假的擱去取阿，擱取真的轉—來阿。」按呢阿，奏按呢阿。阿伊國母講一句較贏別人講幾若句，阿毋才擱去取，去取著真的。

擱去取一擺，取一擺您某佮伊去。阿彼上頭—仔彼報路的，共人報毋對路，報去八寶公主遐去阿，阿報毋對路走去遐去阿，阿人彼是報去取旗，西涼抑啥貨，人彼是愛報對遐去，講共人報遐去，毋才予八寶公主共伊掠去，阿掠去看狄青婧，共伊求親，阿tsuân-a蹛遐予伊招親，予伊招親毋才去得著彼個，阿彼個八寶公主武藝誠勥，兩個囝，一個狄龍一個狄虎。這擺擱去取取真的矣，阿才去取取著真的阿轉—來講，功勞真大。

狄青家遭遇水災，他被大水沖走，有人救他才沒死。日後狄青去京城看有沒有官可以作。去到萬花樓吃酒，奸臣要欺負他；狄青有武藝、一個人可以打好幾個，被打的人摔到萬花樓樓下。奸臣心有不甘，就要來害他。

狄青大鬧萬花樓，是奸臣所害，包公就得審理，經過審理知道誰是誰非，包公就去救狄青。

狄青的姑姑狄千金因為養育皇帝是國母。以前她在狄青家時，和狄青各有一隻玉鴛鴦作紀念，日後二人相見，靠玉鴛鴦相認。就在兩人快要相見前，狄千金做了一個夢，夢見牙齒流血；別人幫她解夢，意思是說她快要和親人相見。兩人見面時拿出一對玉鴛鴦，一公一母，一模一樣，證實狄青是她的姪子。兩人是在水災時失散了，變得不認得彼此。

有一次比武，皇帝當裁判人。狄青要跟王天化比武，狄千金阻擋狄青，狄青不聽。狄千金只好借太祖趙匡胤金身上的金盔、金鎧給狄青穿，別人就不敢殺他。狄青跟王天化比武，王天化上奏：「他穿金盔、金鎧別人就不敢殺他，這樣別人一定輸、他一定贏的。」狄青也不愛穿，就脫下金盔、金鎧不穿，跟他比武。

比武時，沒有人要為狄青作保。王天化身材高大，狄青身形較小，奸臣們正得意著王天化跟狄青比武一定贏。狄青雖然武藝高強，懂得比武，但大家怕萬一狄青打輸了，作保的人會受到狄青的姑姑狄太后責罪，所以大家都不敢幫狄青作保，就連包公也不敢幫他保，駙馬石玉也不敢幫他作保。之後是石玉認為狄青一定會贏，就幫他作保，狄青才跟王天化比武，王天化被狄青殺死。

奸臣又上奏說狄青殺死王天化，皇帝就說：「你們大家都有寫軍令狀，就是不賠命的，現在還想討命！」這事就算了，沒有再責備狄青。不然那些奸臣不認輸，本來他們都認為王天化人長得高大，應該能夠輕易打贏個子小的狄青。

皇帝派狄青、石玉、飛山虎劉慶等人組成五虎將，去西寮國取可以滅火的真珠旗。西寮國是番人國，最會作怪，給狄青一支假的旗子，奸臣把旗子拿去燒、被火燒掉了，大家才知道這不是真的真珠旗。因為狄青取到假旗子，奸臣上奏說要抓狄青去砍頭。狄千金保護狄青，說：「這那有犯罪？取到假的真珠旗，就再去取就好了。」她講一句勝過別人講好幾句，所以狄青才又去取真珠旗。

狄青再去時，路上有人報錯方向，他跑到西涼八寶公主那裡去，狄青就被她抓去，公主看狄青長的好看向他求親，狄青被招親後，兩人生下二子狄龍、狄虎，又去取真珠旗。這次狄青的妻子八寶公主也一起去，八寶公主武藝高強，倆人取到真的真珠旗回來，幫助狄青建立了大功勞。

採錄日期：二〇〇七年七月八日、二〇〇七年七月二十二日
說　明：本故事採錄文本內容依二〇〇七年七月八日賴王色所述為主。

山伯英台

奴才仔銀心仔，佮銀心去讀冊，阿銀心麼共假查甫的做奴才，做伊的奴才，阿英台妝查甫的，阿銀心嘛妝查甫的，逐家去杭州讀冊，讀三年。人彼佮四九仔，阿九仔、伊的奴才仔，和奴才仔擔行李阿。和奴才仔去，奴才號做阿九仔、四九。英台卜去讀冊，阿山伯嘛卜去讀冊，半路相抵，伊也卜去讀冊、伊也卜去讀冊，躡路裡仝陣阿，換帖阿、結拜。彼查某假做查甫的，佮伊換帖矣，換帖去讀冊讀三年，同睏、同食。

阿而尾仔知影耳，去求親，卜共伊求親，英台是約伊講，三七四六來，叫伊十工阿，彼是講十工，阿伊聽做一個月。傷慢去就去予貓仔馬俊事先求去，貓仔馬俊佇咧學校伊就知影伊是查某—的，人伊做先行去求親，他老爸爾爾想講，這馬文才伊擱錢有勢有，誠有錢就對啦，阿嫁按呢生、就會使咧，算講門當戶對就會使，阿去允—伊。

阿毋才會病相思，山伯才會病相思，去求親求無，轉—來病相思，阿病死。阿病死，英台卜嫁爾爾，講到半路仔彼個，講叫伊講若卜埋就埋放彼個位號做啥，tsuânn-a用青石做墓牌，埋躡彼大路邊。阿這馬轎扛對遐去，看著爾爾，通好落去拜墓，去墓仔共伊拜，彼真的墓仔按呢開—開，阿人鑽—入—去，阿二隻蝶仔出—來。阿去掘墓掘著二塊枋，掘無阿，見面叫人去掘，講藏咧，敢若講，鑽去墓仔底落，真的去掘墓掘無，掘著二塊枋寫：山伯、英台。阿二隻蝶仔就

飛去頂懸去矣，直直飛去矣、飛去天頂去矣，彼攏嘛天星來出世。

英台女扮男裝去讀書，婢女銀心也女扮男裝成奴才一起去。半路上遇到也要去讀書的山伯，和幫忙挑行李的奴才四九，四人一同上路。英台、山伯結拜為兄弟，一同去杭州讀書讀了三年，這當中他們一起生活。之後山伯知道英台是女的，就要向她求親。英台約他三七四六來[5]，叫他十天後來求親，可是山伯以為是一個月的意思。

山伯太晚去求親，就被麻臉馬文才搶先提親。麻臉馬文才在學校就知道英台是女生，他先去英台家求親。英台的父親心想，馬文才有錢、有勢，兩家算是門當戶對，就答應把英台嫁給他。

山伯求親不成，回到家相思成病死了。山伯病死後，英台要人用青石作墓碑，埋在大路邊。英台出嫁時，花轎到半路經過山伯的墓，英台下轎去祭拜山伯，墓就打開來，英台鑽進去，變成兩隻蝴蝶飛出來。馬文才就叫人去挖墓，只挖到兩塊板子，上面寫著山伯、英台。兩隻蝴蝶飛到天上去了，一直飛、一直飛。山伯跟英台都是星宿來轉世。

採錄日期：二〇〇七年七月八日、二〇〇七年十二月十三日

說　明：本故事採錄文本內容依二〇〇七年七月八日賴王色所述為主。

5 賴氏所述英台與山伯約「三七四六來」，而山伯誤解為「一個月」，此情節與劉南芳編劇〈山伯英台〉第六場「樓台相送」中相較：「……（都馬調）山伯：『你因何不向令堂實稟，杭州早有意中人，（拿起書信）二八三七四六定，你親手所寫可為憑。』英台：『批信是我親手寫，是我親身來允親成，二八三七四六定，這只是十天，那知影十天既過，不見梁兄！』山伯：『（口白）原本這是十天，我以為是一個月。』收錄於曾永義主持：《歌仔戲劇本整理計劃報告書（第一冊）》（臺北：行政院文化建設委員會，一九九五年十二月），頁二五二。得知賴氏對該情節之敘述是有所遺漏。

貍貓換太子

皇帝大某細姨啦，亦有西宮、亦有正宮啦。兩個大腹肚，若啥人事先生，生著查甫的，彼個就是太子啦，彼個就大某矣，亦若倒尾生、生查某彼個，彼就毋是太子矣，彼就細姨仔，就毋是大某。

大家軍令師韓琦阿，韓琦就是包公的軍師，彼韓琦寫，一人寫一個羅帕，一人一塊，按呢憑準，寫憑準。羅帕啦，一人寫一張標準講，誰先生、生著太子，生著查甫的，彼個就卜後擺做皇帝按呢，彼個皇帝的額。

彼個李宸妃去生著查甫的啦，阿生著查甫的，彼個細姨仔彼個，彼個西宮就共伊害，佮彼個內監彼奴才仔用計，彼號做郭槐阿，佮彼個郭槐用計講：「這馬生著太子，你就無地位矣啦，彼大某生著太子你無地位矣啦。阿彼若無共害予死夠，你無地位矣啦。」

阿就去叫彼生囝婆來，人生囝婆毋敢咧阿，共伊恐嚇，講：「你若毋做嘛是愛死，卜做你嘛是愛死。」按呢。阿彼個抾鳥，彼個生囝婆仔爾爾，就毋敢講，就tshut在伊去。按呢創彼狸貓換太子，狸貓，去共伊剝皮有無，阿剝剝咧講是伊李宸妃生—的，阿生這個妖魔鬼怪，按呢共伊犯罪矣。

阿叫彼個寇珠，寇珠就是內底的查某嫺仔，算講皇帝娘的身邊的查某嫺仔，叫彼個查某嫺仔講著共伊掠去擲落去金水池，予伊死按呢。阿彼查某嫺仔毋嘛袂煞，彼個算講忠的，毋嘛袂煞，而尾仔阿就共伊tshuā、抱去卜擲咧金水池，去拄著彼個陳琳，陳琳原也是內監，彼皇帝娘的身邊使用的。去抵著彼個，阿彼個原也忠的，阿忠的兩個用計講，這太子無共救袂使，袂使共伊害死就對，就愛共伊救。

阿救，就愛祕密呢。陳琳是得卜採花，得卜挽仙桃，得卜共彼個做生日，彼個八賢王著卜做生日，趙德風八賢王就是佮皇帝兄弟仔。八賢王伊卜做生日，阿叫伊去挽仙桃佮挽花卜做生日，阿有一跤敢若講，包胎的籃按呢，阿tsuânn-a

共救囝咧籃仔底，夠彼偌危險呢！彼龍子，奸臣仔共伊搜，前次予伊搜著，講無哭，若哭就漏氣，阿共伊掀啦，掀就是一寡花啦、水蜜桃啦，阿無予伊搜著，阿就喔！誠險矣！彼生成有遐的鬼仔咧共伊保護，毋才會無看見。tsuânn-a共伊救去予彼個八賢王晟，阿八賢王生一個囝原也查甫的，彼個報講雙生就對。阿予彼個八賢王怹某，彼個號做狄千金，阿tsuânn-a報雙生，阿蹛遐飼。飼到六、七歲的時，彼個老母予人禁咧冷宮，強卜予人害死矣，阿陳琳才tshuā伊去看，去看怹娘嬭。阿彼就袂使共伊表現講是伊的娘嬭，講是千焦講，原也是皇帝的某，母后原也叫母后就對，阿講問伊講：「你按怎予人掠來禁咧冷宮？」阿伊就講：「我幾年前喔，鬼迷迷矣，生囝生一個敢若講妖魔鬼怪。」阿皇帝共伊責罪，卜處伊死，叫伊就愛蹛咧冷宮受苦。

阿這馬彼奸臣仔夠，彼個號做劉妃，劉妃佮彼個郭槐，三更時分，彼個冷宮卜來放火燒，要去燒彼個李宸妃乎伊死，阿毋過人彼個正宮呢，皇帝娘正宮呢，哪會使死，仙共伊救，救出去外口去，冷宮有燒—去，阿彼個予仙共伊救起外口去，彼個無死啦，彼個皇帝娘無死。阿救咧外口，彼目睭，仙共伊創予目睭青盲，一個敢若老婆—仔咧，無正宮算講誠婧阿，才袂予人凌遲、才袂予人共伊強姦。

共救咧外口，拄著這賣菜義仔，賣菜義仔號做范仲華，咧賣菜，阿賣菜，在那咧叫老母，阿伊講煞共伊應，應話：「囝—的。」講共叫囝，阿共伊叫老母。「阿你這個查某人誠gâu偏人，阿我咧叫阮老母阿你共我應。」「對阿，阿我叫囝你就咧共我應。」「按呢前次是母仔囝，該救你做老母。」chhōaā怹兜去飼、去生活，彼算講艱苦人，彼個賣菜義仔原也是艱苦人，阿救去怹遐去，去生活。阿飼到十幾歲，怹彼個囝就做皇帝矣，彼久才出破。

皇帝的後宮有西宮、東宮，二人同時懷孕，先產下男孩的就是太子，太子的母親就是大老婆；之後生的男孩或是生女的就不是太子，母親就是小老婆。包公的軍師韓琦讓東、西宮一人寫一塊布作為憑據，太子就是以後的皇帝。

李宸妃產下男嬰。內監奴才郭槐告訴西宮說：「現在東宮生了太子，如果沒把她害死、你會沒地位。」西宮劉妃就讓內監奴才郭槐去害李宸妃。郭槐叫產婆來，產婆不敢害人，郭槐恐嚇她說：「無論你做不做都得死。」產婆就不敢說話，任由他做。郭槐用剝皮狸貓假裝是李宸妃生的妖魔鬼怪，誣陷李宸妃犯了罪。

郭槐叫李宸妃身邊的女婢寇珠，把太子丟到金水池，要淹死他，女婢不能勸阻，就把太子抱到金水池邊，遇到內監陳琳，兩人忠誠，知道不能害太子，就想辦法要救太子。

陳琳因為要採花、摘仙桃給皇帝的兄弟八賢王趙德風過生日，手裡正好拿一個籃子，就把太子放到籃子裡。奸臣來搜籃子時，因為太子是以後的皇帝，自然就有神鬼幫忙遮住奸臣的眼睛，奸臣看到的都是一些花、水蜜桃。太子都沒有哭，如果哭了事情就洩露了，所以沒讓奸臣搜到。太子被救去送給八賢王，剛好八賢王與妻子狄千金生一個男孩，於是宣稱他們生雙胞胎。太子六、七歲時，李宸妃因為被關在冷宮快被害死，陳琳帶他去看親娘，但又不能對太子表示這人就是他親生的娘，只跟太子說她一樣是皇帝的妻子，一樣要叫她母后。太子問李宸妃：「你為什麼被人抓來關在冷宮？」

她說：「我幾年前被鬼迷了，生個孩子像妖魔鬼怪。」皇帝責罰她，要處死她，要她在冷宮受苦。

之後奸臣劉妃跟郭槐三更時分，放火要燒冷宮想把李宸妃燒死。冷宮被火燒了，神仙把李宸妃救到宮外。因為李宸妃長得很漂亮，神仙把她的眼睛弄瞎，看起來像個老太婆一樣，這樣才不會被人凌遲、強姦。

李宸妃被救到外面後遇到賣菜義仔，賣菜義仔叫做范仲華。范仲華賣菜時在叫母親，李宸妃回應他：「孩子」。

採自徐麗紗、林良哲著：《從日治時期唱片看臺灣歌仔戲（中冊）》，頁八六。

圖十六　〈李臣妃困瑤〉唱片

賣菜義說：「你這個女人很會佔人便宜，我在叫我母親，你還回應我。」

李宸妃說：「對啊，我叫孩子你也回應我」。

賣菜義說：「這樣剛才不是亂講，是該救你當老母」。

賣菜義仔是困苦人，他把李宸妃帶回家當老母一樣奉養。十幾年後，李宸妃的親生兒子當皇帝了，那時事情才被揭穿。

採錄日期：二〇〇七年七月二十二日、二〇〇七年十月十四日

說　明：本故事採錄文本內容依二〇〇七年七月二十二日賴王色所述為主。

包公審郭槐

掠帽風阿，彼個范仲華喔賣菜、賣菜，賣佇遐過，阿算講仙共伊，彼個彼掠帽風，敢若像調單，敢若講共伊飛去賣菜義仔的籠仔底，阿講彼掠帽風，講彼是帽風，阿共伊掠起來，阿掠去，包公講：「你有做歹事情喔，帽風，你做歹事情，愛刣頭。」，伊講：「無阿，我也無做歹事情。」阿講共伊拖去扑大板，扑扑咧，彼人彼tshuā去庄頭喔，彼總里喔，彼號攏來共伊保，講這個囡仔是孝子喔，專門趁錢咧飼老母，你絕對袂使kāng伊按呢。阿彼個包公忠的無，知影講包公審案就上明啊，彼包公賞伊兩兩銀，阿共伊扑尻川扑扑咧，總里共伊保耳，共伊釋去。講：「包大人，無我擱予你扑，擱予你扑幾下仔，你擱賞我的錢。」遐的銜仔就講：「這馬擱扑是加額的，無卜賞你的錢。」驚一下耳就走。

走就恁老母就問伊講：「阿你今仔日賣菜，遐早就轉—來矣，真有趁食，菜賣了了？」「hóo我賣菜，我這馬爾爾

佫好空咧。」他老母講：「是按怎好空？」「一個爾爾，講我是爾爾歹心卜害人，共我掠去卜責罪，阿我總里庄頭，大家共我保。」其實彼久伊猶毋知伊是包公，「hóo彼個大人喔，烏面的喔，佫好咧，擱提錢賞—我，提錢予我，講我孝子。」阿轉去共他老母講，他老母講：「阿彼個大人號做啥物名你知無？」「我煞袂記咧、煞袂記咧，我想覓、我想覓。包土豆仁啦。」伊講包土豆仁，「按這包大人你毋講？」「按呢對、對，包大人、包大人。」按呢伊就共彼講包大人。伊往過佇咧朝內，伊有去予伊簪花，伊做官愛予正宮簪花、簪金花。

伊講：「你叫伊來，來咱兜，講我有冤情卜共伊控告，卜有冤情卜對伊講，講十六年前的冤情。」阿伊講：「我毋敢喔，誠歹喔，我毋敢，我這馬去會擱去予伊扑。」伊講：「袂，你共伊講恁老母講，講阮老母講—的，叫你來去阮兜，伊卜共冤情，卜共你講。」彼包公知影講彼有啥物大事情就對，伊會曉，做官會曉測意，阿就卜去。

「阮老母講你袂使坐轎喔，袂使騎馬喔，你若騎馬、坐轎，對阮娘就真失禮矣。」，hóo按呢，彼包公更加講，知影講彼毋是小可的人，敢講這款的，阿好大家和這的衙仔大家攏行路去，阿去講：「阮母仔講叫你講，阮這厝夠，低低仔破厝仔，阮艱苦人破厝仔，叫你講著爬入—去阿，無你會去硞著。」頭一個爾就去硞著，硞著門khiàng。「大人阿誠失禮，阮老母就叫你用爬的入—來啦，彼低低仔無用爬的入—來袂當入—去破窯。」阿爬入—去毋才共伊講阿，講較早的事情，共講予伊聽，喔伊講：「就是娘娘才會講甲遮爾大牌，就是娘娘。」阿而尾仔毋才包公轉—去。

彼個上頭，賣菜義仔就共伊講：「這擺夠，較早皇帝是彼個舊皇帝喔，彼個老皇帝，阿老皇帝死。」阿老皇帝死就哭，哭講爾爾，伊冤仇無報矣，老皇帝死無報，這馬共伊講：「這馬擱換一個新皇帝。」伊講：「換一個新皇帝是啥物新皇帝？」「彼老王個囝阿，老王個囝新皇帝。」阿就歡喜笑起來，伊講：「阿母你實在痟痟諾，我事先共你講你就哭，阿這馬共你講彼新皇帝，阿你就歡喜就笑。」伊講：「阿你毋知啦，你毋知影我的事情。」

阿而尾仔包公轉來到朝內，轉來到皇帝遐，皇帝這馬就換他囝矣，他囝彼自予彼八賢王飼。阿伊這馬擱無囝，彼個劉妃生一個查某去假做查甫，卜準做太子，要來占太子，猶人咧做天咧看，幌韆鞦去幌一下跋倒死，阿死矣就攏無太子矣，阿無彼烏面太子。

阿而尾仔爾爾，包公來矣奏皇帝，講：「你實在真不孝。」伊講：「我按怎不孝？」講：「你放一個老母喔，囥踮彼破窯，去予一個艱苦囝飼按呢。」伊講：「哪有這條理由？」卜共伊責罪，伊講：「免趕緊共我責罪，後擺你就知影。」伊才講予伊聽，講按怎按怎，講：「哪有這條理由？阿我就八賢王生的，八賢王的囝，哪是有一個老母？」阿伊講就是原因按怎按怎，講予伊聽，李宸妃就共伊講了了矣，共彼包公講了了矣，阿包公共皇帝按呢講，阿而尾仔才大家去請，卜請皇帝娘轉—來喔，去請，大家喔迎甲誠鬧熱，卜共伊請轉來。

阿請轉來彼久，阿今事情破矣，阿破撼彼個郭槐，郭槐毋承認，毋承認講伊做案的，阿毋承認袂煞，毋承認彼郭槐就家己講：「我除非就死咧陰間。」伊才有認，阿才假陰堂，假陰堂阿做彼號閻羅王，阿做彼個寇珠卜來，假的就對，假寇珠的陰魂，卜來揣伊討命。寇珠就去予伊撼—死矣，去予彼個陳琳共撼—死矣，伊驚伊出破，驚伊講撼一下袂擋驚伊講，事情驚伊講出—來，講出—來太子危險。伊講：「你有盡忠—無？」伊講：「我有盡忠，我做到澈底命令。」伊講：「若盡忠不怕死。」「對，我盡忠不怕死，怕死毋是盡忠人。」按呢好矣，就一下就共伊掮落去耳，就死翹翹矣。驚伊講出—來，彼撼甲一下疼強卜講出—來呢，共伊撼了要死，強撼死，彼個寇珠實在無啥si，予伊撼甲強卜死。

阿而尾仔假陰堂阿，假寇珠卜來揣伊討命。講伊爾爾，予彼奸臣仔，偏妃奸臣仔佮彼個郭槐害死，阿假陰堂，而尾仔認嘛，無卜共伊刑、無共伊按怎，阿無認袂煞呢，阿而尾仔認出—來大家就變做陽間矣，假的啦。郭槐家己知影毋對，講是去予伊設計去，講認彼張講叫伊提予我看，提予伊看，伊卜共伊提去，卜共伊脫去就對了，就無證無據。阿提一張假的予伊看，彼張假的搓搓咧吞去腹肚底，阿彼張真的在，彼包公厲害，無前預防伊，「我提予你，你無知影卜變啥物旨，我提張仔假的予你。」阿就彼張真的證明，碎屍萬段，掠去剝皮袋粗糠。

按呢笑死矣，人伊好死，阿無艱苦死，家己直笑，那笑那哈哈，哈哈哈笑，按呢生。

阿彼寇珠盡忠，陳琳盡忠，阿而尾仔耳知影皇帝耳，起一間忠臣廟阿，予他兩個阿，予他兩個蹛忠臣廟。

仙用一陣風吹落包公的帽子，要讓包公知道李宸妃的事。包公命令抓用風吹落他帽子的人，剛好范仲華賣菜路過，抓人的通緝令飛到賣菜義仔的桶子裡，他就被抓去見包公。包公問他：「你有做壞事嗎？你用落帽風，作壞事要殺頭」。

范仲華說：「沒有啊，我又沒有做壞事。」范仲華不認罪，因此被包公打屁股。

庄頭的人都來為范仲華作保，說：「這個孩子是孝子，賺錢養母親，你不能冤枉他。」

包公聽了賞范仲華二兩銀子，讓莊人保他回去。

范仲華一想被打可以拿銀子，就說：「包大人我再讓你多打幾下，你再賞我一些錢。」

衙役說：「現在再打是多打的，不再賞你錢。」范仲華嚇得跑掉了。

范仲華回去後，李宸妃問他：「你今天賣菜這麼早回來，賺很多，菜都賣完了嗎？」

范仲華：「我今天遇到好事。」

李宸妃：「是怎樣的好事？」

范仲華：「有一個大人說我壞心要害人，把我抓去責罪，村裡的人幫我作保。那位大人，黑臉的，人很好，還賞我錢，稱我是孝子。」

李宸妃：「那個大人叫什麼名字你知道嗎？」

范仲華：「我竟然忘記了、忘記了，我想看看、我想看看，包土豆仁啦。」

李宸妃：「是不是包大人？。」

范仲華：「對、對，包大人、包大人。」

以前李宸妃在皇宮時，包公受過皇后為他插金花。

李宸妃：「你叫他來我們家，說我有冤情，要向他講十六年前的冤情。」

范仲華：「我不敢，他很兇。我現在去又會被打。」
李宸妃：「不會，你跟他說是母親說的，母親要你來我家，她有冤情要跟你講。」
包公是當官的人，一聽就知道是什麼大事情，當官的人會猜測。
范仲華跟包公說：「我母親說你不能坐轎、不能騎馬，你如果騎馬、坐轎對我娘就失禮了。」
他這樣說包公更加確定對方不是簡單人物，才敢說這種話。
大家走路去到范仲華家時，走在前頭的人就撞到門楣。
范仲華說：「大人真失禮，我母親說我們這間房子是艱苦人住的，矮矮的破房子，叫你要爬進去，不然你會撞到頭。」
包公就爬進去屋裡，李宸妃講以前的事給他聽。
包公說：「原來是娘娘才會講得那麼威風。」
最初賣菜義跟李宸妃講：「以前那個舊皇帝死了。」
李宸妃一聽老皇帝死了就哭著說：「老皇帝死了，冤仇還沒有報。」
范仲華又講：「現在又換一個新皇帝。」
李宸妃：「換一個新皇帝，是什麼新皇帝？」
范仲華：「就是那老皇帝的兒子。」
李宸妃一聽老皇帝的兒子當新皇帝，就高興的笑起來。
范仲華：「母親，你實在是像瘋子一樣，我講舊皇帝死了你就哭，現在講新皇帝你又高興的笑。」
李宸妃：「你不知道我的事情。」

包公回到朝廷內就去見皇帝，皇帝就是李宸妃的親生兒子，他是被送去給八賢王養育。因為老皇帝沒有兒子，劉妃本來生了一個黑臉女孩，讓她假扮男生當太子。沒想到黑面太子卻因盪鞦韆摔死，後來就沒有太子了。

包公上奏皇帝說：「你實在是不孝。」

皇帝說：「我怎樣不孝？」

皇帝說：「你放一個老母住在破窯，讓一個艱苦孩子奉養。」

皇帝說：「那有這事情？」

皇帝就要責罰包公。

包公說：「不用急著責罰我，以後你就會知道。」

包公才把李宸妃的事情告訴皇帝。

皇帝說：「那有這事情。我是八賢王的兒子，怎麼還有別的母親？」

包公把原因告訴皇帝。

後來大家把皇太后迎回來，李宸妃回來後事情揭露了。包公用刑責打郭槐，郭槐不承認有做這樣的事，還說：「除非死了去到陰間才會認罪。」於是包公假裝升陰堂扮閻羅王，又派人假裝成寇珠的陰魂要來討命。

寇珠是被陳琳打死的，因為陳琳怕寇珠被打撐不住，會洩露事情，如果她講出實情太子就危險了。陳琳問寇珠：「你盡忠嗎？」

寇珠回答：「我盡忠。」

陳琳說：「盡忠就不怕死。」

寇珠說：「對，盡忠不怕死，怕死就不是盡忠的人。」

郭槐就對寇珠敲下去，寇珠就死翹翹。

包公的假陰堂上，寇珠要向郭槐討命。寇珠說自己是被偏妃和奸臣郭槐害死，郭槐才認罪。

郭槐認罪後才知道這陰堂是假的，遭到設計，就要求看認罪的證明，打算毀了證明，就無憑無據了。官府把認罪的紙拿給郭槐看，他把紙奪去搓一搓吞到肚子裡去。其實包公給他的是假的，他事先已經想到郭槐會搞鬼，就給他假證明。後來用那張真的證明，把郭槐抓去碎屍萬段、剝皮醃粗糠。

陳琳因為郭槐被判刑，高興的哈哈大笑，笑死了。皇帝知道寇珠和陳琳是忠臣，就蓋了一個忠臣廟供奉他們。

採錄日期：二〇〇七年七月二十二日、二〇〇七年十月十四日、二〇〇七年八月十八日

說　明：本故事採錄文本內容依二〇〇七年七月二十二日賴王色所述為主。

白蛇傳

許漢文，怹囝許夢蛟。阿白蛇彼就較早予許漢文怹的祖先救去，人卜共伊掠去扑、掠去撼—死，阿共伊救阿，錢共伊買、共伊救走，救走伊這馬卜來達恩阿，卜來共伊生囝傳後嗣阿，毋才會去變人，變人嫁予許漢文，愛許漢文阿，白蛇修行的阿，去予伊救修行阿，修行毋才會變做人形，彼青蛇就是伊的查某嫺仔。

烏蛇放毒，阿白蛇收毒阿，伊放毒是原也藥仔予人食會好，阿趁錢阿，彼錢趁誠濟開藥店，開藥店錢趁誠濟，彼是

怹某敢若講幫助的。青蛇就放毒，像彼水頭共伊放毒，食落去大家嘛腹肚疼、嘛—破病，阿伊創藥仔予人食攏食好去，阿伊都共伊收毒嘛，阿食好去就直直趁錢、錢直直提來，人錢直直提來，大家破病講阿佗位的先生喔有夠勥喔，攏食伊的藥仔大家都食好去，阿大家嘛卜去揣伊，阿揣伊大家嘛有錢通好趁，趁到誠好額。

法海禪師知影耳，法海禪師知影講伊去害人的，阿就是講伊是蛇，叫伊講五日節創彼號雄黃予伊食，燒酒透雄黃阿，予伊食卜食一下酒醉，酒醉tsuân-a變做原形，去驚著許漢文，許漢文驚一下耳險阿死，白蛇才去取仙草來予伊食，阿食好去。

阿彼變做人身卜哪會知影伊是白蛇，看著白蛇遐爾大尾，喔！驚著嘛死。

彼loh法海禪師共伊講的，叫伊就去覕金山寺，毋通蹛咧厝咧，蛇會害人阿，會去予伊食去阿，按呢共講阿。阿伊都毋知影源頭伊是卜來報恩的，卜哪會共伊食？阿伊去共伊救踮金山寺毋予伊轉—來阿，白蛇起性地，起性地毋才會請水來淹金山寺。

彼法海禪師原仔法術真懸，阿水一下濟，淹到金山寺耳，一寡百姓都淹了了矣，厝都淹了了矣，淹死了了矣，毋才天廷敢若講，伊按呢犯罪袂使阿，法海禪師共創一個塔，去共伊掠去彼個塔底，掠去塔底關阿。阿關到怹囝，彼久大腹肚，大腹肚生囝，阿囝予許漢文怹阿姊飼阿，共伊晟彼個囡仔囝。許夢蛟晟到大漢做狀元，才知影講彼尾蛇是怹老母，才去拜塔，犯罪夠額、關夠額矣才放伊出—來按呢，放伊出—來阿仙界嘛無講佮伊做伙矣。

白蛇被人抓到差點被打死，許漢文的祖先用錢買下牠，把牠放走。白蛇後來去修行，想要生孩子為恩人傳後嗣報恩，牠就變成人形去愛許漢文。

白蛇的女婢青蛇在水源處放毒，讓大家喝了水肚子痛、生病。白蛇在許漢文的藥舖幫忙，開藥給人吃，醫好了這些人，因此大家都說：「那醫生有夠厲害，大家生病吃她的藥都好了。」所以都去找她看病。他們開的藥店賺很多錢，許漢文賺很多錢，都是受他老婆白蛇幫助的。

法海禪師知道實情，知道白蛇她去害人，就跟許漢文講他的妻子是蛇，要他在端午節用酒加雄黃讓她吃。白蛇喝了雄黃酒，醉倒現出原形，是一條大白蛇，差點嚇死許漢文，白蛇就去取仙草來給他吃，把他醫好了。

法海禪師跟許漢文說：「去躲在金山寺，不要待在家裡，蛇會害人，你會被牠吃掉。」法海禪師不知道白蛇是來報恩的，就把許漢文救到金山寺，不讓他回家。白蛇生氣所以用大水淹金山寺，一些百姓被淹死，房子也被淹光了。天廷以為白蛇犯了罪，就讓法術很高的法海禪師設一個塔，把白蛇關在塔底。白蛇那時懷孕就要生了，她產下一個兒子交給許漢文姐姐養育。白蛇的兒子叫許夢蛟，長大考中了狀元，知道那條蛇是他的母親就來拜塔。白蛇被關很久，責罰夠了被放出來，但未能位列仙班。

採錄日期：二〇〇七年十月十四日

十三號房

阿一個趁食查某坐火車仝車啦，阿一排就兩隻椅仔坐兩個嘛，按呢坐兩個嘛，遮一個猶遮一個，兩位嘛。阿坐落來彼個查某是趁食查某，阿彼個日本人喔去佮伊坐啦，坐做伙阿一人一位，仝列的啦。阿講話講了投機，阿提一張名片予伊，講伊蹛佇啥物所在、佗一位，十三號房就對啦，敢若講，意思講，伊若卜揣伊就會去揣伊按呢，彼個趁食查某，想卜趁錢。

阿彼個日本人講，轉—來耳，心肝直直想卜去揣彼個趁食查某，阿就去佮伊親啦。阿去佮伊親阿，有是講彼個趁食查某講卜予伊做某，阿伊講：「我也有某，也有兩個囝矣呢。」「對阿！阿你兩個囝擱一個某，按呢我卜那會使予你做某？」阿伊講，伊就毋敢，阿彼個趁食查某走路hiâu-tōa-tōa，強共伊戲弄啦，講：「抑無我予你做某，抑你遐的囝佮某卜按怎？」

阿伊心肝想講鼬，無阿我就共離緣按呢，阿離緣喔無打緊，毋是離緣耳呢，轉去刣死他某。阿咧共伊刣的時，騙彼兩個囡仔講叫伊去看戲，看電影，下昏電影真好看按呢，阿提錢予他，叫他去看電影，阿看電影伊彼兩個囡仔就暢到卜死矣，講：「hóo！爸下昏這好，講卜提錢予咱去看電影，按呢咱來去看電影。」卜騙他走，阿才卜刣死他老母，阿就共伊刣死他老母，阿一領衫血了了，阿去洗囥咧頂高架仔，驚會去予人看著，阿楔咧架仔頂密密，阿共伊刣，共伊lē做腳做腳、頭做頭，阿分軀身做分軀身，阿袋仔鼬，彼號旅行袋，敢若kha-báng，敢若彼號トランク的真大跤，阿共袋佇彼底阿，捆捆咧、捆捆咧，阿叫人共伊載去海—裡，填咧海—裡，港仔底落去，阿駛船仔去囥咧港仔、填佇咧港仔就對。

彼久，阿tah三輦仔車彼個，心肝底直直驚—起—來、直直驚—起—來，知影講彼穤物仔，阿直直驚—起—來、直直驚—起—來。阿就去剃頭間剃頭，阿跤手仔慄慄掣，剃頭仔講：「阿你是按怎哪會按呢跤手仔慄慄掣？」「無啦、無啦，我驚啦。我寒啦、我寒。」「阿你寒哪毋衫加穿幾—領？哪會咧寒、寒到按呢慄慄掣？」伊毋知影伊咧驚，伊共伊講伊是寒。

阿填落去港仔，今他囝若轉來揣無今卜按怎，阿就想阿，想講，卡按怎想想一個計策。阿他遐的囝看伊一下轉—來講：「阿爾爾阮かあちゃん咧？阿阮かあちゃん咧、かあちゃん佗位去？」「恁阿母轉去他外家厝矣。」伊講：「暗矣才轉去外家厝，阿哪毋日—時—仔轉—去，哪會暝—時—仔轉—去？」伊就講：「他遐有事情啦，臨時來叫伊轉—去就對。」阿tsuânn-a共伊騙—的按呢。

彼兩個囡仔就：「嗯？阿哪會無轉—來，抑無我來去阮阿媽遐看覓咧，看敢有去遐，到今無轉—來。」幾若工矣也

無轉—來。去他阿媽遐，他阿媽講：「無阿，恁老母抑無轉—來阿，恁かあちゃん抑無轉—來阿。」伊講：「敢怪，抑無阮爸とうさん講阮かあちゃん轉來遮，阿就叫阮去看戲阿，阿轉來看無講號做來咱遮，啥物有啥物事情講趕伊、叫伊就緊轉—去按呢。」伊講：「無。按呢害矣！按呢慘—矣！按呢恁媽媽喔穩慘—的。」阿就去報警。

阿而尾仔人咧釣魚仔，港邊釣魚仔，釣魚仔釣a去勾著嘛，去勾著彼個袋仔：「齁，今好空矣，哈哈，這個這重，這重偌大尾咧，這魚仔毋知偌大尾咧！」彼物仔落水喔，提起來攏較輕啦，抑若較上頂懸—起—來，就重矣啦。阿更有填石頭，驚會浮阿，驚會浮阿，原也有填石頭落去，較會沉。彼釣魚—的爾爾，講一下扑一下開喔，講看著死人啦，阿今害矣，去釣著死人，阿釣著死人去報警，報警察，警察來驗講：「阿這猶閣誠鮮，這近日的。」按呢。阿就去查，嘿按怎會彼號。

阿就是按呢報，阿大概，譬如講官廳愛出諭講阿誰人有失蹤的人按呢，海—裡一個屍首，叫人著來認，他囝就：「阿按呢慘矣，按呢一定咱媽媽，穩是—的。」他囝就逐去矣，逐去海邊一個看，真正是他老母按呢。阿他老母哪會按呢？按呢予人刣做腳做腳、猶頭做頭按呢，入咧彼個kha-báng底，阿報警，警察來去看，講按呢人害死，按呢是他老爸仔害死—的。

就去他遐搜，搜看有啥物證據。講一隻貓齁，彼原仔冤鬼咧報仇—的，一隻貓講，鼻著彼領衫的味，臭臊味，叫是魚仔，阿就直直iaunn、直直揣、直直抓，阿去鼻著阿，彼領衫去用腳共伊勾出—來，阿勾出—來才講：「阿這領就是阮誰人的衫。」按呢。按呢是去予他老爸仔害—死—的。

阿而尾仔他老爸仔犯罪，講啦，他老爸仔供彼個查某，阿供彼個查某：「我也無叫伊刣死他某阿，是伊家己講卜刣死阿，伊愛—我，卜娶我去做某阿，抑我毋阿，講你有某、有囝我無愛。伊去共伊害死，也毋是我叫伊害—死—的。」阿而尾仔他翁，煞著愛去予人關、愛犯罪，阿彼個查某也無事情阿。

一個日本人和一個妓女，坐同一列火車。日本人跟妓女坐在一起，講話講得很投機，妓女拿一張名片給他，說她住在某個地方的十三號房。妓女想賺錢，日本人想找她就會來。

日本人回到家，心裡一直想要去找那個妓女，就去跟她親近了。妓女想要作日本人的妻子，日本人說：「我有妻子、還有兩個孩子。」

妓女說：「對呀，你有兩個孩子還有妻子，我怎麼可以作你的妻子？」

日本人不敢娶她，這三八的妓女一直戲弄他說，「不然我作你妻子。可是你孩子和妻子要怎麼辦？」

日本人心想：「我跟她離婚好了！」

日本人不僅想離婚回去還殺死老婆。他先騙兩個孩子去看電影：「等一下的電影很好看。」就拿錢給他們去看電影。兩個孩子高興的很，說：「爸這麼好拿錢給我們去看電影，那我們就去看電影。」日本人騙他們離開後，殺死妻子，一件沾滿血的衣服塞在架子裡，塞得密密的，怕被人看到。他把屍體分屍成腳、頭、身體。裝在大的旅行袋裡面，綑一綑，叫人載去海邊要丟在海裡。

三輪車伕載著那個行李，踩三輪車時，因為知道那個是不好的東西，心裡非常害怕。車伕去剃頭店剃頭時，手腳還一直發抖。

「你是怎樣？怎麼會手腳一直發抖？」

「沒啦……，我怕啦…我…我…我冷啦。」

「冷為什麼衣服不多穿一點？冷到這樣發抖？」

車伕一直說自己冷，別人不知道他是因為害怕而發抖。

日本人將妻子丟在港裡，又想著兒子回來如果找不到母親怎麼辦？就想一個計策。兒子回來就問爸爸：「我媽媽呢？我媽媽去那裡了？」

爸爸：「你母親回娘家去。」

兒子：「晚上了才回去娘家？怎麼白天不回去，是晚上回去？」

爸爸：「她們那裡有事情啦，臨時來叫她回去就對了。」

過幾天，那兩個小孩就想：「怎麼還沒回來？我回去阿嬤那裡看看。看有沒有在那裡，怎麼好幾天了都沒回來？」

阿嬤：「沒有啊，你媽媽沒回來。」

兒子：「奇怪，爸爸叫我們去看戲，看戲回來，他說媽媽回來這，說是有什麼事情叫她趕快回來。」

阿嬤說：「沒有。那慘了，你媽媽一定慘了。」就去報警。

後來有人在港邊釣魚，釣竿勾到一個袋子，「這那麼重，這魚不知道有多大尾！」旅行袋裡因為放了石頭，所以變得比較重。釣魚的人一打開看到屍體就趕快去報警。

警察驗屍以後說：「這是近日才死的。」官廳就貼出告示看誰家有失蹤的人，海裡有個屍體，請人來認領。

兒子心想：「慘了，一定是我媽媽，一定是的。」

他跑去海邊一看，這屍體真的是他媽媽。媽媽怎麼會被殺成這樣？腳、頭、身體都被分屍，裝在包包裡。警察說：「這是被害死的。」就去他們家搜證據。

有一隻貓聞到衣服的腥味以為是魚，一直喵，還一直找、一直挖，那件衣服就被貓用腳勾出來，兒子一看這就是媽媽的衣服，就是被他爸爸害死的。

後來日本人供出那個妓女，妓女說：「我又沒叫他殺死他妻子，是他自己殺死她的。是他愛我、想要娶我作妻子，我不要呀。我說你有妻子、有孩子，我不要。是他去害死她，又不是我叫他去害死的。」最後，日本人被抓去關，但妓女被判無罪。

採錄日期：二〇〇七年十月十四日

孟姜女哭倒萬里長城

種花的所在夠，種兩蕊的花喔，兩蕊花一蕊蕾（ㄖ）的抑一蕊開的啦，阿去看，阿彼開的較婧，蕾的較標，阿彼蕊開的去予怹某插，彼蕊較婧講予怹某插，抑彼蕊蕾的去予怹老母插，彼秦始皇阿，秦始皇無道，阿彼秦始皇講彼蕊較婧予怹某插，抑彼蕊較標予怹老母插。阿彼蕊婧的開—開就直直卜謝去按呢夠，會謝去，謝去就標矣，抑彼蕊直直開、直直開，阿毋都哪婧矣，彼蕊蕾的哪婧。怹某直直標去、直直老—去、直直老—去，抑怹彼娘嬭，彼蕊爾爾，毋都蕾的，抑就直直開喔、直直開，阿開甲誠實耳，阿怹彼老母插直直婧起來、直直少年啦，阿誠少年啦，阿較婧愛怹老母做某。怹老母講：「阿我是恁老母按怎予你做某？」

「會啦，你這馬遮爾婧，你就無成老母矣。」

阿怹某標無愛怹某，阿愛怹老母。

伊講：「世間哪有按呢？哪有一個講老母也卜做某？無你若愛我做某夠，你這個日頭喔，照袂著阿，照人照袂著。」

講伊就卜予伊做某，講遐的無的嘛。卜按怎照袂著？彼天頂照叨位嘛照著，阿哪會有通會照袂著。而尾仔按呢講，若無講彼日頭遮起來夠，予人看袂著夠，伊絕對毋予伊做某，抑你著日頭遮會著，我就予你做某。

阿毋才去抾兵阿，三丁抽一、五抽二，五個查甫抽兩個啦，抑若三個抽一個啦，三丁抽一五抽二啦。阿抽抽去造彼個長城，阿卜按怎造會牢啦？疊甲遐懸，若有兩間厝懸就真懸矣，伊崩—落—來，工人晢死了了矣，阿晢死阿今，直直抽，抽甲孤單一個嘛著愛抽按呢。上頭仔是五個卜抽兩個，而尾仔三個抽一個，阿抽甲無當抽囉，孤單一個嘛抽。

阿就是彼個，孟姜女怹翁萬杞梁啦。阿這馬彼個萬杞梁直直走嘛，想卜避嘛，驚去予伊掠去，怹老母干焦彼個囝耳，阿驚去予伊掠去做軍夫，阿直直走，走去彼無人所到，彼號無人會到的位阿，去遐去閃阿，阿拄好彼個孟姜女怹厝蹛佇彼山頂埔頭。阿孟姜女佇彼個後花園喔，一欉樹仔誠懸，阿彼個萬杞梁走到遐，peh去樹仔頂去。彼孟姜女耳，佇遐彼樹仔跤彼個池仔，池仔底咧洗身軀阿，彼有水蹛遐咧洗身軀阿，去予伊看著矣，去予看彼水影，明明敢若有人阿，彼水影有人，阿去照著，一下看正實仔一個人佇彼頂，共伊叫落來，講：「我佇咧洗身軀你共我看，你犯罪，來去，來去見阮老爸，看你卜按怎佮我講。」

阿伊講：「毋通。」共伊姑情，講我就是因為按怎避來遮，「你毋通共我弄揚，我就驚人掠去。」按呢。

伊講：「無要緊，來去、來去見阮老爸。」

阿去見怹老爸，彼孟姜女咧愛嘛，愛彼個查甫仔萬杞梁，阿愛伊嘛。怹老爸掠著卜共伊責罪，叫怹老爸勿共伊責罪，講共伊抾來予伊做翁就對，來予伊招。

阿予伊招誰知影，較早伊一個表兄，孟姜女一個表兄，阿孟姜女媠嘛鵁，阿彼個表兄穤，阿穤，阿無愛，孟姜女無愛，阿伊彼個表兄強卜愛，抑伊無愛，阿無愛去得罪著伊，阿才知影講卜予萬杞梁做某，阿去報嘛，去共伊講。阿毋知影，佇咧深山林內毋知影呢。阿是彼個表兄去共伊報，報警察，阿警察就共伊掠去，掠去做軍夫矣，掠去造長城。

阿造長城嘛是擱崩—去，嘛是擱誓死矣，阿伊彼個孟姜女家己直直煩惱講，阿彼萬杞梁，敢若講彼造彼長城喔，大家有去有死—的，阿怹翁去這馬無定穩死—的矣。透暝做衫，做彼號寒衣阿，卜予怹翁穿阿。阿透暝做，阿毋知做幾工才做好，阿卜送寒衣去予怹翁穿。阿日趕暝趕，若日—時仔光光日—時仔直直行，家己直行，彼m̄知愛行幾個月行偌久咧，直直行，阿怹翁有聖，暝—時仔用予伊有火阿，變有火予伊看，阿伊就暝—時仔擱行，阿行行咧日—時擱行，暝—時仔擱行，阿行去到位，哭倒萬里城。

彼萬里長城倒去矣，阿倒去阿骨頭誠濟阿，行去到位今嘛毋知這骨頭遮濟喔，也有鮮的、亦有漚—的阿，也有骨頭、也有規身的按呢。阿嘛恁翁嘛佗一個嘛毋知阿。阿就土地公阿，變做一個老歲仔：「噯喲，你按呢卜來揣恁翁。」

伊講：「對，阿伯仔你共我講，你知影無，阮翁佗一個你知影無？」

伊講：「彼人遐濟卜哪會知影佗一個，我共你講啦，你就指頭仔咬破鰗，阿血承咧手底，阿點，若是恁翁，彼個血點會牢，若別人點袂牢。」按呢教伊。

阿伊就直直點喔，喔！逐個直直點、直直點，去點著恁翁矣，阿彼骨頭共伊抾。骨頭共伊抾，阿若抾，今遐遠卜按怎提？用衫仔裼phē阿，阿phē轉—去沿路哭，直直哭、直直哭，阿彼目屎滴咧胸前，阿直直哭目屎流咧胸前，流甲恁翁牽紅筋就得卜活起來。阿土地婆就講：「袂使予伊活，有死就無活。」按呢。

袂使擱活起來，活起來耳，阿人無死阿，後擺毋人食人，卜哪會使？阿土地婆，人拜土地公就無人拜土地婆阿，攏嘛就是因為按呢，才會土地婆無人愛拜，阿拜土地公。

阿土地公按呢共伊講—的，阿伊就創一跤袋仔來，講：「阿你喔卜轉去恁厝遐遠鰗，你用按呢phē喔歹行、行袂到啦，你著用袋仔袋，揹khng尻脊骿，毋才行會到。」

阿伊就：「有影就對，今我phē按呢，卜阿行？阿有法度通好行？阿用袋仔揹咧身軀喔，加偌扭掠、加偌好行。」

阿放落去卜袋咧彼個袋仔，散—去矣，無牽紅筋得卜活起來，阿散—去就袂活矣。袂活彼個孟姜女就講：「阿我按呢予你害，我按呢phē著hon，阮翁耳，卜活起來，筋牽甲淀淀淀、得卜活起來，阿你共我騙按呢，阿無今這馬，骨頭你著愛共我顧，我無愛提轉去矣。」

阿今這馬若死人毋才有彼號創墓仔擱一個土地公，有擱一個土地公邊仔，彼個土地公就是咧顧遐的骨頭，阿就是按呢。

秦始皇耳，卜愛彼個孟姜女做某。伊講，做某按呢，講條件，伊講：「你啥物條件？」

共您翁穿麻戴被啦，準做後生就對矣，哭老爸按呢啦，阿蹛遐咧哭老爸啦。阿條件講好矣，若好伊才卜予伊做某，無好毋予伊做某按呢，阿伊就「好，按呢好，猶閣有無？」

阿講起一個臺啦，懸懸啦，敢若共伊做功德就對，阿愛做孝男哭您翁老爸就對。阿這馬講照伊的心願按呢，阿創好耳，共伊做功德。阿做功德，做到好耳，伊phiang一下，共伊跳落去臺跤落去，跳死矣，彼卜自殺就對，伊若有通好講卜予伊做某，毋予伊做某去自殺，阿自殺死按呢。

秦始皇在花園看見兩朵花，一朵含苞的、一朵已經開花了。已經開的那一朵比較漂亮，另一朵含苞的比較醜。他就把那朵開得比較漂亮的花給妻子，含苞的花給母親。漂亮的那朵開花後一直謝掉，就變醜了；含苞的那朵花慢慢開了，就越來越漂亮。妻子就一直老去變醜。母親卻越來越漂亮、年輕，因此秦始皇想要母親作妻子。

母親說：「我是你母親怎麼作你妻子？」

秦始皇：「可以啦，你現在這麼漂亮，不像母親。」

秦始皇的妻子變醜，他就不愛妻子，而要母親作妻子。

母親說：「世間那有要母親作妻子的？你如果要我作妻子，要太陽照不到人，我才要作你的妻子。如果沒有把太陽遮起來、讓人看不到，絕對不作你的妻子。」

所以秦始皇才去徵兵，三丁抽一、五抽二。家裡有五個男丁就抽二個、如果有三個就抽一個。抽丁去造長城，但因為長城疊得很高常常崩塌，把工人都壓死了。只好一直抽兵，最後即使是家裡只有孤丁一個也要抽。

萬杞粱為了躲避抽丁一直跑，他母親只有他一個兒子，他怕被抓去當軍伕。他跑到無人的地方，就躲在孟姜女家在山上的房子。

孟姜女家的後花園有一棵樹很高，萬杞梁爬到樹上躲起來。孟姜女在樹下水池裡洗澡，她看到水影中有人。一抬頭看真的有個人在樹上，她就把萬杞梁叫下來。

孟姜女說：「你偷看我洗澡，跟我去見我父親。」

他向她請求，說：「不要，我是躲避徵兵才到這裡來，你不要張揚，我怕被人抓走。」

她說：「沒關係，先去見我爸。」二人就去見孟姜女的爸爸。

孟姜女喜歡萬杞梁，看到爸爸要責罪萬杞梁，就叫爸爸不要責罪他，把他招來作她的丈夫。

孟姜女有一個表哥，因為孟姜女長的漂亮、表哥長的醜；孟姜女不喜歡他，但表哥硬是喜歡她，孟姜女因此得罪表哥。當表哥知道孟姜女要嫁給萬杞梁時就去密報。萬杞梁原本躲在深山裡面不會被知道，是表哥報官來抓他。萬杞梁被抓去當軍伕造長城，長城崩掉就把他壓死。

孟姜女一直擔心丈夫，因為去造長城的人大都死了，她的丈夫說不定也死了。因此孟姜女連夜做寒衣，要送去給丈夫穿。

孟姜女日夜趕路，不知了走幾個月，她丈夫有靈暗中幫助她，晚上變出火光幫她照明，讓她晚上也可以繼續走。她白天走，晚上也走，走到萬里長城時，哭倒萬里長城。

萬里長城一倒掉現出很多骨頭。骨頭很多，有部分的骨頭、也有全身的。孟姜女不知道那些是丈夫的骨頭。這時土地公變成一個老人問她：「你要來找你丈夫？」

孟姜女：「對呀，阿伯你跟我講，你知道我丈夫是那一個嗎？」

老人：「人那麼多怎麼知道那一個？你就咬破指頭、把血滴在手掌裡，用血去點那骨頭。如果是妳丈夫的骨頭，那個血就點得住，如果是別人的就點不住。」土地公這樣教她。

孟姜女就一個一個點，點到她丈夫的骨頭時，把骨頭揀回去。因為路途很遠，孟姜女就用衣襟捧著骨頭走回去。她沿路走沿路哭，眼淚滴在萬杞梁的骨頭上。她的眼淚一直流，丈夫的骨頭和血管慢慢連接起來，就快要活過來。

土地婆說：「不能讓他活過來。人如果都不死以後不就人吃人，怎麼可以？」就是因為這樣，所以現在有人拜土地公、沒人拜土地婆。

土地公給了孟姜女一個袋子，告訴她：「你回家路那麼遠，這樣捧著骨頭難走，走不到啦，你要用袋子裝骨頭，背在背上才走得到家。」

孟姜女覺得土地公這話有道理。當她把骨頭放下來要裝在袋子裡時，骨頭散掉了，萬杞梁就不能復活了。孟姜女對土地公說：「你為什麼這樣害我？我捧著丈夫的骨頭走，血管已經連接得滿滿的，就快要活過來。你卻這樣騙我，現在你要幫我顧骨頭，我不要拿回去了。」所以現在墳墓旁邊都有土地公，就是在顧骨頭。

秦始皇要孟姜女作妻子，於是孟姜女跟他談條件。

秦始皇說：「什麼條件？」

孟姜女要秦始皇為丈夫披麻戴孝，作兒子哭父親。

秦始皇答應了，問她還有沒有別的條件？

孟姜女說：「建一座高臺，給萬杞梁作功德頌經。」

秦始皇依照她的心願做好高臺時，孟姜女就從高臺上跳下去，就這樣自殺死了。

採錄日期：二〇〇七年十月十四日

白面書生

彼就是講，佮他翁按呢講啦，講若死毋擱嫁別人啦，毋擱予別人做某，講彼大聲話。阿講共他翁按呢講，絕對無卜擱嫁按呢。

阿就一個白面書生，就是佮他翁好朋友啦，來共伊看嘛，死來共伊看。阿來共伊看講，來共伊看煞去愛著彼個白面書生，阿白面書生講敢若卜試伊的心肝，假腹肚疼，講腹肚誠疼。阿講阿今死矣，阿腹肚疼今卜食啥？藥仔予伊食、食也袂使，阿彼個人講，講彼號人的心肝阿，食人的心肝講就好，彼心肝講共伊煮煮食食咧就好去按呢。

阿伊彼個查某愛──伊嘛，阿想講他翁死──去，今都死──去矣，卜提他翁的心肝卜予伊食，講食心才會好，去剖伊的心肝予伊食。阿剖伊的心肝予伊食才講，這查某人有狗心肝，彼久一下愛他翁爾爾，講他翁若破病，得卜死矣講，伊若死毋擱嫁翁，無影無跡，阿試伊的心肝。

一個妻子跟病的快要死掉的丈夫講：「如果你死，我不再嫁別人，不再作別人的妻子。」有一個白面書生和她的丈夫是好朋友，白面書生來祭拜死掉的丈夫，寡婦愛上白面書生。白面書生其實是要試探寡婦的心，他假裝肚子很痛。寡婦拿藥給他吃也沒用，她問白面書生：「肚子痛要吃什麼才會好？」白面書生說：「吃了人的心肝就好，心肝煮一煮，吃了就好了。」寡婦因為已經愛上白面書生就說：「丈夫死了就死了。」就去割丈夫的心肝給白面書生吃。

採錄日期：二〇〇七年十月十四日

說　明：此則故事與明末馮夢龍《警世通言》中「莊子休鼓盆成大道」相類近。

殺子報[6]

他彼個老爸死嘛，老爸死，阿彼個查某無守寡，守袂牢啦，阿閣去愛一個契兄。愛一個契兄，伊去予怹彼個囝看著，阿看著阿驚會講撞破，毋才怹彼個契兄講：「阿按呢我這馬袂使來行，恁囝會撞破，咱兩個有罪矣。」按呢。

阿伊才去刣死怹囝，刀磨到按呢，磨到敢若講真利按呢，阿得卜刣怹囝，怹彼個囝看著耳，驚會出破。

阿講讀冊幾若工無去讀冊，阿先生想講：「這個囡仔誠乖，著毋捌歇睏，阿哪會幾若工無來讀冊？」阿就走來怹兜揣，講：「阿恁彼個囡仔按怎？阿哪會幾若工無來讀冊？」阿伊就共伊刣死共伊入咧甕仔底，阿甕仔擱埋咧土底矣、土腳，埋咧怹房間矣，房間伊挖空阿，阿甕仔共伊入落去、heh咧，埋咧he底，阿無人知影。

而尾仔，怹一個阿姊，原也一個阿姊啦，阿阿姊知影啦，阿姊無共伊刣抑查甫囡仔共伊刣，阿叫彼個阿姊講著袂使講喔，若講，講原也卜共刣死就對。

阿而尾仔耳官廳，而尾仔嘛是彼個阿姊講的，去oé，彼老師來揣無，阿揣無，彼阿姊嘛是共伊叫去問，彼阿姊講的，講埋囥咧房間底的土底，阿去鍬就正實有影，埋佇彼底。阿犯罪，彼兩個客兄仔犯罪，阿母刣怹囝，阿就殺子報。

6 此則故事又名〈通州奇案〉。見林茂賢主持：《歌仔戲重要詞彙編纂計畫》第二期報告書（宜蘭縣：國立傳統藝術中心，二〇〇二年十二月），頁二七七。〈殺子報〉文本流變與在台戲劇搬演盛況，參蔡欣欣：〈風行與箝禁：試論「殺子報」案的流播改編與在台演劇現象〉，《台灣學誌（創刊號）》（二〇一〇年四月），頁九九－一四二。

一個死了丈夫的寡婦守不住寡，愛上一個情夫，事情被兒子發現，二人擔心事情被戳破，情夫告訴寡婦：「我現在不能來你這，如果事情被你兒子揭發，我們會有罪。」寡婦就想把兒子殺了。

寡婦把刀子磨得很利了，把兒子殺死裝在甕裡，她在房間地上挖洞把甕埋進去。姐姐看見弟弟被殺，寡婦叫女兒不能講，如果講了就要殺死她。

被殺的兒子好幾天沒去讀書，老師心想：「這孩子很乖、不曾休假，怎麼好幾天沒來唸書？」就跑去他家找人，問說：「這孩子怎麼好幾天沒來讀書？」但老師也找不到。

後來姐姐被官廳叫去問話，才說出實情，說：「弟弟被埋在房間的地底下。」一去挖，真的埋在那裡，寡婦和她的情夫被判刑。

採錄日期：二〇〇七年十月十四日

愛吃雞的老師

彼號山頂雞，去他兜食雞肉食食咧，食食咧轉—去，來第二擺又卜閣來食，第三擺又卜閣來食。毋才會共伊變佮。

彼個老師枵鬼，彼個查某厲害。

閣再閣刣雞肉予伊食，hóu誠好空，見擺攏去他遐食飯攏有雞肉通好食，第三擺耳，就卜擱去他遐食。他厝他老母就共伊變鬼矣lioh。共伊變鬼講：「好阿！你這個老師遮枵鬼，我請你兩擺，了兩隻雞、刣兩隻雞去，阿你擱直直卜來共我食。我這馬若無共你變一个，我定定赴你，阿我卜今一個物件直直赴你？」

共伊講好、叫伊來，阿卜攢、卜予伊食。他老母就講，就家己就想講：「我來去買物仔來共伊騙，一擺予伊去漏氣，伊就後擺毋敢卜來食。」

阿講就買一塊餅，去共排躃彼廳的較壁邊，講排躃咧遐，阿毋都假鬼叫伊來食咧煮菜，刁工共伊拖喔，拖到過晝、過晝，猶閣佇遐咧khi-khi-khiak-khiak khi-khi-khiak-khiak。今下晝毋敢創到足豐沛。阿到這久這晝猶未卜叫伊食，講彼咧老師就阿腹肚過晝就枵，看來看去無通好食，看著一塊餅佇遐，彼塊餅講就共伊提去食。阿提去食，他彼老母就講，叫他彼個讀冊彼個囝講：「阿這個啥物人，阿這塊餅thāi會無去？」伊講伊嘛毋知，「阿彼塊餅夠包鳥鼠藥仔得卜毒（thāu）鳥鼠，你去共我四界壁角、壁邊共我揣看，揣看有死佇咧壁腳、壁邊—無，彼若無清出—來，後擺若生湯臭—去矣，臭kānn-kānn無人敢鼻。」

他彼個讀冊彼號：「無啦，我四界揣就揣無，也無鳥鼠阿，無鳥鼠死—去矣。」伊講：「按呢害矣！毋知tshuā去佗位仔，tshuā死去佗位仔，按呢穩死—去矣，彼塊餅擱也揣也無矣，阿無也揣無鳥鼠。」

阿講直直揣、就直直共他彼個囝講：「緊！扑拚揣啦！揣看有—無啦，無這馬夠，死踮壁邊耳，阿若清無著會臭—死，規間臭kānn-kānn。」

彼個就佇咧著急，想講彼塊餅是我食去，阿講是卜毒鳥鼠—的，講就直直躃遐哀腹肚疼，假鬼伊神經感覺，感覺講伊有食彼塊餅就腹肚咧疼。

喔直直滓喔，家己腹肚直直滓喔，那滓那滓那疼那滓那疼，阿就叫他彼學生仔講：「阿我腹肚誠疼，你有啥物藥仔予我食？」

彼個囡仔就：「無啦，無啥物藥仔，藥仔著愛去長庚買才有，阿無厝內無藥仔。阿你是按怎腹肚疼？」

照實共伊講，講：「我就食彼塊餅tsuân腹肚疼，彼塊餅講包鳥鼠藥仔。」

阿他彼個老母就：「夠！中計矣、中計矣，幹恁老母。」

阿實在就無影講包鳥鼠藥仔，騙—伊—的就對，直直叫他彼個囝：「閣去揣，共我揣較工夫咧，無彼隻鳥鼠一定死—去矣，一定食著鳥鼠藥仔死—去矣。」

那講擱那疼，喔腹肚疼到用渫矣，按呢誠疼，阿誠疼，而尾仔卜創治—伊矣。而尾仔順紲共騙一擺共伊刁古董，騙一擺就講：「無啦，彼塊餅無摻鳥鼠藥仔。」「hann？有影？無摻鳥鼠藥仔。阿按呢該哉該哉，我叫是有影摻鳥鼠藥仔，阿今食著鳥鼠藥仔就一定愛腹肚疼—的，愛死矣。」

伊講：「無阿，無摻。好啦，老師猶閣會疼？」「小可仔啦，倩小可仔啦，若好、若好，小可仔。」家己神經感覺，感覺講食著彼塊餅就腹肚疼直卜死矣。

阿而尾仔耳彼號tsuân-a腹肚疼好去，阿共伊講：「無影啦！彼塊餅無啦，無鳥鼠藥仔啦，彼鳥鼠藥仔較早矣，khah早創乎鳥鼠死—去矣，無矣，今無鳥鼠矣。」

阿做一下快活—起—來，講：「阿按呢該哉該哉，按呢無免死矣。」轉去，後擺閣連敢講卜去他彼食都毋敢。

有個老師很貪吃，想要吃學生家養的雞，因為學生家住鄉下，家裡有養土雞。老師就跟這學生說要到他家吃飯，學生說：「我回去跟家人講。」學生回家跟媽媽說：「老師說要來我們家吃午餐。」學生媽媽說：「好啊。」因為鄉下的雞都是自己養的，學生媽媽就殺了一隻雞請老師吃。

老師因為沒吃過那麼好吃的雞肉，吃過後又跟學生說要去他家吃飯，學生媽媽又準備雞肉給老師吃。老師每次去都有雞吃，所以第三次又說要去學生家吃飯，學生媽媽開始不高興就作弄他。學生媽媽說：「好啊，你這老師這麼貪吃，我已經請你吃兩隻雞了，你還一直要來吃雞。我如果不捉弄你一次，我那來那麼多雞給你吃？」就告訴兒子：「跟老師說好，叫他來我準備給他吃。」

學生媽媽心想：「我來買東西騙他，這一次讓他出糗，他以後就不敢來吃。」

學生媽媽買了一塊餅放在牆角落就去煮菜，她故意拖延超過中午吃飯時間，廚房發出「khi-khi-khiak-khiak」的聲音。老師一聽這聲音，心想今天午餐一定很豐盛。但是過了午餐時間都還沒人叫他吃飯，老師肚子餓了，看到牆角落有一塊餅就把餅吃掉了。

學生媽媽問兒子：「餅怎麼不見了？」

兒子說：「我也不知道」

媽媽說：「餅裡面包著老鼠藥是要毒老鼠用的，你快去牆角落找找看有沒有老鼠死掉。如果沒把死老鼠找出來，以後屋裡會臭氣衝天沒人受得了。」

兒子說：「沒有啊，我到處都沒找到老鼠，也沒有死老鼠。」

媽媽說：「這樣糟了，老鼠不知道跑那去了？一定是被毒死了，餅不見了、也找不到老鼠。」

媽媽一直找，還一直對兒子說：「快！努力找！找看看。這老鼠如果死了，死在角落裡，沒清乾淨的話，整間屋子會很臭。」

老師一聽就很著急，心想：「那塊餅就是我吃的，竟然是要毒老鼠的。」老師開始喊肚子痛，他邊搓肚子邊喊痛。

老師跟學生說：「我肚子很痛，你家有沒有什麼藥可以給我吃？」

學生說：「家裡沒有藥，要去長庚[7]買才有。老師怎麼會肚子痛？」

老師才老實的說：「我就是吃那塊包老鼠藥的餅才肚子痛的。」

媽媽心想：「中計了、中計了，幹你老母。」又對兒子說：「再去仔細找看看，那隻老鼠吃了老鼠藥一定死了。」

---

7 此處講述者提及「長庚」，是指其日常生活中前往看病的「長庚醫院」。可見講述者明顯地對故事加工。

老師一聽就覺得肚子更痛了。

後來學生媽媽不再捉弄老師，跟他說實話：「那塊餅沒有放老鼠藥。」

老師說：「真的嗎？沒放老鼠藥？還好、還好，不然我吃了放老鼠藥的餅，一定會肚子痛、會死。」

媽媽說：「沒啊，沒放老鼠藥。老師，肚子還會痛嗎？」

老師說：「還好，慢慢的不痛了。」

等老師肚子不痛了，媽媽跟老師說：「那塊餅沒有放老鼠藥啦，那老鼠藥是以前毒老鼠用的，現在沒有老鼠了。」

老師一聽到這話整個人快活起來，說：「好險、好險，不會死了。」從此以後老師都不敢說要去學生家吃飯。

採錄日期：二〇〇七年十月二十四日、二〇〇七年十一月二十九日、二〇〇八年二月七日

說　　明：本故事採錄文本內容依二〇〇八年二月七日賴王色所述為主。

吳漢殺妻[8]

吳漢怹老爸就去予彼王莽害死去，阿王莽就是這個王蘭英，卜揣這個王蘭英報仇就對，算講吳漢怹老爸仔去予王蘭英他老爸仔王莽害死矣。

阿害死，怹娘嬭就共伊講，叫伊講著刣死怹某，報冤啦，阿怹某就是王莽的查某囝，愛共刣死才有報冤仇。

8 此則故事又名〈光武中興〉。見林茂賢主持：《歌仔戲重要詞彙編纂計畫》第二期報告書（宜蘭縣：國立傳統藝術中心，二〇〇二年十二月）頁二二五。

共𪜶老爸仔報冤仇卜共伊刣，聽著伊咧共𪜶娘嬭誦經鸝，tsuann-a毋敢共刣，tsuann-a無共伊刣。佛祖面頭前唸經，予𪜶大家仔食百二歲，「菩薩降來臨，蓮花化洞九重身，讓你致富貴延年，降來凡間保萬人。」

阿翁仔某好嘛，彼查某好查某，阿毋甘共刣，家己而尾仔自殺，頭殼挼去予𪜶娘嬭，對頭殼共伊斬起來，伊家己自殺死—的，伊毋甘共伊刣，好查某，毋甘共伊刣。

毋甘共伊刣伊家己看𪜶翁阿，難過阿，無共伊刣，敢若講𪜶娘嬭強迫啦，阿無共伊刣就算講不孝，無卜報冤，無卜共𪜶老爸仔報冤，阿毋才叫伊講共刣死，阿毋甘共伊刣，阿伊家己自殺矣，阿家己自殺死—的，𪜶翁才共伊的頭殼共伊挼起來予𪜶娘嬭。

翁仔某好毋甘共伊刣，阿伊對𪜶翁袂當通過，𪜶翁無報仇𪜶大家仔毋甘願，阿強叫伊著殺，阿伊毋甘共伊殺伊家己自殺，家己刀夯來，阿自殺死，才去見𪜶娘嬭。

吳漢的父親是被王莽害死的，王莽是王蘭英的父親，所以吳漢的母親對吳漢說：「要殺死妻子才能為父報仇。」吳漢正要殺王藍英時，聽到她在佛祖前唸經，求神仙讓婆婆活到一百廿歲：「菩薩降來臨，蓮花化洞九重身，讓你致富貴延年，降來凡間保萬人。」因為妻子是好女人，吳漢捨不得殺她，就沒殺她。因為吳漢沒殺妻子，母親強迫他，說：「沒殺王蘭英就是不孝，沒有為父親報仇。」吳漢沒殺她、沒報仇，對母親無法交代，母親也不甘願。王蘭英看丈夫為難就自殺了，於是吳漢把她的頭斬下，拿去給他母親。

採錄日期：二〇〇七年十二月十三日

說　明：該故事講述契機是賴王色媳婦送予賴氏一台唸佛機，賴氏即表示自己也會唸經，因而講起這則故事。

魏徵斬龍王

魏徵就監斬官，敢若講，彼朝的監斬官，監斬官的神魂啦，神魂做監斬官，若無做監斬官，正經做人是做爾爾，原也是監斬，亦有陰間的亦有咱這陽間的。

伊做監斬官，龍王走予彼逐（jik），驚會去予伊剖，阿彼個時刻若過去，就袂矣就袂共伊斬矣。龍王叫這個彼號共伊救啦，講佮伊行棋啦，行到彼個時刻過喔，伊就袂去予伊斬—去。

阿佮伊行棋行到講哪行彼個神魂咧逐矣，去逐彼個龍王，彼魏徵去逐龍王，阿逐家跍遐，行棋行了tsuân-a睏—去，彼時刻夠額得卜去斬彼龍王，阿人tsuân-a睏—去。阿睏—去汗流渾軀，彼久伊神魂就是去逐彼個龍王啦，阿龍王走予伊逐，阿伊才看伊汗流到按呢躼，彼個人佇遐看—的，去共伊撲風，看伊講熱到按呢、汗流到按呢，阿伊就毋知影講彼個魂就去逐龍王毋才會汗流到按呢。所以用葵扇共伊撲三下耳，阿人頭就墜地矣。

阿這時刻過去喔，無去予伊斬去就予伊過關去，講逐到袂當著，傷熱逐袂著，阿逐袂著彼久想講，睏了熱，睏了熱去共伊撲涼，撲三下爾爾，彼龍王的頭殼就輦咧土腳，講愛死矣，犯罪矣愛死矣，干焦講卜共伊纏纏予彼個時刻過，毋予伊去逐彼個龍王。

誰知影講是神魂咧共伊逐，阿逐逐袂著，用葵扇風去共撲三下耳，彼龍王頭就墜地矣。

阿龍王就死矣，阿死才揣伊討命，揣彼個，彼個允—伊嘛，允伊講，卜佮伊陪伴到彼個時刻過，就袂去予伊斬—去，允到彼久三下撲葵扇風煞穤。伊若勿共伊撲彼三下葵扇風，無定去予伊過關去，伊蹛遐直共伊纏躼，直共纏勿予伊睏—去喔，按呢就袂。阿睏—去就是彼魂當時咧逐矣，阿逐到袂當著阿，伊掠準講，阿行棋行咧熱到佇遐咧睏，汗攏四湳垂，扇講共撲三下耳，阿就人頭墜地，去予伊逐著矣。阿三下葵扇風涼啦，涼阿煞會去予伊斬去，阿伊若勿共伊撲彼個葵扇風就袂。

魏徵是某一朝的監斬官，在陽間或陰間，他的人跟神魂都是當監斬官。因為龍王犯罪要被魏徵斬頭，龍王就去找宮內的某一個官救他。龍王告訴這人只要纏著魏徵，一但超過行刑時刻，就不會被砍頭。

於是這人就找魏徵下棋，魏徵下棋下到睡著，這人看魏徵睡著流了一身汗，就去幫他扇風，扇了三下；其實是斬龍王時刻到了，魏徵去斬龍王，他不知道這時候魏徵的魂正在追龍王。

魏徵因為追龍王跑得太熱、流很多汗，追不到龍王，突然有三陣風吹來，魏徵覺得很涼，就追到龍王、砍下他的頭，龍王的頭就滾到地上。

因為這人答應龍王要幫忙纏著魏徵，但是龍王還是被魏徵砍頭，龍王就去找他討命。

採錄日期：二〇〇八年八月十日

說　明：筆者詢問賴王色是否有與漁業相關的故事，賴氏即講述這則海龍王被斬頭的故事。

主要參考書目

一、專書

〔明〕馮夢龍編撰；楊家駱主編：《警世通言》，台北：鼎文書局，一九七四年十二月。
中國口傳文學學會、南亞技術學院主編：《二〇〇二海峽兩岸民間文學學術研討會論文選》，台北縣：中國口傳文學學會，二〇〇二年十二月。
中華民國電視學會：《中華民國電視年鑑（民國六五－民國六六年）》，台北：中華民國電視學會，一九七八年五月。
中華民國電視學會：《中華民國電視年鑑（民國七三－民國七四年）》，台北：中華民國電視學會，一九八五年六月。
中華民國電視學會：《中華民國電視年鑑（第五輯）》，台北：中華民國電視學會，一九八八年六月。
中華民國電視學會：《中華民國電視年鑑（第六輯）》，台北：中華民國電視學會，一九九〇年六月。
中華民國電視學會：《中華民國電視年鑑（第七輯）》，台北：中華民國電視學會，一九九二年六月。
尹建中，《中國民間傳統技藝與藝能調查研究第三年報告書》，台北：教育部社會教育司／臺灣大學人類學系，一九八三年十二月。
王銘銘：《西方人類學思潮十講》，桂林：廣西師範大學出版社，二〇〇五年七月。

王靜芝：《詩經通釋》，台北：輔仁大學文學院，二〇〇〇年十月第一六版。

江帆：《民間口承敘事論》，哈爾濱：黑龍江人民出版社，二〇〇三年五月。

呂訴上：《臺灣電影戲劇史》，台北：銀華出版社，一九六一年。

李亦園：《文化的圖像》，台北：允晨文化實業股份有限公司，一九九二年一月。

李亦園：《田野圖像：我的人類學生涯》，台北縣：立緒文化，一九九九年十月。

周宗賢、李乾朗撰述：《續修臺北縣志》，臺北縣：臺北縣政府，二〇〇五年十一月。

周星主編：《民俗學的歷史、理論與方法》，北京：商務印書館，二〇〇六年三月。

周福岩：《民間故事的倫理思想研究：以耿村故事文本為對象》，北京：中國社會科學出版社，二〇〇六年三月。

林茂賢主持：《歌仔戲重要詞彙編纂計畫（第二期報告書）》，宜蘭：國立傳統藝術中心，二〇〇二年十二月。

林鋒雄主持：《宜蘭縣立文化中心臺灣戲劇中心研究規劃報告》，台北：文化建設委員會，一九八八年四月。

林聰明、胡萬川編輯：《羅阿蜂、陳阿勉故事專輯》，宜蘭：宜蘭縣立文化中心，一九九八年六月。

林繼富：《民間敘事傳統與故事傳承：以湖北長陽都鎮灣土家族故事傳承人為例》，北京：中國社會科學出版社，二〇〇七年八月。

祁連休：《中國古代民間故事類型研究》，石家莊：河北教育出版社，二〇一一年九月二刷。

金榮華：《民間故事論集》，台北：三民書局股份有限公司，一九九七年六月。

金榮華整理：《臺灣高屏地區魯凱族民間故事》，台北縣：中國口傳文學學會，一九九九年十二月。

金榮華整理：《澎湖縣民間故事》，台北縣：中國口傳文學學會，二〇〇〇年十月。

金榮華：《中國民間故事與故事分類》，台北縣：中國口傳文學學會，二〇〇三年三月。

金榮華：《民間故事類型索引（上、中、下冊）》，台北縣：中國口傳文學學會，二〇〇七年二月。

段寶林：《立體文學論》，臺北：文津出版社有限公司，一九九七年四月。
段寶林：《中國民間文學概要》，北京：北京大學出版社，二〇〇六年七月增訂版。
洪敏麟等編：《臺灣堡圖集》，臺北：臺灣省文獻委員會，一九六九年六月。
洪敏麟：《臺灣舊地名之沿革》，台中：臺灣省文獻委員會，一九八〇年四月。
紀慧玲：《廖瓊枝：凍水牡丹》，台北：時報出版社，一九九九年九月。
胡妙勝：《充滿符號的戲劇空間》，臺北：文津出版社有限公司，二〇〇一年一月。
胡萬川：《民間文學的理論與實際》，新竹：國立清華大學出版社，二〇〇四年一月。
苑利主編：《二十世紀中國民俗學經典・傳說故事卷》，北京：社會科學文獻出版社，二〇〇二年三月。
徐麗紗、林良哲：《從日治時期唱片看臺灣歌仔戲》，宜蘭縣：國立傳統藝術中心，二〇〇七年六月。
張紫晨：《中國古代傳說》，吉林：吉林文史出版社，一九八六年七月。
教育部社會教育司、國立臺灣大學人類學系編：《中國民間傳統技藝與藝能演講彙編》，台北：教育部社會教育司／國立臺灣大學人類學系，一九八三年十二月。
連橫：《臺灣通史》，南投市：臺灣省文獻委員會，一九九二年。
陳主顯等著：《民間信仰與社會研討會》，出版地不詳，一九八二年。
陳益源：《民俗文化與民間文學》，台北：里仁書局，一九九七年十月。
陳益源：《臺灣民間文學採錄》，台北：里仁書局，一九九九年九月。
曾永義主持：《歌仔戲劇本整理計劃報告書》，臺北：行政院文化建設委員會，一九九五年十二月。
曾永義：《臺灣歌仔戲的發展與變遷》，台北：聯經出版事業公司，二〇〇一年十一月。
賀學君：《中國四大傳說》，浙江：浙江教育出版社，一九九五年三月第二版。

黃仁：《悲情台語片》，台北：萬象圖書股份有限公司，一九九四年六月。
黃永林：《民間文化與荊楚民間文學》，武漢：華中師範大學出版社，二〇〇五年六月。
楊馥菱：《臺灣歌仔戲史》，台中：晨星出版社，二〇〇二年十二月。
萬建中：《民間文學引論》，北京：北京大學出版社，二〇〇六年七月。
劉守華、陳建憲主編：《民間文學教程》，武漢：華中師範大學出版社，二〇〇九年六月第二版。
劉守華、黃永林主編：《民間敘事文學研究》，武漢：華中師範大學出版社，二〇〇五年八月。
劉守華主編：《中國民間故事類型研究》，武漢：華中師範大學出版社，二〇〇二年十月。
劉守華：《比較故事學論考》，哈爾濱：黑龍江人民出版社，二〇〇三年五月。
劉守華：《故事學綱要》，武漢：華中師範大學出版社，二〇〇六年九月第二版修訂本。
劉惠萍、劉秀美編輯：《花蓮民間文學採錄研習營成果報告書》，花蓮：花蓮教育大學民間文學研究所，二〇〇六年十一月。
蔡欣欣主編：《百年歌仔：二〇〇一年海峽兩岸歌仔戲發展交流研討會論文集》，宜蘭縣：國立傳統藝術中心，二〇〇三年九月。
磺溪文化學會執行製作：《聽到臺灣歷史的聲音：一九一〇－一九四五臺灣戲曲唱片原音重現》，台北：國立傳統藝術中心籌備處，二〇〇〇年十二月。
鍾宗憲：《民間文學與民間文化采風》，台北：里仁書局，二〇〇六年二月。
鍾華操：《臺灣地區神明的由來》，台中：臺灣省文獻委員會，一九七九年六月。
鍾溫清主編：《瑞芳鎮誌》，台北縣：台北縣瑞芳鎮公所，二〇〇二年一月。
譚達先：《中國四大傳說新論》，臺北：貫雅文化事業有限公司，一九九三年六月。

二、翻譯專書

【美】丁乃通著；鄭建成等譯：《中國民間故事類型索引》，北京：中國民間文藝出版社，一九八六年七月。

【美】阿爾伯特・貝茨・洛德（Albert Bates Lord）著；尹虎彬譯：《故事的歌手》，北京：中華書局，二〇〇四年五月。

【英】愛德華・泰勒（Edward Tylor）著；連樹聲譯：《人類學：人及其文化研究》，桂林：廣西師範大學出版社，二〇〇四年五月。

【英】愛德華・泰勒（Edward Tylor）著；連樹聲譯：《原始文化：神話、哲學、宗教、語言、藝術和習俗發展之研究》，桂林：廣西師範大學出版社，二〇〇五年一月。

【英】J.G.弗雷澤（James George Frazer）著；徐育新、汪培基、張澤石譯：《金枝》，北京：新世界出版社，二〇〇六年九月。

【俄】弗拉基米爾・雅可夫列維奇・普洛普（Vladmir Jakovlevic Propp）著；賈放譯：《故事形態學》，北京：中華書局，二〇〇六年十一月。

【奧】弗洛依德（Sigmund Freud）著，孫愷祥譯、羅達仁校：《弗洛依德論創造力與無意識》，北京：中國展望出版社，一九八六年。

三、期刊論文

丁乃通：〈民間故事類型第二次修訂版的介紹與評價〉，《清華學報》，第七卷第二期，一九六九年八月。
王拓：〈歌仔戲仍是尚未定型的地方戲—訪問陳聰明導演〉，收錄於《臺視周刊》，第七四二期。
呂訴上：〈臺灣流行歌的發祥地〉，《臺北文物—「城內及附郊特輯」》，第二卷第四期，一九五四年一月。
林茂賢：〈臺灣的電視歌仔戲〉，《靜宜人文學報》，第八期，一九九六年七月。
林培雅：〈近四十年來臺灣民間文學的調查、研究狀況〉，《臺灣文學研究學報》第三期，二〇〇六年十月。
施翠峯：〈臺灣民間故事的發展及其內容〉，《漢學研究》，第八卷第一期「民間文學國際研討會論文專號第二冊」，一九九〇年六月。
翁敏華：〈梁祝哀戀與民間文藝創造〉，《上海師範大學學報（哲學社會科學版）》，第三六卷第六期，二〇〇七年十一月。
梁惠敏：〈也談「貍貓換太子」故事的源流及發展〉，《輔大中研所學刊》，第一三期，二〇〇三年九月。
許鈺：〈民間故事講述家及其個性特徵〉，《北京師範大學學報（社會科學版）》，一九九五年第六期，一九九五年四月。
楊利慧、安德明：〈理查德·鮑曼及其表演理論—美國民俗學者系列訪談之一〉，《民俗研究》，二〇〇三年第一期。
楊利慧：〈民間敘事的傳承與表演〉，《文學評論》，二〇〇五年第二期，二〇〇五年三月。
葉春生：〈現代口承文藝的超時空傳播〉，《民間文學論壇》，一九九八年第四期，一九九八年十一月。
葉龍彥：〈正宗台語片滄桑〉，《歷史月刊》，第一三八期，一九九九年七月。

蔡欣欣：〈風行與箝禁：試論「殺子報」案的流播改編與在台演劇現象〉，《臺灣學誌（創刊號）》，二〇一〇年四月。

四、報刊

《臺灣日日新報》
一八九八年十二月三日漢文報，日刊第三版第一七六號〈下元紀俗〉。
一九二三年十二月十七日，四版〈風化攸關—有心人多請禁歌戲〉。
一九二六年八月十八日，夕刊四版第九四四四號〈基隆同聲樂班被官說諭〉。
一九三五年二月一日，第一二五三〇號。

五、學位論文

朱心儀：《台視一九六二～一九六九節目內容的演變》，國立花蓮師範學院鄉土文化研究所碩士論文，二〇〇五年六月。
李嘉慧：《臺灣閩南語故事集研究》，臺北市立師範學院應用語言文學研究所碩士論文，二〇〇二年六月。
林培雅：《臺灣民間文學積極傳承人調查研究》，國立清華大學中國文學研究所博士論文，二〇〇七年七月。
林麗容：《民間故事家譚振山及其講述作品之研究》，國立中正大學中國文學研究所碩士論文，二〇〇五年十一月。

六、網站資料

新北市瑞芳區公所網站http://www.ruifang.ntpc.gov.tw/_file/1278/SG/40238/52300.html

台文／華文線頂辭典http://210.240.194.97/iug/Ungian/soannteng/chil/Taihoa.asp

明華園官方網站 http://www.twopera.com/index.html

國家文化資料庫http://nrch.cca.gov.tw/ccahome/index.jsp

臺灣地區地名查詢系統 http://placesearch.moi.gov.tw/index.php

後記

本書據筆者於二〇〇八年間完成的碩士論文修改而成。二〇〇七年三月筆者就讀花蓮教育大學民間文學碩士班，由於一次田野調查實習作業，意外地開啟了祖母賴王色記憶中的故事藏寶箱。祖母記憶力好、愛看歌仔戲、很會織毛衣和算數，是家族中眾所皆知之事，卻從來沒有人知道她會講故事。每一次的故事採錄活動，祖母除了講故事也談天說笑，甚至配合著故事情節手舞足蹈。望著祖母說故事、回憶過往生活的專注神情，彷彿引領我進入時光隧道，回到了過去。歷經一次的作業，不想卻開啟了爾後祖母傳播故事的主動性，口傳文學傳承活動就此在家族中展開。這本結合祖母生命歷程的口傳文學研究成果，讓我有機會從不同面向認識祖母，也真切地體會何謂民間文學根植於民眾生活。

當年碩士論文收錄祖母所述故事時，為保有其閩南語講述故事的語言特性，且是中文無法表情達意之部分，在中文整理稿裡以「臺灣閩南語羅馬字拼音」方式呈現部分講述特點。然轉譯為中文稿的過程，實已略去許許多多故事在口語敘述的韻律性。今藉此出版機會，委請臺灣師範大學臺灣文化及語言文學研究所畢業的賴欣宜小姐，就祖母當年講述故事之錄音檔，細膩地逐字謄錄成原述記錄。是以本書收錄祖母賴王色所述故事，得原述記錄及中文文稿兩相並置，一則保存其原語講述的風采，亦能經由中文譯稿提供予使用閩南語以外閱讀、研究者參考。

本書寫作及出版過程得業師劉秀美教授悉心指導。自二〇〇六年跟隨劉教授前往宜蘭縣大同鄉進行田野採錄，開拓了我對民間文學的認識；也因為劉教授致力於田調的精神和付出，令我萌生踏入田調領域的想法。當年碩士論文口試委員陳益源教授及劉惠萍教授，於口試時所給予的寶貴意見及指正，幫助我認識論文寫作的盲點。陳教授以其故事家研究領域的豐碩成果及經驗，啟發我對傳承人調查更深刻的省思。感謝惠萍老師在這數年間對本書內容寫作與整理出版，持續給予關注且提攜後學不遺餘力。

本書所引臺灣日據時期唱片資料，感謝林太崴、徐登芳、林良哲、李坤城等諸位先進提供。碩士論文寫作期間，臺灣老唱片收藏達人林太崴先生熱心地將唱片資料與音檔寄予我分享，且同意資料引用於本書的出版，使讀者對日據時期唱片有更深入的了解；林良哲先生於日治時期臺灣流行樂方面素有研究成果，聽聞本書出版用途，慨然允諾唱片圖資授權。承蒙前人研究成果與無私地奉獻，這些珍貴的資料得穿插於本書當中，為臺灣早期流行唱片的存在做出最好的展示。

置身於民間文學研究領域十年間，回顧與前賢同儕一同探討臺灣民間文學的存在與發展，有感於能講述故事的耆老逐漸凋零，投入於田野調查實乃刻不容緩。然田野調查及整理採錄成果需耗費龐大人力資源，實非一人之力所及；再者，經採錄而得的民間文學珍貴資產，於保存及傳承面上，皆應隨時代演進與科技發展獲得更好的推廣應用，方得以活化前人智慧結晶以啟來者。期盼臺灣民間文學的未來能有更為寬廣的道路，益於世人發掘、認識在地的美好。

感謝祖母樂於分享自身的生命經驗與記憶所及之傳說故事，以及一路走來家人的支持與陪伴。如今祖母長年為疾病所苦已無法再講述故事，母親罹癌逝世，過往一家三代齊聚聽講故事情景已不復再現，幸得本書記錄成就永恆回憶。

民俗與民間文學叢書07　PG1660

故事薪傳
——賴王色的民間文學傳講

作　　者／賴奇郁
主　　編／林繼富、劉秀美
責任編輯／盧羿珊
圖文排版／楊家齊
封面設計／王嵩賀

發 行 人／宋政坤
法律顧問／毛國樑　律師
出版發行／秀威資訊科技股份有限公司
114台北市內湖區瑞光路76巷65號1樓
電話：+886-2-2796-3638　傳真：+886-2-2796-1377
http://www.showwe.com.tw
劃撥帳號／19563868　戶名：秀威資訊科技股份有限公司
讀者服務信箱：service@showwe.com.tw
展售門市／國家書店（松江門市）
104台北市中山區松江路209號1樓
電話：+886-2-2518-0207　傳真：+886-2-2518-0778
網路訂購／秀威網路書店：http://www.bodbooks.com.tw
國家網路書店：http://www.govbooks.com.tw

2016年12月　BOD一版
定價：350元

國家圖書館出版品預行編目

故事薪傳：賴王色的民間文學傳講 / 賴奇郁著.
-- 初版. -- 臺北市：秀威資訊科技, 2016.12
面；　公分. -- (民俗與民間文學叢書；7)
BOD版
ISBN 978-986-326-396-8(平裝)

1. 民間文學　2. 文學評論

858　　105018972

讀者回函卡

感謝您購買本書，為提升服務品質，請填妥以下資料，將讀者回函卡直接寄回或傳真本公司，收到您的寶貴意見後，我們會收藏記錄及檢討，謝謝！如您需要了解本公司最新出版書目、購書優惠或企劃活動，歡迎您上網查詢或下載相關資料：http:// www.showwe.com.tw

您購買的書名：________________________________

出生日期：________年________月________日

學歷：□高中（含）以下　□大專　□研究所（含）以上

職業：□製造業　□金融業　□資訊業　□軍警　□傳播業　□自由業

□服務業　□公務員　□教職　□學生　□家管　□其它____

購書地點：□網路書店　□實體書店　□書展　□郵購　□贈閱　□其他

您從何得知本書的消息？

□網路書店　□實體書店　□網路搜尋　□電子報　□書訊　□雜誌

□傳播媒體　□親友推薦　□網站推薦　□部落格　□其他________

您對本書的評價：（請填代號　1.非常滿意　2.滿意　3.尚可　4.再改進）

封面設計____　版面編排____　內容____　文／譯筆____　價格____

讀完書後您覺得：

□很有收穫　□有收穫　□收穫不多　□沒收穫

對我們的建議：________________________________

____

____

____

請貼
郵票

11466
台北市內湖區瑞光路 76 巷 65 號 1 樓
秀威資訊科技股份有限公司 收
BOD 數位出版事業部

....

（請沿線對折寄回，謝謝！）

姓　　名：____________　　年齡：______　　性別：□女　□男

郵遞區號：□□□□□

地　　址：________________________________

聯絡電話：(日) ______________ (夜) ______________

E-mail：________________________________